BONNE PIOCHE

KATE CANTERBARY

TRADUCTION PAR
EMILIE CHIRON

TRADUCTION PAR
VALENTIN TRANSLATION

VESPER PRESS

✺ Réalisé avec Vellum

PRÉFACE

À propos de *Bonne Pioche*

Cher Jackson,

Je vous laisse cette note parce que je sais que le shérif de la ville est très occupé et je ne veux pas vous faire perdre votre temps. Dieu sait que j'ai déjà bien abusé de celui-ci.

Merci de m'avoir ramenée hier soir et… pour tout le reste. Je vous ai fait un panier de muffins aux myrtilles sauvages pour la gêne occasionnée. Cuisiner semblait approprié après m'être retrouvée nue dans votre salon.

Je n'étais pas moi-même hier soir. Je ne voulais pas vous embrasser ou caresser vos fesses ou vous poser toutes ces questions intimes. Merci d'avoir fait semblant d'aimer ça.

C'était très noble de votre part de dormir sur le canapé pendant que je faisais l'étoile de mer dans votre lit. Je n'ai pas pu m'empêcher de remarquer à quel point il était immense. Je parle du lit. Je le jure, je n'ai rien remarqué d'autre quand je suis partie le lendemain matin.

Comme vous le savez, Talbott's Cove est une ville ridiculement petite et nous ne pourrons pas nous éviter. Non pas que j'en aie envie, bien sûr, mais je ne suis pas sûre de pouvoir vous regarder sans penser aux quarante différentes façons dont je me suis ridiculisée.

Au lieu de nous éviter, essayons d'être amis. Nous oublierons la nuit dernière… si c'est ce que vous souhaitez.

Merci de brûler cette note après l'avoir lue.

Annette

P.S : J'ai également préparé en vitesse des brioches à la cannelle. S'il vous plaît, savourez-les. Je ne suis pas sûre de savoir pourquoi, mais les brioches n'ont pas quitté mes pensées aujourd'hui.

Pour les meilleurs amis qui hurlent des obscénités au restaurant.

Et Mary et Paul, et Mel et Sue.
À vos marques, prêts, pâtissez !

CHAPITRE 1

JACKSON

Tous les matins, pendant cinq minutes, ma vie n'était que pure agonie.

La plupart des jours, je faisais en sorte de l'éviter. Je me programmais des patrouilles matinales ou des contrôles chez certains de mes riverains âgés pour vérifier s'ils allaient bien. N'importe quoi pour sortir du commissariat. C'était une nécessité. Je ne pouvais veiller à la sécurité publique de cette ville avec ma queue encore plus dure qu'une matraque.

Je le savais parce que j'avais essayé. La brigade était trop petite pour débriefer derrière un pupitre. Quant à positionner un presse-papiers ou le chapeau de shérif devant mon entrejambe, j'avais découvert que je ne pouvais rester ainsi plus de quelques minutes.

Oh, j'avais essayé de cacher mon érection, mais la seule solution était de prendre mes distances avec le commissariat et la belle de Talbott's Cove : Annette Cortassi. La librairie qu'elle tenait dans la rue principale se trouvait à moins de cinquante mètres de mon bureau et j'étais aux premières loges pour observer ses rituels matinaux.

Annette descendait la rue, semblant entourée de rayons de lune et de licornes, le sourire éclatant. Je n'en étais pas certain, mais je parierais qu'elle avait été la reine du bal de son lycée et aussi Miss Gentillesse. Je parierais également qu'elle consacrait sa vie à me torturer et à me tourmenter. Elle était un diable déguisé en ange. C'était un fait.

Depuis mes premiers jours dans ce village de pêcheurs tranquille, un étranger dans tous les sens du terme, c'était l'intrépide commerçante brune qui avait attiré mon attention. Annette savait comment mettre en valeur une robe d'été. Les mollets nus de cette femme étaient un danger à l'ordre public. Et ses chevilles… *Putain*. Depuis quand les chevilles étaient-elles sexy ? Ce n'étaient que des articulations osseuses, bon sang. Cependant, il ne fallut qu'une vision d'elle déambulant dans le village en sandales à lanières pour m'exciter.

Comme si les chevilles ne suffisaient pas, ses hanches rondes se balançaient comme la montre à gousset d'un hypnotiseur. Même si j'essayais, je ne pouvais m'empêcher d'admirer sa peau hâlée ou ses cheveux bruns ondulés qui retombaient en cascade. Plus d'une fois, je m'étais retrouvé à la fixer, les poings serrés, la mâchoire à terre, une flaque de salive à côté.

Annette était l'étoile la plus scintillante du ciel de Talbott's Cove. Chaque fois que je la voyais, je ne pouvais détourner mes yeux d'elle. Et c'était la raison pour laquelle j'étais incapable de la regarder *tout court*.

J'étais un nouveau venu ici, encore en train d'essayer de m'attirer les bonnes grâces des indigènes. Ils ne me connaissaient pas encore et ne me faisaient pas non plus confiance. Coucher avec la belle du village n'était pas le bon moyen de s'attirer leurs bonnes grâces, peu importe à quel point elle aimait ça. Et elle aimerait ça. Je refuserais qu'il en soit autrement.

Mais ça n'importait pas. Pour l'instant, je dormais seul. Un vœu de chasteté temporaire était la bonne décision. La ville méritait toute mon attention, et mon prédécesseur m'avait clairement fait comprendre que j'étais là pour montrer l'exemple. Ni beuverie, ni jeux d'argent, ni courses aux jupons. À moins de désirer un aller simple pour retourner dans l'Albanie.

Je n'étais pas vraiment un buveur, un joueur ou un coureur de jupons, mais je tenais tout de même compte des avertissements de l'ancien shérif. Obtenir ce boulot était une grande opportunité pour moi et une encore plus grande de *partir*.

En l'espace de quelques mois, j'avais quitté mon travail et vendu ma maison dans le nord de l'État de New York pour me rendre dans cette ville sur la côte rocailleuse du Maine. C'était une décision audacieuse, mais nécessaire. J'avais envie de trouver un nouveau rythme de vie, et quelque part où je pourrais effectuer un travail important et faire une petite différence.

Je ne le disais pas lors des entretiens d'embauches ni ne le mentionnais dans une conversation, mais j'avais aussi envie d'appartenir à un endroit. Peut-être, un jour, appartenir à *quelqu'un*.

Je regardai l'heure sur le tableau de bord de mon SUV avec un air renfrogné. J'avais déjà fait deux fois le tour de la ville ce matin, reporté des plaintes à propos d'un couple de renards qui rôdaient autour du poulailler des Lincoln, aidé les aubergistes à réparer une partie de leur clôture arrière qui était tombée hier soir et servi de médiateur entre des pêcheurs au sujet de bouées disparues. Jusqu'à présent, c'était une matinée productive et pourtant, il me restait encore un quart d'heure avant qu'Annette se cloître dans sa boutique.

Je n'étais parvenu à lui parler qu'en de rares occasions. Ce n'était pas la nervosité qui me maintenait à distance, mais une incapacité totale à la regarder sans vouloir envahir son espace personnel et sentir sa chevelure. Je ne comprenais pas cette réaction et une partie de moi en voulait à Annette pour la faire remonter à la surface. Sentir sa chevelure… Quel genre de sorcière était-elle ?

Au lieu de faire ou dire quelque chose que je regretterais, je gardais mes distances. Cette petite ville ne permettait pas de prendre réellement ces distances, mais je n'avais pas à l'observer gribouiller la phrase du jour sur le tableau de la librairie, ou à la regarder arranger ou réarranger les plantes en pot sur le trottoir.

Rien que l'imaginer à genoux pour écrire, vêtue d'une de ses fines robes d'été, provoqua un nœud de désir dans mon bas-ventre. Elle était magnifique, séduisante de la plus simple et authentique des façons. Bon sang, elle ne pouvait noter une citation de Dickinson sans allumer un feu en moi de l'autre côté de la rue.

Cependant, je ne pouvais souiller ou salir Annette. Je ne pouvais lui faire crier mon nom. À moins d'être également prêt à l'épouser et ça, je n'en étais pas sûr. Je ne pouvais sortir occasionnellement avec elle avec toute la ville nous regardant – et ils nous regarderaient – et il y avait peu de chance que je puisse la baiser à l'occasion. Elle avait l'air trop sage pour être une partenaire de baise, et un shérif qui couchait à droite à gauche n'avait pas sa place ici.

Il ne me restait plus qu'à tuer le temps en patrouillant sur les petites routes de la ville et en priant pour que l'adorable libraire soit à l'heure aujourd'hui. Ma queue ne pourrait supporter aucune confusion ce matin.

CHAPITRE 2
ANNETTE

Je faisais de bons chiffres le jeudi, surtout en été. On s'approchait du jour de paie et les gens aimaient faire le plein pour le week-end. Parfois, leurs frais flambaient déjà leur compte en banque, et acheter une lecture de plage semblait faire approcher le week-end. C'était se voiler la face, bien sûr, et j'étais la reine pour ça. J'avais passé la majorité d'une décennie à courir après un homme qui n'avait jamais voulu de moi. Non parce que je n'étais pas drôle ou intelligente ou intéressante ou belle, mais parce j'avais un vagin et qu'il préférait les pénis.

Pas exactement le genre de chose que je pouvais régler en enfilant la bonne robe.

Oui, j'étais la reine pour me voiler la face. Des années auparavant, quelque part dans le marasme de ma vingtaine et de mon frustrant célibat, je m'étais convaincu que je pouvais séduire Owen Bartlett si j'y mettais du mien.

Fille stupide, idée stupide.

Les autres jeudis en juillet, je serais restée ouverte tard afin de faire rêver au week-end. L'auberge de la ville annonçait complet, tout comme plusieurs locations de maisons et de cottages à deux pas de ma librairie. L'été à Talbott's Cove ramenait des touristes et ceux-ci rapportaient de l'argent.

Cependant, j'allais bientôt fermer et m'apprêtais à le faire parce que j'avais grand besoin d'aller boire un coup et de m'apitoyer sur mon sort. Ce n'était pas tous les jours que le coup de cœur que j'entretenais depuis des années – des années ! – m'explosait au visage. Ce n'était pas qu'un coup de cœur. C'était un rêve, une *illusion* que j'avais désirée si fort qu'elle était devenue ma réalité. Je ne m'étais jamais demandé si je m'imaginais de mauvaises hypothèses ou informations. Ou si je me voilais la face.

Au lieu de ça, je consacrai des années de ma vie à courir après un homme qui ne me voudrait jamais. Je le savais, bien sûr, au fin fond de mon esprit, là où je cachais les vérités trop réelles pour être dites à voix haute. Je le savais et choisis d'ignorer ça jusqu'à ce que je le surprenne pelotant son petit ami dans ma boutique.

Je n'étais pas surprise de voir Owen avec son nouveau matelot de pont au rayon suspense, mais je cillai plusieurs fois en le voyant enlacer Cole. Au début, mon cerveau ne put expliquer cette vision et chercha toutes les possibilités d'un geste amical. Étreinte masculine, craquage de dos, méthode de Heimlich, séance de yoga à deux spontanée. Toutes des options valides. Mais alors, sa main passa sous l'élastique du caleçon de Cole et je ne pus détourner le regard. Pas même quand Owen embrassa le cou de Cole et que tout mon corps se noyait.

J'avais envie de crier : « Qu'est-ce que tu lui fais ? Qu'est-ce qui se passe putain ? », mais à la place, je priai pour que cette visite se termine rapidement et élégamment et m'exclamai :

— Ce sont mes pêcheurs préférés !

Je ne savais pas trop comment gérer ça. J'avais désespérément besoin de savoir ce qui se passait, d'autant plus quand Cole lâcha un soupir impatient et posa la tête contre le torse d'Owen. Ce fut leur seule manière de reconnaître qu'ils m'avaient entendue. Ils murmurèrent entre eux tandis que je faisais le tour de la caisse et m'approchais d'eux.

Je ne savais pas comment je faisais pour marcher sans trébucher. Je n'étais pas du genre théâtral, mais lorsqu'Owen embrassa Cole, mes genoux devinrent du coton et un rocher de dix tonnes s'abattit sur mes entrailles. Je me tenais là, trop abasourdie pour parler, pour détourner les yeux pendant qu'ils partageaient ce moment. L'intimité entre eux était indéniable. Elle était réelle et profonde, un aspect d'Owen que je n'avais jamais connu jusqu'ici. Le voir vivre ça avec quelqu'un d'autre me brisa en deux. Je m'emparai du tout dernier livre politique et le pressai contre ma poitrine pour me préserver.

— Hé, Annette, dit Owen.

Il me fallut une minute pour trouver mes mots. Durant ce temps-là, Owen ne lâcha pas Cole. C'était comme s'il voulait que je voie ça, dans toute sa gloire écrasante. Il voulait que ses intentions soient très claires.

— C'est bon de te voir, Owen, dis-je en m'efforçant d'afficher un semblant de sourire. Vous aussi, Cole.

— Vous avez une super librairie, répliqua Cole. Très belle sélection, agencement fantastique.

Je vais devoir parler maintenant. Je vais devoir la jouer finement. Et je vais avoir besoin d'un grand seau de vodka une fois terminé.

— Oui, j'essaie.

Je détournai les yeux en les levant au ciel. Je voulais croire qu'il était sincère, mais j'étais trop occupée à détester toute cette conversation. À tout détester, mon erreur de jugement par-dessus tout.

— Je peux vous aider à trouver quelque chose ?

Pour l'amour des glaces et du soleil, je vous en prie, faites qu'ils disent non.

— Je pense qu'on a tout, déclara Cole.

Merci, merci, merci.

Une seconde plus tard, Owen dit :

— Cole souhaite des romans policiers. Tu peux nous en recommander ?

Serait-ce mal de dire non ?

— Oh. Oh, bien sûr.

Je fis un pas en avant, prête à débiter toutes mes recommandations de classiques policiers, mais quelque chose se brisa en moi. Une vraie cassure, comme un élastique sur lequel on avait trop tiré et que tout ce qu'il retenait s'était libéré. La force de cette cassure me propulsa en avant et je parcourus le magasin, empilant les livres de poche au fur et à mesure.

— Laisse-moi choisir quelques livres pour ton nouveau petit ami, Owen. C'est ce que je fais, je rends tout le monde heureux. Bien sûr ! Des enquêtes. Génial ! Tout le monde est heureux et moi, je choisis des livres. Fabuleux !

Cole et Owen continuèrent à se peloter et à chuchoter comme blottis sur une nappe de pique-nique. Ils ratèrent tous les regards assassins et impatients que je jetai dans leur direction. Une fille ne pouvait subir autant en une seule journée sans ressortir son côté insolent de première catégorie.

— Des enquêtes mystérieuses. J'adore les mystères, dis-je d'une voix si acérée qu'elle pourrait couper la pierre. Parfois, j'ai l'impression que ma vie est un mystère. Vous savez, du genre : *qu'est-ce qui se passe dans ma vie ?* Mystère. Parce que ça, c'est sûr que je l'ignore.

Mes bras débordaient de livres et j'avais besoin de me débarrasser de ces types-là. Je posai ma pile de recommandations sur la caisse.

— Je peux faire autre chose pour vous ?

S'il vous plaît, s'il vous plaît, s'il vous plaît, dites non.

— Non, il y en a assez, répliqua Cole.

Évidemment, Owen demanda :

— Tu as reçu ma commande spéciale ?

Arggggh.

Cette fichue commande spéciale. Ma *deus ex machina*[1]. Pendant des années, nous avions joué au jeu de la commande spéciale. Ça m'avait bien servie. Owen venait chercher un livre, quelque chose d'ancien, d'obscur ou de bizarre. Parfois, c'était les trois en même temps. Et je l'obtenais pour lui, chaque fois. Il venait récupérer sa prochaine lecture et nous parlions de livres, d'histoire et de tout le reste. Pour lui, ce devait être une conversation banale avec la libraire. Pour moi, c'était la preuve qu'il y avait quelque chose entre nous, aussi petite soit cette chose.

Désormais, cette commande spéciale était en train de brûler notre petit quelque chose.

Je soupirai et l'effort abaissa mes épaules. Je ne trouvai pas la force de sourire pour sauver ma peau.

— Oui, Owen, elle est arrivée, confirmai-je, ennuyée par lui, moi, tout. J'ai besoin d'une minute, d'accord ?

Je n'attendis pas de réponse et me dirigeai vers l'arrière-boutique. J'avais besoin de me recentrer en privé. Une fois seule et séparée de la catastrophe de l'autre côté du mur, je portai les mains à mes yeux en sanglotant. Ce fut un sanglot suivi par des larmes qui coulaient pendant que j'inspirais.

C'était moche et répugnant. Mon maquillage coulait et mon nez était tel un robinet ouvert. Je ne savais même pas pourquoi je pleurais.

Oui, j'étais blessée, mais blessée pour des centaines de raisons différentes, ridicules et contradictoires. Je ne pouvais même pas mettre le doigt sur l'une des raisons et la brandir pour justifier que j'avais le droit de me sentir ainsi. Au lieu de ça, j'avais une panoplie de faux pas, d'erreurs, de suppositions et de déductions. Elle s'ajoutait au minuscule désastre qui me submergeait à la manière d'une mousson.

J'entendais Owen et Cole parler de l'autre côté de la porte. Leur joyeux petit festival d'amour continuait gaiement tandis que je reniflais, postillonnais et riais à l'idée de m'échapper par la porte de derrière. Je le ferais. Je pouvais les laisser là pendant que je me trouvais un seau de vodka pour estomper les verrues et les grains de beauté velus de ma vie.

Cependant, je connaissais Owen Bartlett depuis toujours et sa mère était ma conseillère d'orientation au lycée. Les manières des petites villes ainsi qu'une vieille peur de Mme Bartlett me firent attraper sa commande spéciale sur l'étagère, essuyer mes larmes et me ressaisir. Je surmonterais cette vente, puis je me noierais dans la vodka.

Quand je sortis, je trouvai Cole et Owen, la tête penchée, chuchotant d'une façon qui me serra le cœur. Je voulais partager ce genre d'intimité avec quelqu'un qui me chérirait de la même manière dont Cole chérissait Owen.

— Et voilà, dis-je en posant bruyamment le livre.

Je n'essayais pas d'être mauvaise. Ça sortait simplement trop vite de moi pour le réprimer.

— Annette, commença Owen. À propos de tout ça. Je ne

voulais pas te mettre mal à l'aise. Si je l'ai fait, je… je suis désolé.

Ses paroles étaient supposées calmer mon côté à vif évident, mais elles ne firent que m'irriter davantage. Owen n'avait pas à s'excuser parce que j'étais une idiote. C'était ma faute tout ça.

Je chassai ses excuses d'un geste des deux mains, tels d'agaçants moustiques.

— Pas besoin de s'excuser. Je n'ai pas réfléchi. J'ai été stupide.

Je jetai un regard à l'homme à côté d'Owen et sentis à nouveau les larmes me monter aux yeux.

— Je le savais, dis-je en les désignant d'un geste vague, mais je continuais à espérer.

Owen me regarda, le front plissé et les lèvres sombrement pincées. Je lui rendis son regard, les sourcils levés en guise de question silencieuse, mais il ne dit rien. Je n'avais pas à être son objet d'affection pour savoir qu'il souhaitait désespérément arranger les choses. J'avais assisté à suffisamment de conseils municipaux pour savoir comment il fonctionnait.

— Ma mère adorerait ça, annonça Cole en empilant plusieurs copies d'un livre de photographies des alentours sur la caisse. Mes sœurs aussi. Ma mère adore les bons livres de chevet.

Il blablata à propos de sa mère et de plusieurs autres sujets que j'ignorai complètement. Je consacrai mon énergie à passer leurs articles plutôt qu'à me réjouir de leur toute nouvelle adoration réciproque. Je parvins à poser quelques questions rudimentaires et à encaisser la carte bancaire noire de Cole – mais qui était ce type ? – avant de les mettre dehors et de fermer à clé. J'éteignis les lumières, fermai les rideaux de devant et rangeai rapidement l'argent dans le coffre-fort avant de sortir par la porte de derrière.

Je ne pris pas la peine d'arranger mon maquillage ou de me débarbouiller avant de me diriger vers le bar du village, *La Cambuse*. Ça n'importait pas ce soir. S'ils n'étaient pas déjà en train de le faire, les habitants de cette ville seraient très vite en effervescence à la nouvelle du bellâtre d'Owen. Ils auraient quelque chose à redire sur le fait qu'il s'installe avec un homme et puis ils auraient quelque chose à dire sur moi qui, à trente-trois ans, ne possédais rien d'autre qu'une librairie. Par ici, il y avait toujours un commentaire à faire.

Je pouvais presque les entendre en cet instant.

— Pauvre Annette, roucouleraient-ils. J'ai le cœur brisé pour elle. Toutes ces années qu'elle a passées à séduire Owen, tout ça pour découvrir qu'il est gay. Que va-t-elle faire maintenant ?

— La vodka réglera ça, me dis-je à moi-même. La vodka vient toujours à la rescousse.

Je poussai l'épaisse porte en bois de *La Cambuse* et me dirigeai vers le bar. L'endroit était bondé, mais j'ignorai tout le monde.

— JJ, appelai-je en attirant l'attention du barman tout en m'asseyant sur un tabouret. Il me faut quelque chose de fort.

— Qu'est-ce que tu entends par là ? demanda-t-il sans lever les yeux du verre qu'il essuyait. Comme un marteau ? Je n'ai pas de marteau, chérie.

— Non, pas un marteau.

J'inspirai un grand coup et cillai intensément des yeux dans le but que mes larmes ne coulent pas. Pourquoi pleurais-je ? C'était inutile. J'étais une grande fille avec une culotte de grande et une vodka de grande.

— Des shots.

— Les seuls shots que je sers sont des Jäger et du whisky. C'est c'que tu veux ?

Les larmes coulaient à présent et je m'en fichais. J'étais furieuse contre moi-même et m'étais blessée toute seule, je ne pouvais me contenir plus longtemps.

— T'as pas un shooter Gâteau au chocolat ? demandai-je en repensant à ma dernière tentative à boire des shots.

Enterrement de vie de jeune fille, Portland, colliers de pénis clignotants.

— Ou un Minou humide ? Un Téton huileux ? Un Baiser de la mort ?

Il fouetta son torchon contre le bar.

— Essaie encore, chérie. Aucune de ces merdes ici.

Je reniflai et dis :

— Un verre. Je veux un verre corsé.

Il m'accorda un rapide coup d'œil.

— Tu me prends pour un télépathe ? Il va falloir être plus précise.

Il était en train d'essayer de me briser, ici, devant tout le monde. J'en étais sûre.

— Hum, je ne sais pas. Tu peux me faire un cosmo ?

JJ continua à frotter son torchon contre un verre à bière.

— Je peux, mais je n'en ai pas envie. Je ne sers pas des boissons de fillettes.

— Bordel, JJ, lâchai-je sèchement.

Si je n'étais pas au bord de la frustration avec son refus de me donner la seule chose que je voulais maintenant – quand rien dans mon monde ne fonctionnait – j'aurais pleuré comme une madeleine et serais partie. À la place, je m'essuyai le visage et lui jetai un regard assassin et exaspéré.

— Secoue un peu de vodka et du citron et ramène-moi

ça. Si tu ne peux pas m'accorder cette simple requête, je passe par-dessus le bar et le fais à ta place.

JJ inclina la tête, m'étudia avec un sourire narquois surpris une seconde, puis haussa les épaules.

— Vodka citron. Ça marche.

Il posa le verre à bière et s'empara d'un verre à martini.

— Où sont tes copines ce soir ? Tu ne devrais pas être en train de faire des cocktails de vin en compagnie de Pince-mi et Pince-moi ? Où sont Carlie et Barbie ?

— Je n'ai pas d'amies qui s'appellent comme ça, répondis-je. Tu le sais.

— Mais tu fais bien des cocktails au vin.

Il ricana en remplissant un shaker de vodka et de glace.

— Où est Bam Bam ?

J'attrapai une serviette pour m'occuper de mon rejet de larmes et de morve excessif. Tristement, c'était insuffisant.

— Brooke-Ashley n'aime pas ce surnom, répliquai-je en prenant d'autres serviettes. Je ne sais pas où elle est, mais elle m'a dit ce matin qu'elle était occupée ce soir.

Il ricana à nouveau.

— Tu m'en diras tant.

Il posa le verre de martini devant moi et me pointa du doigt.

— Si tu te bourres la gueule et que tu crées des problèmes, je te jetterai dehors.

Je levai les yeux au ciel et le regardai d'un air aussi méprisant que j'en étais capable, ce qui ne signifiait pas grand-chose. Je ne méprisais pas souvent les gens.

— Tu me connais depuis toujours, JJ. Tu sais que je ne crée jamais de problèmes, mais alors jamais.

Ça me valut un autre ricanement.

— Je demande à voir ça.

CHAPITRE 3
JACKSON

On m'appela quelques minutes avant minuit, pendant que je vérifiais les repaires habituels des lycéens pour boire et se peloter le soir. Je répondis rapidement.

— Je pourrais avoir besoin de vous ici, shérif, aboya JJ Harniczek.

— J'arrive dans cinq minutes, répliquai-je en faisant demi-tour.

Le gérant du bar grommela une réponse avant de raccrocher. C'était poli d'après les critères d'Harniczek.

À mon arrivée en ville il y a trois mois, Harniczek s'était rapidement présenté et avait fait savoir ses attentes. L'homme fit clairement comprendre que c'était lui qui faisait la loi sur son domaine, et qui cadrait les gens, les ivrognes et les autres. Il surveillait toutes les manœuvres légales, illégales et toutes celles entre ces deux notions. Il pouvait gérer la plupart des problèmes, mais si un jour, il m'appelait moi ou l'un de mes adjoints, il espérait une réponse rapide. Pour un trentenaire, Harniczek savait gérer son affaire, mais aussi celles des autres.

Ce qui rendit cet appel – sur mon propre téléphone, rien que ça – alarmant.

Trois mois dans une ville comme celle-ci n'étaient rien. J'étais un touriste pour les indigènes. Certains d'entre eux faisaient de leur mieux pour tester mes limites, un peu comme un groupe de lycéens dissipés conspirant contre le remplaçant. Ils voulaient voir ce que je supporterais, mais le vrai test était de savoir si je restais. D'autres étaient plus accueillants. Nombreux appelèrent le commissariat, me souhaitant bonne chance pour mon nouveau poste ou m'invitant à dîner chez eux. Dans l'ensemble, les habitants de Talbott's Cove étaient gentils et bienveillants, mais un peu méfiants à l'idée que le New-Yorkais s'installe dans leur communauté soudée.

J'avais été convoqué au bar à deux autres occasions. L'une d'entre elles fut pour aider à piéger une meute de ratons laveurs à l'arrière. Je faisais confiance à Harniczek et je n'avais aucun problème avec son statut ici. Au contraire, je lui en étais reconnaissant.

Le gérant de bar était une institution dans les petites communautés insulaires comme celle-ci. Je n'allais pas remettre ça en question, ça ou toutes autres institutions. Ils avaient besoin de moi, mais j'avais tout autant besoin d'eux.

Leur approbation et leur acceptation étaient cruciales, et pas seulement parce que mon travail dépendait du vote de la majorité au conseil municipal chaque année.

Il y avait le capitaine de port qui était également le colporteur de rumeurs, le vieux juge Markham qui faisait un peu de jardinage et qui hurlait sur les mouettes, et le pêcheur de homards asocial qui était à la tête du conseil.

Autre institution : Annette Cortassi, la belle libraire, occupée à enrouler son doigt autour d'une longue boucle pendant qu'elle déblatérait les paroles de « Edge of Seventeen » de Stevie Nick.

Je traversai le restaurant vide jusqu'au bar, les pouces enfoncés dans ma ceinture et les yeux posés sur Annette. Ses cheveux étaient en bataille, la moitié s'échappait de son chignon haut. Elle avait les yeux brillants et rouges, du maquillage noir étalé sur les joues. Elle avait pleuré. Je n'aimais pas ça. Je n'aimais pas du tout ça.

Quelque chose n'allait pas et j'avais envie de la réconforter. Ce n'était pas mon boulot, pas celui que j'avais juré d'effectuer, mais celui que je désirais faire plus que je n'osais le comprendre.

Je regardai JJ Harniczek, soutenant son regard toujours fortement mauvais.

— Quel est le problème ici ?

— Ce n'est pas un mystère, shérif, répondit-il. Cette fille est torchée.

Je tournai la tête pour contempler la femme qui m'attirait comme un champ de force. Je l'observai tandis qu'elle posait la tête dans sa main. Elle marmonna le refrain de la chanson, les yeux fermés un long moment. C'était une épave, bourrée comme un coing, sûrement deux fois plus que la limite autorisée, et sur le point de glisser de son tabouret.

— Je vois ça, dis-je en me positionnant derrière Annette.

Je plaçai ma main à quelques centimètres du bas de son dos, prêt à la rattraper si elle tombait.

— Vous ne m'appelez pas chaque fois que vous servez trop de verres à un client, JJ.

— Je ne sers pas trop de verres, rétorqua-t-il sèchement. Ce n'est pas ma vision de la loi.

Impatient, il secoua la tête et me chassa de la main.

— Contentez-vous de la faire sortir. J'ai des choses à faire ce soir. Je n'ai pas le temps de la ramener chez elle ou de passer encore une heure à l'écouter se lamenter.

Je jetai un œil à Annette avant de regarder à nouveau JJ.

— Ça vous dérangerait de m'en dire plus sur ces lamentations ?

— Bordel, shérif, grommela-t-il. J'ai dit que je n'avais pas le temps ce soir.

En hochant la tête, je répliquai :

— Compris. J'aurai le temps de vous infliger une amende pour l'avoir trop servie, mais on peut s'arranger.

Il pivota pour ranger un verre, marmonnant dans sa barbe. Je ne compris pas la totalité de la remarque, mais ce n'était pas flatteur. Quelque chose à propos de ma mère et de ma naissance.

Quand il se retourna, il déclara :

— Le mieux que je puisse dire, c'est que Bartlett l'a facilement laissée tomber et qu'elle ne l'avait pas vu venir.

— Hum, non, je ne l'ai pas vu venir.

Annette rit en grognant et prit son verre de martini en face d'elle.

— Rapporte-moi l'alcool, JJ. Tout l'alcool.

Je saisis le martini presque vide et le tendis à JJ.

— La dame a besoin d'eau.

JJ me jeta un regard blême pendant qu'il récupérait de la glace d'une boîte sous le comptoir pour en mettre dans une tasse.

— Oui, elle en a besoin. Il n'y a rien d'autre que j'apprécie plus que de servir à *la dame* un autre verre.

— C'est quoi le souci avec le capitaine Bartlett ? demandai-je en regardant tour à tour la libraire et le gérant de bar.

Owen Bartlett vivait tout au bout de Talbott's Cove, il gagnait sa vie comme pêcheur de homards et était un membre influent du conseil municipal. Il m'avait interrogé durement des heures durant quand j'avais postulé au conseil pour ce travail. Désormais, c'était l'un de mes plus grands partisans. Il avait ses principes et aimait contribuer à la communauté, et j'admirais ces qualités.

Cependant, je ne pouvais imaginer l'idée de Bartlett et Annette ensemble. Pas quand je savais que Bartlett était gay et qu'il vivait avec le milliardaire d'Internet, Cole McClish. M. McClish semblait vouloir faire profil bas cet été et ne pas étaler sa célébrité et sa fortune dans tout Talbott's Cove. Je lui en étais reconnaissant pour ce petit geste. La dernière chose dont j'avais besoin, c'était que les médias prennent d'assaut mes plages ou que les hélicoptères de la presse encerclent la marina.

— Il ne veut pas de moi. Personne ne veut de moi, gémit Annette.

Elle inclina le verre, mais grimaça quand le liquide se répandit sur sa langue.

— Ce n'est pas de l'alcool et ça, c'est problématique.

— Le shérif ne veut plus que je te serve, annonça JJ. Adios, chérie.

D'une main dans le bas du dos d'Annette, je me penchai par-dessus le bar vers JJ.

— Expliquez-moi gentiment ce qu'il se passe ici.

Il regarda l'horloge murale puis se rabattit sur moi.

— Vous payez la note de la fille ? Sinon, on ferme.

Je pris dans ma poche arrière deux billets de vingt que je feuilletai.

— Ça devrait couvrir les dépenses de ce soir.

— À peine, marmonna-t-il.

— Demain, nous viendrons vous rendre une visite offi-cielle pour discuter de votre tendance à trop servir les clients, continuai-je en posant l'argent sur le bar. Et à racketter la police. D'accord ?

JJ ramassa l'argent et hocha la tête.

— Très bien. D'après ce que je sais, notre fille ici ne sortait pas avec Bartlett, mais en avait envie. Ils ont parlé ce soir. Il lui a dit que ça n'allait pas le faire.

Il déambula derrière le bar et éteignit les luminaires.

— Fin de l'histoire, c'est l'heure, adieu et bonne nuit.

Tandis que le bar devenait presque noir, Annette oscilla sur le tabouret et renversa son verre d'eau sur mon jean brun d'uniforme.

— Oh, merde, cria-t-elle.

Je sifflai quand le froid glacial imprégna mes habits et atteignit ma peau.

Elle lâcha le verre, qui roula sur le bar, un écho chancelant et menaçant entre chien et loup. Elle tapota mon entrejambe avec un tas de serviettes. Entre le bain glacé et la caresse surprise, ma queue n'avait aucune idée de quoi faire. C'était une vraie énigme dans mon pantalon, un « À prendre ou à laisser », et j'étais incapable de l'arrêter. Elle avait une main sur ma cuisse et l'autre qui s'affairait, et la réponse raisonnable à ça était de glisser ma main de sa colonne vertébrale à sa nuque. Sans réfléchir, mes doigts s'enfoncèrent dans sa peau douce, mon pouce caressa la gracieuse ligne de son cou. Une vague d'une toute nouvelle intimité me submergea, chaude et bienvenue, qui me suffit presque à oublier tout le reste sauf Annette.

Presque.

Au loin, je perçus un rapide sifflement. Au même moment, je me rendis compte que je n'entendais plus le verre rouler sur le bar et… patatras. Il tomba par terre et se brisa, JJ lança une flopée de jurons en se plaignant qu'il avait autre chose de mieux à faire ce soir.

Le fracas et le crissement du verre me remirent de ma paralysie momentanée.

— Annette, aboyai-je en saisissant ses mains.

Celles que mon anatomie connaissait assez bien pour en faire une parfaite réplique. Seigneur. C'était mal. J'étais en uniforme et payé à l'heure, et elle avait dépassé le stade des décisions en connaissance de cause. C'était si mal. Le regret m'envahit alors que je l'éloignais de mon entrejambe. Je regrettais de devoir mettre fin à ça. Je regrettais d'être allé aussi loin.

— C'est bon, ce n'est pas grave. Vous pouvez arrêter.

— Vous pouvez tous les deux arrêter, déclara JJ. Comme j'ai dit, on ferme.

J'avais toujours les doigts enroulés autour de son poignet et je n'avais pas envie de les retirer.

— Je vais vous ramener à la maison, dis-je en regardant ses grands yeux brillants. Vous pouvez marcher toute seule ?

D'un air assidu, elle croisa mon regard, me reluquant de haut en bas puis de bas en haut. Elle s'arrêta sur mon visage et je sus qu'elle s'efforçait de donner un sens à mes traits. Ce fut court, rien de plus qu'une demi-seconde.

Et l'examen attentif d'Annette ne me gênait pas.

— Bien sûr que je peux marcher, répliqua-t-elle en se levant du tabouret.

Si je ne l'avais pas tenue par le poignet, elle serait tombée par terre en titubant sur ses pieds chancelants. Je l'attirai plus près de moi et verrouillai mon bras autour de sa taille.

— Vous en êtes sûre ? questionnai-je.

— Là, commença-t-elle en ayant le hoquet, je ne suis sûre de rien.

— Croyez-moi, murmurai-je en la guidant vers la porte, moi non plus.

Sortir Annette de *La Cambuse* fut un défi. Elle trébuchait, un désastre empoté, divaguait et chantonnait de façon incohérente, et ses petites crises de larmes risquaient dangereusement de se transformer en vrais torrents. Hors de question. Je ne serais pas capable de le supporter.

Il faisait sombre, les ruelles désertes étaient seulement illuminées par les lumières du port. Le bras serré autour de sa taille et les doigts écartés sur son ventre, je la guidai vers Harborside Books. Elle vivait dans l'appartement au-dessus de la boutique.

— On dirait que vous avez eu une soirée difficile, fis-je remarquer. Pas vrai, Miss Cortassi ?

— Owen et moi avons plus en commun que ce que je pensais, annonça-t-elle.

Elle s'appuya sur moi, la main sur mon torse. Je détestais me délecter de cette proximité. Ce n'était pas professionnel et c'était irresponsable de continuer avec ces pensées-là, quand elle n'était pas consciente de ce qu'elle faisait. Je valais mieux que ça et je devais mieux faire.

— Nous aimons tous les deux la bite.

Un rire surpris m'échappa. J'aimais comment « bite » sonnait dans sa bouche. C'était effronté et décomplexé, et j'étais en train de succomber au charme de cette femme. Je ne pouvais m'en empêcher et je ne pouvais m'arrêter de lui sourire.

— Ah oui ?

— Oh, oui, affirma-t-elle d'une voix traînante en s'écartant.

À la seconde où elle se retira, je voulus qu'elle revienne à mes côtés. Elle se tenait sur le trottoir, les deux mains s'agitant devant sa bouche. Je ne savais pas trop ce qu'elle faisait, mais on aurait vaguement dit qu'elle branlait deux types. Ou qu'elle tapait sur des tambours. Ce n'était pas sûr.

— J'adore la bite. Plus c'est gros, mieux c'est. Toutes les bites. Je devrais appeler Owen et lui parler de bites. On pourra comparer nos avis. Et nos techniques ! Ce sera fabuleux. Bite, bite, bite.

Je m'avançai vers Annette, ne lui faisant pas confiance pour rester debout toute seule. Ça et le fait que j'appréciais la situation plus que je ne le devrais.

— On fera ça un autre jour. D'accord ?

Elle ne répondit pas.

— Et si on montait chez vous ? Où sont vos clés, m'dame ?

— Oh seigneur, dit-elle en grognant. Pas de m'dame avec moi. La journée a été bien assez difficile.

Je secouai tout de suite la tête.

— Je ne comprends pas votre objection, dis-je dans un souffle. Comment préférerez-vous que je m'adresse à vous ?

— Annette, c'est très bien. La libraire si vous n'arrivez pas à vous en souvenir.

— Comment pourrais-je oublier ? demandai-je.

Je baissai les yeux sur elle, croisant son sourire empreint d'humour avec mon regard sérieux.

— Je suis sincère, Annette. Comment pourrais-je oublier ?

— Je ne sais pas, dit-elle en haussant les épaules. Ça arrive, ou n'importe.

Elle s'éloigna de moi pour étudier son reflet dans la vitrine d'un magasin. Ses mains se levèrent tandis qu'elle secouait ses boucles détachées. Je dus faire appel à toute mon énergie pour m'empêcher d'avancer et de sentir sa chevelure.

— Je n'oublierais pas, dis-je.

Elle n'écoutait pas. Elle avait les mains sur le devant de sa robe et était en train d'ajuster son décolleté. Elle releva un sein et le laissa retomber dans le bonnet de son soutien-gorge, puis fit de même avec l'autre. *Que Dieu me vienne en aide.*

— Je n'oublierai rien de tout ça.

— C'est drôle, dit-elle d'une voix posée. J'essaie d'oublier.

— À ce propos, dis-je en me plaçant à côté d'elle. C'est l'heure de rentrer. Montrez-moi le chemin et je vous suivrai.

Elle ne put trouver son portefeuille ou ses clés, et n'avait aucune idée de l'endroit où elle les avait laissés. Les choix qui s'offraient à moi n'étaient pas bons. Soit je crochetais la serrure de son appartement au-dessus de la librairie, soit je la ramenais chez moi. Aucune situation n'était digne d'un shérif.

Si d'aventure, elle avait laissé la porte ouverte – ce qui n'était pas inhabituel dans cette ville, mais néanmoins préoccupant – je tentai de la faire monter les escaliers cachés sans laisser mes mains s'égarer. Ça aurait été plus facile de la porter sur mon épaule ou dans mes bras, et j'aurais plus apprécié ça. Mais mes mains planaient sur sa taille, la touchant à peine.

Cependant, la porte n'était pas ouverte, et il n'y avait aucune plante en pot ou grenouille décorative sous laquelle cacher une clé. Nous dûmes alors descendre les escaliers.

— Je descends le premier, dis-je en désignant la pente raide. Vous restez derrière moi. Je ne voudrais pas que vous tombiez.

— Oui, grommela-t-elle. Les indignités d'aujourd'hui ne me quitteront pas.

La poitrine tournée vers elle, je descendis quelques marches, la main tendue au cas où elle ait besoin d'aide.

— Ça va ? demandai-je quand elle chancela sur la contre-marche suivante.

— Je suis loin d'aller bien, mais je suis très près d'aller mal, répliqua-t-elle.

Je me tournai pour regarder les escaliers, puis la silhouette menue d'une femme s'écrasa dans mon dos. Avant de pouvoir comprendre, ses bras s'enroulèrent autour de mon cou et ses jambes autour de ma taille. Son souffle était chaud dans ma nuque et, lorsque je bougeai d'un pouce, ses lèvres caressèrent ma peau.

— Attention là, l'avertis-je. Vous êtes trop fragile pour vous jeter sur les gens.

— Je suis trop fragile, murmura-t-elle. S'il vous plaît, ne me laissez pas en cellule de dégrisement toute la nuit. Ne… ne me laissez pas.

Peu importait que Talbott's Cove n'ait pas de cellule de dégrisement, ou que les citoyens en état d'ébriété, qui n'étaient un danger ni pour eux-mêmes ni pour les autres, soient rarement arrêtés pour ivresse publique. La dame ne voulait pas rester seule et je n'allais pas contredire ses désirs. Je saisis ses chevilles d'une main et ses poignets de l'autre. Le moins que je puisse faire était de la tenir et continuer à descendre les escaliers.

— Très bien alors, annonçai-je presque à moi-même. Vous pouvez dormir chez moi.

— C'est presque aussi terrible que la cellule de dégrise-ment, marmonna-t-elle.

— Pas si terrible, rétorquai-je en riant. Il y a quelqu'un que vous voudriez que j'appelle ? Un endroit où vous emmener ? Et votre fam…

Elle me coupa.

— Non. Dormir dans votre maison au centre de ce fichu village est moins horrible qu'appeler ma famille.

— Vous êtes sûre ? m'assurai-je.

Je caressai son poignet en traversant la rue, souhaitant qu'elle dise oui. Elle murmura son accord, sa tête toujours sur mon épaule.

Au début de mon arrivée ici, avant que je comprenne la façon de vivre à Talbott's Cove, je louai une maison proche du centre-ville. L'emplacement semblait top, avec une vue sur l'océan et non loin à pied du commissariat. Ce à quoi je ne réfléchis pas, c'était au fait d'avoir toute la ville dans mon jardin. Les habitants aimaient se pointer avec une casserole de rôti aux pommes de terre, non pas que je m'en plaignais, bien sûr. Ou ils souhaitaient connaître mon point de vue sur les problèmes d'embouteillages sur la Old County Road. D'autres se mêlaient simplement de mes allées et venues. Il n'était pas habituel que j'entre chez *DiLorenzo's*, le café-restaurant local, et sois assailli de questions sur les lampadaires allumés même après minuit. Ils voulaient savoir si je dormais suffisamment, si j'avais de la compagnie, si je rencontrais des problèmes de sécurité. Apparemment, j'étais le seul homme du coin qui s'endormait dans le canapé dix minutes à peine après avoir mis les infos locales.

Je dus m'efforcer de penser à tout ça en remontant la colline qui menait à chez moi, Annette plaquée contre mon dos et ses lèvres dans mon cou. J'étais ravi que la lune ne se montre pas beaucoup.

Une fois à l'intérieur, je la descendis de mon dos et la posai dans un fauteuil.

— Restez là, ordonnai-je en défaisant ma ceinture. Je dois… euh… m'atteler à certaines choses.

Premièrement, ajuster mon érection qui me suppliait d'être libérée. Ensuite, fermer tous les rideaux. Cette action alerterait sûrement les locaux, mais c'était un problème pour un autre jour. Une fois la maison convenablement fermée et mon équipement et mon arme rangés dans le coffre-fort, je remplis un verre d'eau pour Annette et attrapai une banane du panier à fruits.

Ce fut à ce moment-là que les choses partirent en sucette.

Annette n'était plus dans le salon. Elle était juste derrière moi, debout au milieu de la cuisine, cul nu. Mes doigts se resserrèrent autour de la banane.

— Annette, l'avertis-je. Qu'est-ce… qu'est-ce que vous faites ?

— Je suis peut-être fragile, ronronna-t-elle en titubant un peu en s'approchant de moi, mais ça ne veut pas dire que je souhaite tout le temps qu'on me traite telle quelle.

Je m'efforçais difficilement de garder les yeux au-dessus de sa poitrine. Ma vision périphérique était parfaitement consciente de sa nudité. Je ne pus pour autant me permettre de contempler longuement ses courbes délicieuses afin d'étancher mon désir. Bon sang, comme j'avais envie de regarder. Je voulais m'agenouiller et presser mon visage contre les douces lignes de son ventre, remonter les doigts le long de ses mollets et saisir ses fesses. Je voulais sentir son dos se courber sous mes mains et son corps se contracter autour de moi. Je voulais me perdre entre ses jambes et ne jamais, au grand jamais, trouver la sortie.

Des morceaux de banane écrasée s'étalèrent dans ma paume et je me détournai.

— Je vais vous apporter quelque chose à vous mettre, dis-je par-dessus mon épaule.

Je jetai le fruit à la poubelle, puis me rinçai les mains

dans l'évier, mais je savais qu'elle m'observait. Je sentais l'intensité de son regard sur ma peau et souhaitais la lui rendre. Je le souhaitais plus que tout.

En me tournant, je dis :

— Annette…

Elle n'écoutait pas. Elle se jeta dans mes bras et m'embrassa. Pour la deuxième fois ce soir, j'étais paralysé. Stupéfait et figé sur place. Mais ensuite, je repris petit à petit le contrôle de mon corps et de mon cerveau. Je soupirai à son baiser, oubliant mon métier, mon devoir, moi. Elle avait le goût de l'alcool et du citron ainsi que quelque chose de succulent et spécifique à elle. Je ne pus me retenir. Je l'enlaçai, la plaquai contre le réfrigérateur et me déhanchai dans le creux de ses jambes écartées.

Je restai là, la piégeant entre les parois rigides du frigo et de mon corps pendant que je me délectais de tout ce qu'elle avait à m'offrir. Je ne pus même pas intégrer la splendeur de sa peau nue sous mes mains. C'était le cadeau de trop.

Annette s'écarta en premier, tournant légèrement la tête, et gloussa en hoquetant contre ma joue. Puis, sa main glissa dans mon dos et frappa mes fesses.

Au début, je fus trop abasourdi pour parler. C'était en train de devenir ma réaction par défaut avec cette femme. Cependant, je me rappelai alors qu'elle était ronde comme une queue de pelle. Je n'étais pas le genre d'homme à tirer profit de cette condition.

Sa paume s'écrasa à nouveau contre mon derrière, et elle rit encore en hoquetant.

—Tu es si… ferme, murmura-t-elle.

Je me rendis à ses paroles et à son tutoiement plus qu'à mon bon jugement et me plaquai contre elle. Si elle voulait savoir ce que voulait dire fermeté, j'étais heureux de lui faire un dessin.

— Tu ne sais pas à quel point, répondis-je. Tu n'en as aucune idée.

Elle renversa la tête contre le réfrigérateur et leva les yeux vers moi, les lèvres écartées et les yeux dans le vague.

— Waouh, murmura-t-elle.

Si belle et si ivre.

— *Waouh*.

C'est alors que mon sens des responsabilités me revint, rapide comme l'éclair et sans la possibilité que je l'oublie cette fois-ci. Pas ce soir.

Je jetai Annette sur mon épaule et ignorai la sensation de sa douce cuisse contre ma joue. Non, ce n'était pas vrai. J'étais profondément conscient de sa cuisse. Mais je n'allais pas me laisser apprécier le moment.

— Je t'en prie, dis-moi qu'on va dans la chambre, dit-elle. Ce serait fabuleux.

— On va dans la chambre et je vais te coucher. Seule.

— C'est l'histoire de ma vie, geignit-elle en passant ses doigts sur mes flancs de haut en bas.

Bon Dieu, que c'était bon ! Je pourrais mourir heureux après rien d'autre qu'une nuit passée avec ses mains sur ma peau.

— Moi, au lit, seule. Ce n'est jamais mon tour.

Je voulais la contredire, insister sur le fait qu'elle obtiendrait plus que ça de ma part dès qu'elle aurait dessaoulé. Cependant, il me vint à l'esprit qu'elle en avait envie parce qu'elle était ivre, et qu'il y avait de grandes chances qu'elle n'ait pas le même discours le lendemain. Annette s'était montrée charmante avec moi depuis mon arrivée, mais elle ne m'avait pas donné grand-chose de plus que des regards platoniques. Elle avait envie de quelqu'un en cet instant, et c'était moi seulement parce que JJ m'avait appelé pour que je passe la récupérer. S'il l'avait ramenée chez elle, il aurait pu recevoir le même traitement. Il aurait pu être le destinataire de ses baisers affamés et ses caresses gentiment contraignantes.

Cette idée entraîna des conséquences terribles sur moi. *Terribles*. Je resserrai ma prise sur ses cuisses et serrai les dents tandis que je traversais la maison d'un pas lourd, combattant à peine l'envie irrépressible de la jeter par terre et de lui donner envie de moi comme j'avais envie d'elle.

Je pouvais faire ça aussi. Je la coucherais sur le lit, la mettrais à l'aise, l'embrasserais de ces chevilles sexy à ses lèvres pleines, celles qui avaient l'air encore plus délicieuses maintenant que je les avais goûtées. Je passerais aux endroits où elle avait le plus envie que je sois. Je la ferais patienter comme j'avais patienté. Elle se languirait, se tortillerait et supplierait, puis je relèverais ses jambes sur mes épaules et lui montrerais tout ce que je m'étais retenu de faire. Et puis elle saurait. Quand je serais suffisamment au fond d'elle pour lui arracher les mots et tout le reste à l'exception de ses cris, elle saurait que je ne désirais personne d'autre qu'elle depuis des mois.

À la place, je la posai sur le lit et m'autorisai seulement à laisser mes mains s'attarder un peu plus sur son corps avant de me détourner. Je ne pouvais croiser son regard affamé et désireux une fois de plus. Pas sans arracher mon pantalon et fourrer ma queue dans sa bouche. Je m'avançai vers la porte, mais ne pus sortir de la chambre. Je me tins là, les mains de chaque côté de l'encadrement de la porte, pendant que je regardais le couloir sans le voir. J'avais besoin de ce moment pour reprendre mes esprits, tirer sur les ficelles lâches de mon désir pour les serrer et les raccommoder. Mettre de côté mon envie de m'égarer et de prendre tout ce qu'elle m'offrait.

— Où tu vas ? demanda-t-elle.

Sa voix se fit petite, presque enfantine.

— J'ai envie que tu restes avec moi. Tu ne t'en vas pas. Si ?

Viens et écorche-moi vif, femme. Viens là et étripe-moi.

— Non, m'étranglai-je.

Hors de question que je m'en aille maintenant.

— Je vais juste chercher un verre d'eau pour toi.

Je lui jetai un regard par-dessus mon épaule. Ce fut une putain de grossière erreur. Elle était blottie dans mes coussins, les genoux relevés jusqu'au menton et les chevilles croisées. C'était une position modeste, ses parties les plus intimes couvertes. Je ne pensais pas qu'il pouvait y avoir quelque chose de plus intime que ça. Ou quoi que ce soit qui me donnerait encore plus envie de ramper vers elle à quatre pattes. Je ne serais plus capable de regarder ces coussins sans la vouloir ici, exactement comme ça.

— Couche-toi. Je reviens.

Je restai plusieurs minutes dans la cuisine, les mains appuyées contre le rebord du plan de travail pendant que ma queue tambourinait contre ma fermeture éclair. Je devais me rappeler que je ne connaissais pas Annette, pas au-delà de sa réputation de belle du village et libraire préférée de tout le monde. Mais cette femme rayonnante et joyeuse, la femme au sourire et à la patience incroyable, n'était pas celle qui me suppliait de la rejoindre au lit en ce moment. C'était la femme au cœur légèrement brisé et complètement ivre qui me le demandait, et il y avait tout un monde entre ces deux-là.

Avec un grognement visant un certain nombre de frustrations, je pris le verre et retournai dans le couloir. J'étais occupé à m'imaginer plusieurs scénarios dans ma tête et à trouver le bon côté de chacun. Je pourrais l'enlacer un petit peu, et l'embrasser n'était pas impossible, mais ça ne pourrait aller plus loin tant qu'elle n'était pas sobre. Si elle avait vraiment envie de plus, eh bien, je me menotterais tout simplement au fauteuil, lui dirais quoi faire et l'observerais de loin. Je finirais probablement avec un poignet cassé et un fauteuil tout aussi cassé, mais je le ferais si ça effaçait cette pointe de solitude et de vulnérabilité dans sa voix.

J'étais tellement occupé avec mes projets que je manquai d'entendre Annette ronfler comme un loir. L'eau déborda un peu du verre tandis que je m'arrêtais devant la porte, tout bredouille, et réprimais un rire. Cette femme était vraiment quelque chose. En l'espace de quelques minutes, elle était passée de l'image d'un doux péché à une fille lambda bourrée. Ses cheveux emmêlés voilaient son visage, une jambe dépassait de la couverture et ses mains étaient blotties sous sa tête. Elle était aussi attirante que d'habitude, mais en cet instant, elle n'était pas Miss Gentillesse ou la libraire à la robe blanche de mes fantasmes. Elle était une vraie femme, à l'état brut et avec des défauts, et à des années-lumière de la jolie fille adulée par la ville. J'aimais cette version encore plus, si c'était possible, parce que j'étais le seul à la voir.

C'était l'histoire que je me racontais.

Je posai le verre sur la table de chevet et plaçai une bassine à côté, au cas où l'alcool revenait la hanter, puis je remontai la couverture au-dessus de ses épaules. La brise sur l'eau était fraîche et humide ce soir, et je ne voulais pas qu'elle se réveille en frissonnant. Je fis de mon mieux pour dégager les cheveux de son visage, mais je sentis que je m'y prenais mal quand elle agita la main entre deux ronflements.

— Dormez bien, Annette, murmurai-je en établissant que la période de tutoiement était révolue. Vous voyez ? Je vous avais dit que je m'en souviendrais.

Un tee-shirt et un short de sport à la main, je sortis en laissant Annette dans ma chambre. C'était bizarre d'enlever mes vêtements du travail au milieu du salon, mais c'était encore une chose de plus que j'allais ignorer pour l'instant. Toute cette soirée était étrange, mais, alors que je ramassais ses vêtements abandonnés et les déposais dans ma chambre, je continuai à me dire que je faisais ce qu'il fallait. Même si nous voulions tous les deux que je sois dans le lit en ce moment, il valait mieux que je dorme autre part.

Mon canapé n'était pas fait pour que des hommes comme moi y dorment. Pas intentionnellement. Il était trop petit, les bras étaient de mauvais coussins et le tissu irritait ma peau exposée quand mon tee-shirt remontait. Le pire dans tout ça, c'était mon érection qui palpitait contre mon ventre.

Étant donné que je ne pouvais rien y faire – enfin, je *pourrais*, mais je n'allais pas –, je me repliai dans une position tolérable et recouvris mes jambes d'un plaid. Rien de mieux pour faire redescendre une trique que le plaid orange et bleu de mamie. Cette dame était une fervente supporter de l'équipe de basket-ball de Syracuse.

Et le bleu était tout particulièrement assorti à la couleur de mes testicules.

CHAPITRE 4
ANNETTE

Je me réveillai nue. Ce fut le premier indice qui m'indiqua que ma soirée avait mal fini, très mal fini. Le second indice était que je n'avais aucune idée de là où je me trouvais.

J'avais les cheveux dans un sacré désastre et pouvais sentir la vodka suinter par mes pores. Quand je m'assis pour assimiler ce qui m'entourait, le contenu de mon estomac clapota telle une boule à neige et je réfléchis à ne plus jamais bouger. Je pourrais rester là, dans cet étrange lit, et refaire ma vie. Fastoche. Pas besoin de répondre de mes erreurs.

Prudemment, je tournai la tête pour observer les cadres photo au-dessus de la commode. Je ne pouvais distinguer les détails de loin, mais je savais que je regardais une photo de remise de diplôme. Ce n'était pas une simple photo en toge et mortier. C'était militaire ou… Oh, merde.

C'était une photo d'un diplômé de l'école de police et je me trouvais nue dans le lit du Shérif Lau et, oh mon Dieu, comment m'étais-je attiré autant de problèmes en l'espace de vingt-quatre heures, sans recevoir un genre de médaille ? Où étaient les roses et les cupcakes pour avoir gagné le grand prix de l'épave de l'année ? Parce que je voulais la totale, l'écharpe avec.

Ma seule consolation était d'être nue, mais seule et oui, c'était mieux qu'être nue en présence du Shérif Lau. Seule la vodka pénétra mon corps hier soir, et c'était préférable. C'était déjà bien assez dur qu'Owen me largue… ou quoi qu'il se soit passé entre nous… mais j'aurais dû faire mes valises et déménager dans une autre ville si j'avais couché avec le nouveau shérif sous l'effet de la boisson. Je ne couchais avec personne sous l'effet de l'alcool. Jamais. Je ne possédais pas le bagout pour faire ce type d'avance ou négocier les termes d'un contrat.

Puis, j'aperçus ma robe d'été. Elle était bien pliée sur la commode et mes sous-vêtements se trouvaient à côté. Je fixai mes vêtements une minute, me demandant où j'avais laissé mon sac. En éclaircissant ma mémoire embrumée d'hier, chaque minute de la soirée me revint avec force. Le bar, les cosmos, l'eau sur son pantalon, la promenade sur son dos jusqu'à chez lui, le baiser, les fessées – mon Dieu ! – la façon dont je l'avais supplié de me porter jusqu'au lit. La façon dont je l'avais supplié de rester.

Mon embarras était bien plus grand et bien plus puissant que ma gueule de bois, et il me sortit du lit en un éclair. Je me coiffai avec les doigts, enfilai mes vêtements et fis le lit. Je ne pouvais laisser un lit défait derrière moi. Je ne pouvais le faire dans mon appartement et je ne pouvais le faire après m'être invitée dans le lit du shérif. À pas de loup, je me ratatinai contre le mur du couloir et me dirigeai sur la pointe des pieds vers la porte. Je savais que le shérif serait dans les environs quelque part, mais je ne m'étais pas préparée à le trouver échoué sur le canapé.

Il avait un bras plié au-dessus de la tête, l'autre sous son tee-shirt sur son ventre. Une peau dorée foncée pointait le bout de son nez là où son tee-shirt était relevé. Je passai bien une minute à étudier les muscles dessinés sur son torse. Je pensais qu'ils n'apparaissaient qu'après avoir fourni un effort, mais Jackson était aussi relâché qu'un spaghetti ce matin.

Il avait les cheveux sacrément ébouriffés, comme s'il avait passé toute la nuit à emmêler ses mains dans son épaisse chevelure. C'était un grand type, trop grand d'au moins quinze centimètres pour ce canapé. Ses deux jambes pendaient de l'accoudoir et formaient un angle que je ne pouvais imaginer confortable. Le plaid enroulé autour de ses jambes était vraiment atroce, mais je ne pus m'attarder qu'une seconde à me demander qui tricoterait une telle horreur quand j'aperçus la bosse en forme de tente dans son short. Au début, je ne pensais pas que c'était une érection. Je n'en avais jamais vu d'aussi, *hum, hum,* fière. Je me dis que c'était autre chose. Peut-être son téléphone dans sa poche ou… une courgette. Bien sûr, c'étaient de folles possibilités, mais pas aussi folles que la possibilité qu'il travaille avec *ce* genre d'équipement.

En l'observant, je me souvins de lui me pressant contre le réfrigérateur et se plaçant entre mes jambes. Ses yeux foncés étaient assombris par le désir quand il s'était frotté à moi. J'avais alors senti chaque centimètre de lui et je l'avais… je l'avais fessé. Oui, j'avais fessé le cul de cet homme et je l'avais fait plus d'une fois.

— Oh mon Dieu, soufflai-je.

D'une secousse de la tête, je sortis par la porte d'entrée. Il était tôt, même pour une communauté de pêcheurs qui vivait et mourait à l'aube. Je dus passer par les bois qui bordaient le village pour retourner à ma boutique. Ce n'était pas le chemin le plus court, mais je ne pouvais me risquer à passer devant les quais avec les mêmes vêtements qu'hier. Aussi, je dus m'arrêter toutes les cinq minutes pour vomir dans les buissons, et ce genre de potin local reviendrait aux oreilles de mes parents en neuf secondes chrono. Ma mère serait à genoux à l'Église St Cecilia's, en train d'allumer des cierges pour le salut de mon âme. Mon père me menacerait de remballer tout mon appartement et de revenir vivre chez eux. D'une manière ou d'une autre, c'était hors de question.

Je rentrai à mon appartement et sortis le double des clés du bardeau branlant près de la porte. J'avais quelques heures devant moi avant l'ouverture de la boutique. Je n'allais même pas penser à l'état dans lequel je l'avais laissée hier. Cependant, j'étais trop anxieuse et tendue pour dormir. C'était la meilleure chose à faire, mais il était trop tard pour ça maintenant. Pas quand je pouvais zapper sur *The Great British Bake Off*, saliver devant des pâtisseries que je n'avais jamais vues et me déconnecter du monde. J'avais besoin d'oublier certaines choses ce matin.

J'étais tombée sur *Bake Off* l'hiver dernier. Je ne regardais pas beaucoup la télévision et ne pouvais justifier de dépenser pour avoir le câble tous les mois. Cependant, je m'étais tournée vers la télévision publique après trois semaines de grandes tempêtes de neige qui s'étaient abattues sur la côte. Je n'avais plus de livres à lire, aussi impossible que cela semble, et je devenais folle dans mon petit appartement dans les combles. Je découvris cette charmante émission importée de la BBC qui présentait une douzaine de pâtissiers amateurs s'affrontant dans trois défis chaque semaine. Elle ne comportait pas toute la désobligeance et l'audace qu'il y avait dans la plupart des émissions de télé-réalité et se concentrait plus sur la pâtisserie.

Avant ça, je ne m'étais guère aventurée au-delà du brownie à la préparation déjà prête. J'étais italo-américaine et bénissais la sauce rouge de ma grand-mère, mais la cuisine ne m'avait jamais intéressée. J'avais toujours l'impression que c'était le truc de ma mère et de mes grandes sœurs, jamais le mien. J'étais toujours trop jeune pour aider, et quand je n'étais plus trop jeune, j'étais trop maladroite, trop désorganisée, trop quelque chose. Si jamais j'étais impliquée, elles s'assuraient que je sache que je le faisais mal.

Ma mère et mes trois sœurs avaient leur monde, j'avais le mien. Je ne les enviais pas, mais ça avait toujours été ainsi. C'était l'étrange prix à payer pour être la plus jeune avec onze ans de différence quand mes sœurs avaient un an ou moins d'écart entre elles, toutes nées avant que ma mère atteigne la majorité. Elles avaient grandi en même temps que ma mère et se parlaient en abrégé que je ne comprenais pas. Comment le pourrais-je ? Elles avaient trop d'intérêts en commun pour que je leur arrive à la cheville. Elles étaient professeures d'anglais à l'école secondaire régionale de premier cycle, toutes leurs classes d'affilée. À un moment donné ou à un autre, tous les enfants du coin avaient une Cortassi comme professeure.

Toutefois, c'étaient plus nos différences d'âge et ma décision d'obtenir un diplôme en enseignement, mais de ne pas en faire usage qui nous éloignaient. Mes parents avaient eu trois filles à la suite et désiraient un garçon. Mon père avait repris l'entreprise familiale de plomberie de son père, et alors qu'il ne repousserait jamais l'une d'entre nous si nous voulions nous associer avec lui, il avait en tête qu'il léguerait son affaire à son fils. *Cortassi et fils*. C'était ainsi que ça s'appelait, sauf que... ça ne s'était pas du tout passé ainsi.

Ils attendirent jusqu'à ce qu'ils puissent se permettre

d'avoir un autre enfant, un de plus à la maison, et que ma mère prenne un congé maternité d'un an de l'école. Ils s'attendaient à un garçon et ce fut un défi que je ne relèverais jamais.

Mes parents ne m'enfermèrent pas dans la cave parce que je n'étais pas née avec un pénis. En fait, ils n'en firent pas grand cas. Je n'étais ni maltraitée ni ignorée, mais je n'étais pas ce qu'ils avaient espéré et ça se ressentait. Ils se souciaient de moi et m'aimaient de leur façon guindée et mécontente. Même quand j'étais petite, j'avais le sentiment d'être un lot de consolation… et problématique avec ça.

Ils regardaient Nella, l'aînée, avec fierté et affection. Elle était intelligente et s'exprimait bien. Et même si elle avait un côté méchant, elle avait toujours de bonnes idées.

Puis il y avait Rosa, celle qu'ils appelaient souvent la cadette, et elle était magnifique. Elle avait d'autres qualités, mais elle n'en avait pas besoin. Elle pourrait avoir une longue vie heureuse seulement grâce à son apparence. Ce savoir la rendait un peu vaniteuse, égocentrique et cruelle.

Lydia était la plus jeune des trois premières, et ils adoraient sa nature fougueuse et tenace. Elle pouvait lancer une conversation avec n'importe qui et faire sentir cette personne comme le centre du monde. Cependant, Lydia était horrible avec les gens en privé, les réduisant en miettes à la moindre offense.

Mes parents en avaient une intelligente, une jolie et une bavarde. Je n'avais plus qu'à être la difficile. Je n'étais pas extrêmement rebelle, mais j'avais des idées qui différaient de celles de mes sœurs et de mes parents. Je préférais me perdre dans les livres plus qu'autre chose, et mes sœurs se rendaient à des clubs de lecture pour boire du vin. Je devais commettre mes propres erreurs, et mes sœurs étaient satisfaites d'obéir aux directions et aux conseils sans poser de questions. J'aimais le village rustique qu'était Talbott's Cove, et mes sœurs et mes parents déménagèrent rapidement dans plusieurs villes pour de nouveaux bâtiments, les drives de Dunkin' Donuts et de meilleures boutiques. Je voulais être ma propre patronne, et mes sœurs et ma mère croyaient que je reniais mon destin de professeure d'anglais. J'alternais les quatre mêmes plats tous les soirs, et ma mère et mes sœurs écrivirent un jour un livre de recettes basé entièrement sur les recettes de la famille pour une collecte de fonds pour l'église.

Tout dans la cuisine était le domaine de maman, Nella, Rosa et Lydia. Il était alors surprenant que j'aie accroché à *Bake Off*. Mais c'était un parent éloigné du cheese-cake à la ricotta et du tiramisu de ma mère. Cette émission parlait de gâteaux légèrement obscurs, de pâtisseries insolites et d'autres créations qui n'avaient pas leur place dans la cuisine italienne de ma mère. Ça m'attira et, peu après ces tempêtes hivernales, je commençai à m'essayer à des recettes. Mon appartement avait un plan de travail de la taille d'un timbre-poste, mais je l'utilisai au mieux. J'avais gagné quelques kilos dans le procédé, mais je les considérais comme des kilos heureux et amusants.

Je regardai les pâtissiers organiser leurs ingrédients pour un nouveau défi, mais ne pus empêcher mon esprit de vagabonder vers Jackson. Je *devais* faire quelque chose à ce propos. À propos de lui. Il était venu au magasin quelques fois depuis son arrivée au printemps dernier. Il était poli, mais réservé, comme s'il venait seulement pour s'assurer que je ne cuisinais pas de la méthamphétamine dans la réserve. Nous avions parlé de livres, il aimait les mémoires de sportifs. Il était toujours parti en me donnant des tuyaux sur des gestes préventifs ou des problèmes de sécurité qu'il avait remarqués. Il était agréable et dépourvu de complications comme une main aux fesses inopportune ou un strip-tease.

Bien sûr, j'avais remarqué qu'il était bel homme. Il allait courir sur la plage à l'aube. Torse nu. Impossible de le manquer avec son short orange. Et ce n'était pas que moi, c'était tout le monde à un rayon de cinquante kilomètres.

Le Shérif Lau avait été le sujet de conversation au dîner de Pâques de ma mère, après qu'il avait rendu visite aux élèves de l'école pour les informer des dangers des quads dans les bois. D'après ma sœur Antonella – on ne l'appelait Nella que dans la famille, les enseignantes se pâmaient de toutes parts. Certaines envisageaient de commettre de petits délits pour attirer son attention. Tout le monde avait convenu que le Shérif Lau pouvait arrêter et fouiller n'importe qui, n'importe quand.

Mais il n'était pas seulement *séduisant*. Tout le monde pouvait être séduisant. Ça ne les rendait pas respectueux ou compatissants. Jackson, lui, cochait toutes ces cases. Je n'avais pas délibérément fait l'effort de dresser la liste de ses qualités parce que je n'avais eu d'yeux que pour Owen et d'autres impasses, mais toute ma vie tournait autour de cette ville et de ses habitants. Je savais qu'il avait tondu la pelouse de Mme Mulcahey quand son mari s'était cassé le bras deux mois auparavant. Son petit-fils ne pouvait le faire qu'après ses examens à l'université. Je savais qu'il avait aidé les Fitzimmonse à placer leur fils dans l'un des programmes de désintoxication aux opioïdes à Portland. Et il m'avait ramenée chez lui quand j'étais bourrée et triste.

— Des muffins, dis-je à la pièce vide. Je vais lui faire des muffins.

J'avais des myrtilles, car en juillet dans le Maine, tout le monde avait une barrique de myrtilles. Deux buissons sauvages poussaient derrière ma boutique et je ne serais pas capable de toutes les manger même si j'essayais. En revanche, je pouvais lui faire des muffins aux myrtilles et que ce soient plus des myrtilles aux muffins. Et il n'y avait rien de sexy ou de coquin dans des muffins aux myrtilles. Pas même un muffin aux myrtilles parfait. C'était facile et simple, et les plus amicaux des muffins. Amical était ce qui se rapprochait le plus de : « Désolée de vous avoir harcelé sexuellement hier soir ». J'allai prendre des myrtilles, de la farine et du sucre.

Je m'abandonnai à la pâtisserie, je doublai d'abord les doses puis les triplai en décidant de remplir un panier de muffins et de me rendre au commissariat. Ce n'était pas un geste que pour Jackson, mais pour tous les officiers de police et pompiers d'ici. Ils allaient dévorer ces muffins et tout irait bien dans le meilleur des mondes. Peut-être alors serais-je capable d'arrêter de penser à ses lèvres sur les miennes, et ce que ça m'avait fait quand j'étais sûre qu'il m'embrassait autant que je l'embrassais.

Les souvenirs alcoolisés n'étaient que mensonge. Ils racontaient des histoires et inventaient des vérités, et je ne pouvais me fier à eux. Mais… il m'avait plaquée contre le réfrigérateur, ou peut-être contre une vitrine ou un mur, je n'en étais pas certaine, et m'avait bel et bien embrassée. Vraiment embrassée. Comme s'il avait voulu m'embrasser et ne s'était pas contenté de subir les singeries folles d'une fille ivre. Il m'avait tenue aussi, et plus que d'une simple poignée ferme d'un homme qui dédiait sa vie à protéger les autres.

Les souvenirs alcoolisés n'étaient que mensonge, mais la caresse de Jackson Lau n'était que vérité.

Quand la dernière fournée de muffins fut mise au four, je contemplai la montagne de vaisselle dans mon évier. Ça devrait être un rappel que toutes actions entraînaient une réaction égale et opposée. Je devais faire avec mes fichues réactions, mais tout ce à quoi j'arrivais à penser, c'était à de la sauce caramel. La sauce était faite pour noyer d'épaisses brioches molles à la cannelle. Avec des noix de pécan. Et de la sauce caramel, aussi.

Sans accorder un autre regard à la vaisselle, je me plongeai dans mon réfrigérateur à la recherche du morceau de pâte que j'y avais laissée quelques soirs auparavant, puis nettoyai ma petite table de cuisine. Ce n'était pas idéal pour étirer la pâte comme le méritaient de bonnes brioches, ni de conserver de la pâte indéfiniment, pourtant cela fit largement l'affaire.

Je n'avais pas assez de pâte pour remplir tout un plat, mais j'étais heureuse avec ce que j'avais. Si les muffins étaient pour les autres, toutes les brioches étaient pour Jackson. La pensée fit bondir mon cœur d'impatience, et je dus réprimer un sourire quand je transformai le sucre en caramel. Je voulais qu'il ait ça, quelque chose que j'avais fait moi-même, et je voulais que ça sous-entende des millions de choses différentes.

Merci de m'avoir donné un bon endroit où m'écrouler. Désolée de vous avoir caressé les fesses dans toute votre maison. J'espère que nous pourrons être amis même si je vous ai attaqué. Merci d'avoir fait échouer toutes mes tentatives de séduction. Prenez un muffin ; maintenant, s'il vous plaît, oubliez toutes les choses que j'ai dites quand j'étais saoule. Souhaitiez-vous me rendre mon baiser ? Le referiez-vous ?

Pendant que les muffins et les brioches refroidissaient, je sautai dans la douche. Comme tout dans mon appartement, elle était minuscule. Cet endroit était plus un grenier aménagé, mais ça me suffisait. Je n'avais pas besoin d'une baignoire ou de réels placards ou de fenêtres de taille normale. Ces choses étaient agréables à avoir, un peu comme les plans de retraite et les batteurs sur socle. Mais je pouvais faire avec ce que j'avais.

Quand j'eus terminé, je me séchai et enfilai une robe courte avec des imprimés flamants roses. Les cheveux mouillés sur le visage, je fouillai dans les cartes de vœux que j'avais entassées dans une vieille boîte à chaussures. J'avais une sérieuse obsession pour les cartes. Si je voyais quelque chose de mignon, attentionné, drôle ou émouvant, peu importait que je n'en aie pas besoin ou que ça ne me soit d'aucune utilité. Je devais les acheter.

Bien sûr, il n'y avait pas de cartes de vœux appropriées pour ma situation actuelle. Pas même les blanches avec de l'art ou des photos sur le recto convenaient pour ça. Toutes les cartes avaient trop de chances d'insinuer accidentellement quelque chose. Les fleurs étaient trop sensuelles, trop évocatrices. Du bois flotté sur une plage était tout aussi suggestif. Celle avec un bol de cerises luisantes et une cuillère en bois me faisait rougir d'embarras, entre autres. L'art abstrait était hors de question.

Sur le point de perdre de patience et de faire capoter tout le plan muffins, je trouvai un paquet de cartes de recettes. Je voulus croire que je prendrais l'habitude d'écrire les recettes sur de jolies cartes ordonnées plutôt que raturer des notes sur du papier ou compter sur mon téléphone, mais je n'avais jamais fait ça. Maintenant, j'avais une centaine de cartes emprisonnées dans du film plastique, attendant une raison d'exister.

Un peu comme mon vagin.

En lâchant une lourde expiration, je déchirai le plastique et sortis minutieusement une carte du paquet. Puis, je réfléchis à ma capacité de réussir dès le premier jet et en sortis une deuxième. Avec ma tasse flamant rose remplie de café et de sucre, les cartes, un stylo et un livre pour support à la main, j'escaladai la fenêtre et m'installai sur le morceau de terrasse. C'était suffisamment grand pour moi, une chaise de plage et une poignée de pots en terre cuite. J'étais seulement parvenue à garder la menthe en vie, mais j'appelais encore ça un potager.

Ce petit bout d'extérieur était parfait. D'ici, je voyais à des kilomètres à la ronde, et il n'y avait rien de mieux qu'une brise maritime. Les aubes matinales suivies de crépuscules incroyablement tardifs étaient les meilleurs instants de l'été dans le Maine. Le soleil brillait et était déjà bien au-dessus de l'horizon, même s'il était tôt. La boutique était censée ouvrir dans deux heures et le shérif ne s'installerait pas à son bureau après sa patrouille matinale avant trois heures.

Je savais ça seulement parce que ma boutique se situait sur l'artère principale, à quelques pas du commissariat, et je ne pouvais pas *ne pas le* remarquer. Je ne remarquais pas que le shérif, mais toutes les routines de tout le monde. Peut-être cela faisait-il de moi la fille louche de la ville, pourtant je m'en moquais. Je préfèrerais être le genre de personne qui remarquait tout au lieu de celle qui ne remarquait rien. C'était ma petite façon d'être le changement que je souhaitais voir dans le monde. Je flétrissais un peu chaque fois que quelqu'un oubliait les détails de notre dernière conversation ou posait les mêmes questions à chaque discussion. Ces échanges altéraient toujours mon éclat et je partais toujours en me demandant pourquoi je n'étais pas mémorable.

Étant donné que je fis de l'observation mon domaine, c'était honteux que je n'aie pas réussi à remarquer les choses les plus simples chez Owen Bartlett. Je semblais remarquer les choses tant qu'elles ne m'impactaient pas. Et ça, c'était *ça* qui me blessait aujourd'hui. Je ne souffrais pas d'avoir perdu Owen comme objet d'affection, sûrement parce qu'il avait toujours été une perspective hypothétique. J'aurais dû prendre du recul et étudier mes flirts avec lui des lustres auparavant, mais c'était plus facile de m'abandonner à l'idée que j'aurais toujours Owen. Même s'il ne m'appartint jamais.

Je bus mon café et regrettai de ne pas avoir emporté un muffin avec moi. Cependant, je n'allais pas tout redescendre et retourner difficilement à l'intérieur maintenant. Monter ici n'était pas simple et je renversais tout le temps mes cafés ou cocktails dans la manœuvre. Et j'essayais de gagner du temps. De repousser mon devoir d'écrire la note d'excuses qui accompagnerait les muffins. Si je ne l'écrivais pas, ce seraient des muffins mystères et le shérif se rendrait dans ma boutique et réclamerait ce que tout cela voulait dire. Sinon, il lirait entre les *muffins* et les *brioches* et nous n'aurions pas à subir ça aujourd'hui.

Je goûterais mes créations après avoir trouvé les mots justes pour le Shérif Lau.

Ma première tentative ne fut pas affreuse, mais pas géniale non plus.

Shérif Lau,

Mes sincères excuses pour mon attitude hier soir. Je n'étais pas moi-même. Merci d'être venu à mon secours. La ville a de la chance de vous avoir.

Le moins que je puisse faire était de vous préparer des muffins et des brioches pour vous montrer ma reconnaissance.

Toute mon amitié,
Annette Cortassi.

Je relus les mots en grimaçant. Ce n'était pas *bon*. Ils correspondaient aux critères habituels pour une note d'excuses, et le message en soi était pertinemment concis, mais l'entièreté de la chose était décevante, à la manière d'un concombre trop mûr.

Cette image me fit venir à l'esprit la sensation du corps de Jackson contre le mien, la surface dure de son torse, et l'arête indéniable de son érection.

Je me rendis compte que je ne grimaçais plus. Un souffle s'échappa de mes lèvres tandis que je fouillais les souvenirs embrumés de ses mains sur mon corps nu, sa respiration saccadée dans mon oreille, ses hanches se balançant contre moi, comme à la recherche d'un léger soulagement.

J'avais provoqué ça, tout ça. Je m'étais également déshabillée et jetée sur lui. Je n'étais pas sûre de quelle quantité de fierté féminine j'avais le droit de ressentir dans cette situation. C'était un homme, et j'avais beau aimer et respecter les hommes, la plupart réagissaient systématiquement de la même manière à la vue de seins nus. Bon sang, mes nénés étaient géniaux. J'aurais été contrariée s'il n'avait pas réagi.

Une petite part de moi voulait le reconnaître. Je voulais

lui signaler que les choses avaient pris une tournure intime pour nous deux et que je n'étais pas à cent pour cent certaine de ce que je ressentais là. Je savais à zéro pour cent ce que lui ressentait.

D'un côté se trouvait son érection, sa façon de me toucher, de me retourner mon baiser.

De l'autre se trouvaient mes souvenirs alcoolisés, et ils n'étaient que mensonge.

— Rien de tout ceci n'aide, me marmonnai-je.

Optant pour la carte suivante au-dessus de ma pile, je commençai une nouvelle note. Je visais la touche personnelle, quelque chose qui disait silencieusement : « Hey ! Vous m'avez vue nue ! Peut-être avez-vous aimé ça ? » Mais trouver le juste milieu était difficile.

Cher Shérif Lau,

Merci de m'avoir ramenée hier soir. Malheureusement, il semble que je n'ai pas pu rentrer chez moi et je suis désolée pour l'ennui que je vous ai causé. J'avais eu une mauvaise journée et avais trop bu et, d'une chose en menant à une autre, c'est devenu votre problème. Je m'excuse pour cela. Je n'aime pas être le problème de qui que ce soit. Je sais que les muffins et les brioches ne peuvent pas tout résoudre, et ils ne vous feront probablement pas oublier mes paroles inappropriées et indiscrètes d'hier soir, mais c'est la meilleure idée que j'ai eue. J'espère que vous les apprécieriez et que nous pourrions mettre cette étrange nuit derrière nous. Je sais que vous êtes en ville depuis peu, mais je vous promets, je n'ai pas très souvent l'alcool mauvais ou fait de strip-tease. Ou, jamais. Je suis adulte et connais mes limites sauf quand le type avec qui je pensais me marier (un jour) se pointe dans ma boutique avec son petit ami.

Ce n'est pas juste de dire que je pensais me marier avec lui. C'était plus un recours. Plutôt, le tout dernier recours. Je pensais qu'on se mettrait ensemble à un moment donné, si aucun de nous n'était marié ou dans une relation sérieuse, mais je ne lui avais jamais fait part de ce plan. Je ne voulais pas être son problème. Je voulais être la fille qui était là s'il avait besoin de moi.

Ça a l'air pathétique. C'est encore pire qu'avoir l'alcool mauvais ou faire des strip-teases. Je ne suis pas pathétique et je sais boire. C'était une mauvaise journée où j'ai appris beaucoup de choses que j'avais ignorées ou prétendues ne pas connaître. Merci d'avoir été là quand j'avais besoin d'aide, même si je n'aime pas en réclamer. Je doute que ça vous importe. J'étais une épave ivre et en chaleur et vous m'avez mise en sécurité. J'imagine que ça fait partie de votre travail et que ce n'est qu'une autre journée au bureau pour vous.

Faites-vous plaisir avec les muffins.
Annette Cortassi

J'ÉCLATAI d'un rire mortifié en lisant mon ébauche. C'était personnel, mais aussi affreux. Je pouvais être embarrassée sans être le cliché de la fille triste et seule. Et c'était le plus triste.

En contemplant l'océan d'un bleu scintillant, je finis mon café et me demandai quel message court écrire. « Merci pour votre aide ! » ou « Désolée pour hier soir. Faites-vous plaisir avec les pâtisseries faites maison. » C'étaient des approches bien plus faciles. Je ne sous-entendais rien et ne lui racontais pas ma vie.

Cependant, je ne pouvais me remettre de la sensation de

lui, de la pression. À travers le brouillard épais de la vodka, je me rappelais son toucher. C'était une prudente caresse, comme pour m'empêcher de tomber. Ce n'était pas non plus amical. C'était intentionnel, comme s'il télégraphiait ses intentions. Ses désirs. Aucun homme ne m'avait jamais touchée de la sorte.

Je m'étais ridiculisée, et j'avais sûrement ridiculisé Jackson par la même occasion. Et je lui devais des excuses. D'une manière ou d'une autre, je devais emballer chacun de ces sentiments, et les fourrer dans un panier de douceurs.

En me penchant sur ma petite chaise branlante, j'aperçus l'horloge dans mon appartement. J'avais une demi-heure pour finaliser cette fichue note, m'habiller, déposer le panier au commissariat et enfin, ouvrir le magasin. C'était toute la motivation dont j'avais besoin pour réussir cette fois-ci mon message.

Cher Jackson,

Je vous laisse cette note parce que je sais que le shérif de la ville est très occupé et je ne veux pas vous faire perdre votre temps. Dieu sait que j'ai déjà bien abusé de celui-ci.

Merci de m'avoir ramenée hier soir et… pour tout le reste. Je vous ai fait un panier de muffins aux myrtilles sauvages pour la gêne occasionnée. Cuisiner semblait approprié après m'être retrouvée nue dans votre salon.

Je n'étais pas moi-même hier soir. Je ne voulais pas vous embrasser ou caresser vos fesses ou vous poser toutes ces questions intimes. Merci d'avoir fait semblant d'aimer ça.

C'était très noble de votre part de dormir sur le canapé pendant que je faisais l'étoile de mer dans votre lit. Je n'ai pas pu m'empêcher de remarquer à quel point il était immense. Je parle du lit. Je le jure, je n'ai rien remarqué d'autre quand je suis partie le lendemain matin.

Comme vous le savez, Talbott's Cove est une ville ridiculement petite et nous ne pourrons pas nous éviter. Non pas que j'en aie envie, bien sûr, mais je ne suis pas sûre de pouvoir vous regarder sans penser aux quarante différentes façons dont je me suis ridiculisée.

Au lieu de nous éviter, essayons d'être amis. Nous oublierons la nuit dernière… si c'est ce que vous souhaitez.
Merci de brûler cette note après l'avoir lue.

Annette

P.S : J'ai également préparé en vitesse des brioches à la cannelle. S'il vous plaît, savourez-les. Je ne suis pas sûre de savoir pourquoi, mais les brioches n'ont pas quitté mes pensées aujourd'hui.

JE NE M'ACCORDAI pas le temps de relire cette ébauche, à la place, je la pliai en deux et j'écrivis son nom sur le devant. Je retournai à l'intérieur, me dirigeai tout droit vers le panier et posai la carte au milieu. Je glissai les autres tentatives dans le livre et le laissai sur le comptoir.

Le soleil matinal et la brise de l'océan avaient séché mes cheveux. J'enfilai la première robe d'été que je trouvai dans mon placard. Les robes étaient ma pièce préférée. Un seul vêtement, aucun souci à assortir le haut au bas. Il n'y avait rien de mieux. Cela dit, les robes qui ne réclamaient pas de lavage à sec ou de repassage étaient encore meilleures. Je ne me fatiguais d'aucune de ces corvées.

Je mis de jolies sandales, attrapai mon double des clés de la boutique et crochetai le panier à mon coude.

Je ne m'autorisai pas à revenir sur les muffins ou le message, je saluai plutôt les autres commerçants et voisins en descendant la rue principale. Ce n'était pas étrange que je débarque avec une brassée de friandises. Depuis que j'avais commencé à regarder *Bake Off* et appris à faire de la pâtisserie, j'étais toujours en train de livrer quelque chose à quelqu'un.

— Bonjour, dis-je en arrivant à l'accueil du commissariat. J'ai fait des muffins ce matin et je ne pouvais pas tous les garder pour moi. J'ai pensé que le nouveau shérif aimerait goûter les myrtilles sauvages.

Cindy, la gérante du commissariat, dit :

— Bien sûr. Il sera là à dix heures. Il fait d'abord sa patrouille matinale, puis la paperasse.

Elle était allée à l'école avec ma grand-mère. Elles jouaient au bridge ensemble tous les jeudis et elle se rendait à la boutique toutes les semaines pour acheter de nouvelles romances, plus c'était cochon, mieux c'était. C'était la vie dans les petites villes. C'était étonnant qu'elle ne mentionne pas à quel point j'avais l'air adulte ces jours-ci ou qu'elle était heureuse que mon acné d'adolescente ait si bien disparu.

Elle désigna le bureau dans le coin, puis pivota vers son bureau. Elle tapa une canne contre une épaisse botte en plastique à son pied.

— Laisse-les dans son bureau, d'accord, ma mignonne ?

Je me suis fait opérer d'un oignon la semaine dernière et je suis un véritable escargot.

— Pas de problème, dis-je.

Je sortis deux muffins du panier et les posai sur son bureau.

— Vous me direz votre avis.

— Je suis sûre qu'ils sont exceptionnels, dit-elle alors que je traversais le commissariat jusqu'au bureau de Jackson.

Je ne m'autorisai pas à penser que j'envahissais son espace, et souris et saluai plutôt les officiers et les pompiers sur mon chemin. La porte du bureau de Jackson était entrouverte et je l'ouvris avec le coude avant d'entrer. C'était vide et ordonné, pas comme chez lui, et ça sentait lui. Je ne savais pas comment décrire son odeur. Boisée ? Virile ? Y avait-il des mots qui ne me rappelaient pas son érection ? Cependant, j'aimais son odeur.

Je l'aimais suffisamment pour savoir que je devais déposer ce fichu panier et sortir de son bureau.

Quelque chose chez cet homme me donnait envie de retirer ma petite culotte.

CHAPITRE 5

JE RELUS LA NOTE, MAIS PAS POUR SON CONTENU. NON, JE savais ce que ça disait. Je la lirais quarante fois si je la lisais une fois. Cette fois, je me concentrai sur les lignes et plongées de ses lettres. Son écriture était simple et directe. Pas de temps perdu sur les fioritures comme mettre les points sur les i.

Je n'allais pas ne pas répondre à cette note, ou même à cette nuit. Plus important encore, j'avais envie de revoir Annette. Bon sang, j'avais voulu la voir ce matin, mais elle exclut cette possibilité. Non pas que je lui en voulais. Ça m'exaspérait et me rendait fou d'inquiétude, mais je comprenais sa réaction. Si les rôles avaient été inversés et que je m'étais réveillé après une nuit pareille, j'aurais probablement pris mes jambes à mon cou moi aussi.

Je n'avais pas à regarder par les fenêtres pour savoir que le soir approchait et qu'il était plus que temps de rentrer. Ma boîte mail était aussi vide que moi aujourd'hui et mon adjoint était de service cette nuit. De l'avis général, j'aurais déjà dû être en train de me détendre sur ma terrasse avec une bière.

Cependant, je ne pouvais rentrer chez moi. Pas encore. Pas après que l'ouragan Annette s'était abattu dans toute ma maison. Pas après avoir subi plusieurs crises cardiaques quand je me rendis compte qu'elle était partie ce matin. Pas après avoir reçu les meilleurs muffins à la myrtille du monde – du moins, c'était ce qu'on m'avait dit – et un message rempli de sous-entendus.

Et je n'avais pas à regarder en direction de la boutique d'Annette pour savoir que la porte était ouverte et que les lumières étaient allumées.

J'avais été incapable de m'empêcher de regarder vers le centre-ville de toute la journée. J'avais eu envie d'aller la voir à la minute où j'étais arrivé au commissariat et avais trouvé les gâteaux qu'elle avait laissés pour moi. Toutefois, je savais que nous nécessitions le genre de temps et d'intimité qu'un vendredi matin animé en juillet ne pouvait nous offrir. Donc, j'attendis. Je fis les cent pas dans mon bureau, regardai par la fenêtre, partis faire des patrouilles inutiles dans la ville, en passant toujours devant sa librairie.

Je détestais qu'elle soit partie de chez moi avant que je me réveille. J'avais à peine dormi sur cet instrument de torture rigide qu'était mon canapé, et je ne comprenais pas comment elle s'était échappée en douce sans que je le remarque. Découvrir qu'elle avait honte pour hier soir, et qu'elle pensait que je faisais semblant de l'apprécier était une autre forme de torture. C'était hors de question qu'elle pense ça. Je dus faire appel à toute ma volonté pour ne pas traverser la rue principale et la corriger. C'était une sacrée bonne chose qu'on réclame ma présence en cour d'appel cet après-midi. J'avais besoin de toutes les distractions que je pouvais trouver.

Mais pendant tout ce temps-là, j'étais en conflit. Le visage et le cœur d'Annette étaient partout. Je ne pouvais pas lui en vouloir pour ça. Seulement vingt-quatre heures auparavant, elle éprouvait des sentiments amoureux pour Owen Bartlett. Même s'il l'avait repoussée, ce n'était pas bien de déduire qu'elle s'en était remise en une nuit. Les avances qu'elle m'avait faites étaient le produit du rejet d'Owen plutôt qu'une attirance pour ma personne.

Cependant, je ne pouvais nier la façon dont mon cœur s'accélérait chaque fois qu'elle me souriait. Je ne pouvais nier mon attirance pour elle ni que je la ressentais depuis mon premier jour à Talbott's Cove.

Je regardai par la fenêtre à l'approche du crépuscule et aperçus Annette dans sa vitrine. Elle était avec un client, parlant avec les mains. Avec un sourire, je relus le message.

Nous oublierons la nuit dernière… si c'est ce que vous souhaitez.

Je tapai la carte sur mon bureau, hochant la tête pour moi-même. Je ne souhaitais pas ça.

Une fois ceci décidé, je m'écartai de mon bureau, attrapai le panier vide et traversai à grands pas le commissariat. Un mur de chaleur humide me percuta quand j'en sortis. Heureusement, j'avais laissé ma veste dans le bureau. Je desserrai ma cravate, déboutonnai les boutons de mon col et retroussai les manches de ma chemise habillée. Avant de venir ici, j'avais cru que la côte du Maine profitait de doux étés légèrement venteux. C'était parfois le cas. Ça ne l'était pas ce soir.

En marchant en direction de sa boutique, j'observai deux clients en sortir, sachets en main. Ils ne me remarquèrent pas tandis qu'ils discutaient de leurs achats et se dirigeaient vers *La Cambuse*. J'avais consacré trop de temps à regarder par la fenêtre aujourd'hui pour parler à JJ de la vente trop importante d'alcool avec ses clients, mais je prendrais du temps pour le faire bientôt.

J'ouvris la porte d'Harborside Books, une petite sonnette au-dessus de moi prévint de mon arrivée.

— Une seconde, dit Annette depuis l'arrière de la caisse.

Elle était accroupie bien bas et je ne pouvais voir ce qu'elle faisait.

— Je branche juste mon téléphone. J'ai oublié de le charger aujourd'hui, et hier soir aussi. Je viens juste de m'en souvenir. En fait, je viens seulement de retrouver mon téléphone maintenant. Je suppose que je l'avais laissé dans la boîte des reçus. C'est drôle, je ne me rappelle pas être revenue ici hier. J'espère que le monde ne s'est pas effondré aujourd'hui. Si c'est le cas, ça n'aurait pas pu être si terrible vu qu'on va bien, mais on ne sait jamais. Enfin bref, je peux faire quelque chose pour vous ce soir ?

Je posai le panier sur la caisse et plantai les mains sur la surface en bois. Je ne pouvais commencer à énumérer le nombre de soucis qu'elle venait d'inventer pour moi. Au lieu de ça, j'étudiai ses boucles foncées tandis qu'elle se battait avec une multiprise surchargée. C'était la première chose que j'avais remarquée chez elle ; j'étais obsédé par ses jambes, mais ses boucles étaient à la fois fichtrement mignonnes et sacrément sexy.

— Vous pouvez m'aider à trouver la femme qui fait les plus incroyables brioches à la cannelle qu'il m'a été donné de goûter. J'aimerais la remercier pour sa générosité, entre autres.

— La... oh !

Elle sursauta, levant la tête brusquement et la tapant contre le bord de la caisse.

— Oh, merde. Ça fait mal.

— Vous êtes un puits à problèmes, Annette, marmonnai-je en m'accroupissant.

Je posai les mains sur son visage, louchant sur la marque rouge sur son front.

— C'est douloureux ?

— Non, répliqua-t-elle, les yeux baissés. Ça m'a juste surprise. Je vais bien, shérif.

— Jackson. Appelle-moi Jackson et tutoie-moi, ordonnai-je.

Je souhaitais l'ouverture d'esprit et l'honnêteté de la veille. Je ne voulais pas de la gentille fille qui disait ce qu'il fallait et qui moussait tout le monde avec des platitudes enjouées.

— Bon, dis-moi. Où est-ce que tu ranges la glace ici ?

Elle tourna la tête, forçant silencieusement mes mains à se décoller de son visage, et se leva. Elle mit plusieurs pas entre nous et occupa ses mains avec un petit pot de fleurs rempli de stylos. Je ris presque à l'idée qu'elle soit timide avec moi alors qu'elle s'était déshabillée et s'était retrouvée nue dans ma cuisine hier soir. Mais c'était cet aspect d'elle que j'avais aujourd'hui. Timide et plus nerveuse qu'un chat dans une pièce remplie de fauteuils à bascule.

Je détestais ça.

— Pas besoin de glace. Ce n'était qu'un petit coup. Il n'y aura même pas de bleu, dit-elle, toujours concentrée sur ses stylos.

Ils avaient de fausses fleurs de la taille d'une balle de baseball attachées au bout. Je ne comprenais pas, mais je n'allais pas demander. Je savais quelles étaient mes priorités.

— Je suis ravie que tu aies aimé les brioches. J'ai fait le caramel moi-même.

— J'ai *adoré* les brioches, la corrigeai-je en frottant mes paumes contre mes cuisses en me relevant. Les gars ont dévoré les muffins avant que je puisse en goûter un, mais j'ai entendu dire qu'ils étaient eux aussi exceptionnels.

Enfin, elle leva les yeux et croisa mon regard, le sourire aux lèvres.

— Je suis contente qu'ils aient remporté un tel succès.

Je secouai la tête et m'approchai d'elle.

— Que les choses soient claires, Annette. Des hommes adultes se bafferaient de muffins comme s'ils n'avaient pas mangé depuis des semaines. Une bagarre a failli éclater dans ma cellule pour ces brioches. Le bleu n'a pu grignoter que des miettes du panier. C'était la pagaille. J'ai failli faire usage de la lance d'incendie sur eux.

En riant, elle laissa tomber les stylos.

— Je suis désolée que tu n'aies pas eu de muffins. Les myrtilles sauvages sont délicieuses en ce moment. J'aurais dû en faire plus.

Je remuai un doigt dans sa direction.

— Ne dis pas ça. Ne prends pas la faute quand tu ne l'as pas méritée. Tu ne pouvais pas savoir que mon équipe était une bande de barbares.

Elle leva une épaule et la fit retomber.

— J'ai gardé quelques muffins. J'en ai peut-être quelques-uns dans la réserve si tu en veux.

J'écartai en grand les mains devant elle.

— Si je veux ? J'adorerais. Je te suis.

Sa robe bleu pâle tournoyait autour de ses jambes tandis qu'elle se dirigeait vers l'arrière-boutique. Le tissu avait l'air doux, peut-être un peu élastique, et tout ce à quoi j'arrivais à penser, c'était à le relever sur ses cuisses. Je la pencherais sur la caisse, remonterais cette robe jusqu'à sa taille, me débarrasserais de sa culotte, puis la pénétrerais d'un seul coup de reins glorieux. Je voyais ses lèvres s'écarter pour soupirer, ses paupières se fermer, sa joue pressée contre la surface.

— Jackson ?

— Qu-Oui ?

La majorité de mon cerveau était occupée à développer ce nouveau fantasme.

Je cillai deux fois et parcourus la réserve du regard. C'était un espace étriqué avec des étagères jusqu'au plafond, une vieille table de cuisine et un petit bureau contre le mur du fond. Je m'étais attendu à une montagne de livres, mais c'était méticuleusement bien ordonné.

Elle sourit et sembla réprimer un rire.

— J'ai demandé si tu voulais du café. J'ai du thé et de l'eau aussi.

— De l'eau, croassai-je. De l'eau, c'est très bien.

Annette désigna la table d'un geste.

— Assieds-toi.

Je tins compte de son ordre, mais m'asseoir ne me prit que quelques secondes. Une fois cette tâche accomplie, je ne savais pas quoi faire. Je ne pouvais la plaquer contre la table et réclamer sa culotte comme ma récompense. Pas encore. Pas tant que je ne faisais pas ressortir la femme qui m'avait fessé telle la diablesse en elle dont je connaissais l'existence.

— Annette, je…

— Tu as fini ce livre sur le basket ? Celui sur la rivalité entre Larry Bird et Magic Johnson ? demanda-t-elle en devançant ma tentative de revivre les événements d'hier soir. J'ai vendu ce livre à plusieurs personnes, je n'en ai entendu que du bien. L'auteur a écrit d'autres livres si tu veux que je les commande pour toi.

Annette posa le verre d'eau et une assiette devant moi,

un muffin à la myrtille de la taille de mon poing en son centre. Puis, elle se joignit à moi, une tasse à la main.

— Pas de muffin pour toi ?

Elle repoussa ma question d'un geste.

— Non merci. J'en ai mangé un avant l'affluence du soir.

Je haussai les épaules en coupant le muffin en deux.

— D'accord. Je n'ai pas encore terminé ce livre. Désolé. Je l'ai sur mon chevet…

— Je sais, m'interrompit-elle.

Sa voix était calme et rauque, comme je l'imaginais quand je m'enfonçais en elle et qu'elle me disait à quel point elle se sentait comblée.

— Je l'ai vu. C'est pour ça que je demande.

Je fixai Annette, mon cœur tambourinant alors que je me tenais à ce carrefour. Je ne voulais pas faire d'erreur et je ne savais pas ce qu'elle voulait.

— Je suis désolée pour hier soir. Je suis désolée d'avoir gâché ta soirée et d'avoir été une telle épave.

— Ne le sois pas, répliquai-je.

Elle s'apprêtait à m'interrompre, mais je levai la main.

— Non, Annette. Tu peux t'excuser d'être partie de chez moi sans dire au revoir, mais c'est tout.

— Alors je suis désolée d'être partie, dit-elle en riant. Mais je sais que tu n'étais pas obligée de me ramener chez toi et de me faire dormir dans ton lit. Tu aurais pu… je ne sais pas… faire autre chose. Je suis sûre que tu ne ramènes pas toutes les filles ivres de Talbott's Cove chez toi après ton service.

— Tu as raison. Je ne ramène pas de femmes. Tu es la première à être venue chez moi. J'aurais pu envoyer un adjoint à *La Cambuse* pour te récupérer et te garder pour la soirée.

— Mais tu ne l'as pas fait.

J'acquiesçai.

— Je ne l'ai pas fait. J'avais envie de te ramener chez moi.

— Tu avais envie de me ramener chez toi, répéta-t-elle.

— Oui, Annette. J'avais envie de te ramener chez moi. Je ne regrette rien et ça me tue que ça te dérange.

Elle s'appuya contre le dossier de sa chaise, croisa les bras sur la poitrine et me regarda d'un œil mauvais pendant un long moment inconfortable. J'ignorais ce qui se passait.

— Tu essaies de me rassurer, finit-elle par dire.

Je m'attendais à diverses réponses de la part d'Annette. Celle-ci n'entrait pas dans le top mille.

— Je… Je quoi ? bégayai-je.

— Essaie de me rassurer, répéta-t-elle. Tu es au courant de mon histoire personnelle et tu en profites.

— Je-je-je, euh… quoi ? balbutiai-je.

Je ne pouvais m'arrêter de secouer la tête.

— Non, c'est ridicule. J'ai plutôt essayé de passer les dernières vingt-quatre heures à prétendre que tu ne craquais pas pour le pêcheur de homards.

— Et pourquoi ? demanda-t-elle.

Elle n'en savait rien. Elle n'avait pas le moindre indice. Même après avoir soutenu que j'avais voulu la ramener chez moi, elle ne saisissait toujours pas. Que je mourrais d'envie de la voir tout le temps.

— Premièrement, tu perds ton temps et ton énergie, dis-je en ouvrant les mains devant moi.

Annette vacilla, portant la main à sa poitrine et frottant la peau exposée au-dessus de son cœur.

— Aïe.

Ce geste eut la triste conséquence d'attirer mon regard sur ses seins. Ses magnifiques seins, légèrement plus gros que ma main. Ceux qui ballottaient contre le doux tissu de sa robe pendant qu'elle se frottait la peau. J'avais envie de tendre la main et de passer les pouces sur ses tétons. Je salivais presque à cette pensée.

— Je ne dis pas ça pour enfoncer le couteau dans la plaie. Désolé.

En se détournant de moi, Annette dit :

— Ce n'est pas grave. C'était quoi le second point ?

— Le second ? répétai-je.

— Tu as dit que perdre mon temps et mon énergie avec Owen était la première chose. Il y a sûrement un second point que tu souhaites ajouter. Si ce n'est pas le cas, merci d'avoir ramené le panier et passe une bonne soirée.

Ses chevilles étaient indécentes. Ses cheveux étaient doux et sauvages tout à la fois. Ses grands yeux sombres ressemblaient à ceux d'une princesse de dessin animé. Ses robes réveillaient les fantasmes les plus coquins de ma vie. Cependant, c'était son esprit – la seule chose que je n'avais pas été capable d'observer depuis mon bureau – qui m'avait rendu fou des centaines de fois.

— Tu as raison, j'ai un autre point à souligner, admis-je. Je ne veux pas que tu fantasmes sur le pêcheur de homards et je ne veux pas oublier la nuit dernière.

Les lèvres d'Annette s'entrouvrirent alors qu'elle me regardait en clignant des yeux.

— Je ne veux pas de ta compassion romantique. Je n'en ai pas besoin, merci beaucoup.

— De la compassion ? répétai-je.

Elle acquiesça. Je secouai sérieusement la tête. Elle hocha la tête à nouveau.

Je m'emparai du muffin oublié et le pointai vers elle.

— Je vais manger ça pendant que j'essaierai de te

comprendre. J'ai besoin d'un moment avec le muffin. D'accord ?

Elle leva les yeux au ciel et recroisa les jambes. Je ne pouvais croire que c'était la même femme timide qui était incapable de me regarder quelques minutes auparavant. Ou la même séductrice qui avait repoussé les limites de ma retenue la veille. Ce n'était pas seulement la chérie de la ville comme je le pensais. Et j'aimais tout chez elle, même si elle me rendait fou avec sa discussion.

Je mordis dans le muffin et découvris rapidement un nouveau niveau d'extase.

— C'est vraiment délicieux, dis-je en prenant une autre bouchée. C'est le paradis du muffin à la myrtille. Ce n'est même pas un muffin. C'est un orgasme à la myrtille sous acide.

La lueur méprisante et énervée dans son regard fondit, elle fut remplacée par un sourire chaleureux.

— Ah oui ?

— Putain, oui. Maintenant, je comprends pourquoi les gars sont devenus fous. Ces trucs changent la vision de la vie. C'est comme si je venais d'apprendre de quoi un muffin devrait avoir l'air.

Annette renversa la tête en arrière et rit de mes propos.

— C'est un peu exagéré, tu ne crois pas ?

Je dévorai l'autre moitié du muffin et elle en remit rapidement un autre dans mon assiette.

— Pas du tout. Je ne perdrai plus mon temps avec des muffins de qualité inférieure. Pas quand je peux frapper à ta porte et te supplier de m'en donner.

Elle me fixa un moment et son regard se posa sur ma bouche. Elle commença à dire quelque chose, mais elle pressa alors le doigt sur ses lèvres et regarda ailleurs.

— Quoi ? demandai-je. Après hier soir, je pense qu'on devrait être à l'aise ensemble.

— Facile à dire pour toi, répliqua Annette. Tu avais tes vêtements sur toi.

— Oui, bon, commençai-je en lui jetant un regard appuyé. J'ai cru comprendre que tu avais aperçu quelque chose en partant. Ou ai-je mal lu ?

En haussant les épaules, elle me gratifia d'un sourire innocent.

— Peut-être un petit quelque chose.

— Peut-être pas si petit, dis-je en m'appuyant contre ma chaise et en écartant les jambes comme si c'était mon métier. Quoi que tu aies envie de me dire, je veux l'entendre.

— Tu portes un costume aujourd'hui, dit-elle en inclinant la tête vers mon pantalon bleu marine.

— Tu aimes ? demandai-je entre deux bouchées.

Ses boucles bruissèrent en secouant la tête.

— Ce n'était qu'une observation. On s'en fiche de ce que je pense de tes vêtements.

— Ah oui ? Totalement ? demandai-je tandis qu'elle continuait à secouer la tête. Je ne m'en fiche pas moi.

Elle agita les mains avec un grommellement frustré.

— Ce n'est pas ce que tu portes d'habitude. C'est la seule raison pour laquelle j'ai fait la remarque.

— J'étais au tribunal cet après-midi. C'était une courte audience alors j'ai essayé de mettre un costume.

Je haussai les épaules, espérant faire facilement sourire Annette. Ses lèvres se retroussèrent en un sourire narquois, mais son regard atterrit sur ma bouche et je dus étouffer un gémissement bestial. C'était tout ce que je pouvais faire pour cacher mon désir de l'attirer sur mes genoux et finir ce qu'elle avait commencé hier soir.

— Ça te va bien. Le costume.

Annette se pencha en avant et désigna mon visage.

— Tu as un truc là, dit-elle en fixant à nouveau ma bouche. De la myrtille.

J'avançai le menton vers elle.

— Enlève-le-moi.

Elle hésita, mais s'approcha. Son pouce effleura le coin de ma lèvre et je ne pus m'empêcher de regarder sa bouche. Je ne sus pas qui fit le premier pas, mais ses mains se retrouvèrent dans mes cheveux et mes bras autour de sa taille. L'instant d'après, elle était sur mes genoux et nos lèvres se heurtèrent rapidement. Chaque seconde palpita comme une lumière stroboscopique. Ma langue caressa la sienne et mes mains descendirent sur ses flancs, ses cuisses, ses fesses. Mais ce n'était pas suffisant.

Une pensée silencieuse tournoya au fond de mon esprit, qui faillit gâcher le moment. *Je ne serai jamais capable d'être assouvi en ce qui concerne Annette.*

— Tu trouves que c'est de la compassion ça ? demandai-je en frottant mon érection contre elle. Tu crois toujours que j'essaie de te rassurer ?

Elle passa les dents dans mon cou et des étoiles scintillèrent dans mes yeux. Je n'avais jamais voulu déchirer une robe ou un vêtement auparavant, mais j'en avais besoin autant que j'avais besoin d'oxygène. *Annette, nue, maintenant.*

— Je ne sais pas ce que je crois, murmura-t-elle contre ma peau.

Ses mains descendirent de mes épaules pour se poser sur mon torse et, après une respiration, elle me repoussa. Ce fut de la plus légère des façons, mais aucune erreur possible.

— Je ne te connais même pas.

Je la contemplai, les mains toujours agrippées à ses

fesses, dans l'attente d'un ordre. Je savais ce que je voulais et j'avais une petite idée de ce qu'elle voulait aussi, mais je n'allais pas le déclarer. Il n'y avait aucune raison de forcer le passage jusqu'à sa culotte ou insister sur le fait qu'elle se soumette à mes désirs parce que je lui ferais du bien. Peu importait qu'elle traverse une période difficile en ce moment. Dans mon esprit, un vrai homme patientait que sa femme soit prête et consentante. Il n'y avait rien de sexy à convaincre une femme de faire quelque chose à coups de compliments, même si elle finissait par aimer ça. Même si elle adorait et suppliait d'en avoir plus. Le sexe ne fonctionnait pas avec des : « Je te l'avais bien dit. » Je voulais ma femme quand elle serait prête pour moi, d'aucune autre manière.

— Ce n'est pas grave. Ça ne presse pas…

Annette saisit ma chemise et m'attira vers elle, ses genoux serrant ma taille tandis que sa bouche trouvait la mienne. Je la tins tout contre moi et l'embrassai jusqu'à en avoir le souffle coupé. Quand elle se recula à nouveau, je sus qu'il était temps d'arrêter.

J'écartai ses cheveux de son front et l'embrassai au coin des lèvres.

— Tu me plais. Tu me plais depuis longtemps. Je ne pense pas que ce soit fou de dire que je te plais aussi. Quand tu n'es pas occupée à me crier dessus, bien sûr. Mais tu es en train de t'en rendre compte et tu n'as pas besoin que je te pelote les fesses maintenant.

Je l'embrassai à nouveau parce que – durant cet instant éphémère – je le pouvais, je ne pouvais m'écarter d'elle.

— Je veux que tu le saches, Annette, dis-je en posant mon front contre le sien.

— J'étais nue dans ta cuisine hier soir, dit-elle en riant. De quoi d'autre as-tu besoin de savoir sur moi ?

— La nudité n'est qu'une forme de connaissance. Je suis sûr que tu refuses de juger un livre à sa couverture.

— Tu veux feuilleter les pages ? demanda-t-elle, les yeux étincelants.

— Tu ne peux pas savoir à quel point. Mais j'ai aussi envie d'être ton ami, Annette. Laisse-moi l'être.

— Quel genre d'ami, shérif ? Le genre avec des avantages en nature ? Ou quelque chose d'autre ?

— C'est ce que tu veux ?

Annette commença à répondre, mais se mordit la lèvre inférieure à la place. Puis, elle dit :

— Je n'en suis pas sûre.

— Quand tu le sauras, dis-le-moi.

J'avais envie de l'embrasser à nouveau, mais je savais que je ne m'arrêterais pas si je le faisais. Au lieu de ça, je passai les lèvres sur son front.

— Je devrais y aller. Garde ce téléphone chargé, tu veux ?

— J'y travaille, dit-elle en se remettant sur sa chaise.

— Bien. Verrouille la porte derrière moi.

Je ne me permis pas d'ajouter quoi que ce soit, je reluquai plutôt son corps et lui fis un sourire enflammé en sortant de la réserve. Quand la sonnette de la porte d'entrée retentit au-dessus de ma tête et que j'atterris sur le trottoir, ma poitrine hoqueta à la réalité d'avoir quitté Annette.

Je ne m'étais jamais senti affamé et repu en même temps.

CHAPITRE 6
ANNETTE

Je ne m'autorisai pas à penser à Jackson pendant que je faisais des gâteaux ce soir-là. À la place, je m'investis dans la pâte et la garniture de mes tartes, *Bake Off* en fond. Cette combinaison apaisa mes sens et me mit dans un état second où l'implosion de ma vie romantique n'avait pas l'air si mal. De plus, je ne pouvais m'attarder sur mon désir pour Jackson quand j'étais occupée à incorporer le beurre dans la pâte.

Cependant, je n'avais pas besoin de penser à Jackson pour savoir pourquoi je l'avais repoussé malgré ses baisers divins et son regard affamé. Je l'avais repoussé, deux fois, parce que je ne me faisais plus confiance.

Avant, je débordais de confiance en moi. Je savais ce que je faisais et ma vie était toute tracée. Vivre seule, ouvrir ce magasin, tout faire pour que ce soit une réussite et… Owen. La confiance frappa encore, me disant que je pouvais avoir n'importe quoi et n'importe qui si j'y mettais du mien. Jamais je ne m'étais arrêtée pour me demander si je devrais faire ce métier. Je croyais que le monde m'appartenait et, avec cette arrogance, je choisis un homme qui ne serait jamais à moi.

Je ne savais plus quoi croire. Je m'étais permise de croire qu'Owen entretenait dês sentiments pour moi ; de petits sentiments naissants qui auraient besoin de temps pour grandir, mais des sentiments quand même. Cependant, c'était un mensonge commis par ma confiance sans bornes, qui parvint à mettre Owen dans une position délicate et à m'humilier.

Je croyais, mais je pris aussi lentement conscience que je devais choisir n'importe qui, peu importe à quel point nous nous entendions mal. Quand je m'écartai de cette position délicate et de cette humiliation, je fus forcée de découvrir d'affreuses vérités. Owen n'était pas fait pour moi et je le savais. Je le savais depuis longtemps, mais je m'étais autorisée à croire que j'avais une chance parce que je ne voyais jamais ses fréquentations. En plus d'ignorer grossièrement ses préférences sexuelles, je me disais que je ne méritais que des ordures. Que j'obtiendrais l'amour d'une personne à l'usure plutôt que de recevoir une affection sincère. Que je ne méritais pas quelqu'un qui me désirait au point de me courir après.

Je n'étais pas sûre d'où tout cela venait. Peut-être était-ce mon éducation ; peut-être était-ce quelque chose que je créai. Peut-être les deux ou aucun des deux. J'avais passé tant de temps à me vendre pour réussir et à faire tout moi-même que je ne savais pas comment accepter quelque chose qui venait sans que je fournisse un effort concerté. Ça semblait trop beau pour être vrai.

À présent, je ne pouvais faire confiance à ma réaction envers Jackson. Je ne savais pas comment abandonner le monde que j'avais bâti autour d'Owen et comment en construire un nouveau autour de Jackson, et je n'étais pas convaincue de devoir le faire ou non. C'était facile de le mettre à la place qu'Owen avait laissée libre, mais ça ressemblait à la recette du désastre. Comme si un désastre n'était pas un problème assez conséquent, je ne *voulais* pas remplacer Owen par Jackson. Ce n'étaient pas des roues interchangeables, mais des créatures possédant leurs propres formes et points de vue. Jackson ne prendrait jamais la place d'Owen, ça ne lui irait pas même si j'essayais.

Si je montais dans le train de la vérité et descendais à la gare de la révélation, je verrais que je ne savais pas ce que je voulais ou ce dont j'avais besoin. Je savais que ces petites tartes étaient délicieuses et il y avait de grandes chances pour que j'enlève de la garniture aux myrtilles sauvages sur la lèvre de Jackson demain. Cependant, c'était tout ce que je savais. Je n'arrivais pas à décider au-delà de mon pouce effleurant sa lèvre. Je distinguais tous les chemins possibles : amis, partenaires de baise, liaison ; mais je craignais que le sol s'effondre sous moi si j'effectuais un pas en avant.

Mais si Jackson effectuait ce pas, je savais que je le suivrais, qu'importe le chemin qu'il choisissait.

J'enfournai deux plaques de tartelettes dans le four et mis le minuteur. Encore une fois, j'ignorai la vaisselle, m'affalant plutôt sur le canapé avec mon téléphone. Il était chargé, comme Jackson me l'avait demandé. Je ne passais pas beaucoup de temps sur mon téléphone. Le réseau dans cette zone était instable et j'avais une sainte horreur des notifications. Mon énergie consacrée aux réseaux sociaux était réservée à la boutique, et je n'envoyais pas souvent de messages, ne répondant souvent qu'après plusieurs heures.

Exemple parfait : Un ramassis de messages de mon amie Brooke s'était accumulé ces deux derniers jours. Brooke et moi étions allées au lycée ensemble, mais nous nous connaissions à peine à l'époque. Nous ne devînmes amies que lorsqu'elle déménagea à Talbott's Cove dix ans plus tard. Elle vivait dans sa maison familiale avec son père, le juge Markham. Il avait pris sa retraite des années auparavant, mais demeurait le juge Markham par ici, un peu comme beaucoup d'entre nous donneraient une direction, basée sur des points de repère qui n'existaient plus. « Tournez à droite où se trouvait le *Zayre's* avant » ou « Au coin du vieux marché, celui qu'ils ont transformé en boutique de sport, mais qui a fait faillite et qui s'appelle maintenant *Planet Fitness*. »

Brooke, ou Brooke-Ashley, le nom sous lequel on la connaissait au lycée, était mon opposée. Grande, blonde, mince, à la pointe du style. Si j'étais le genre de dame qui employait le mot *chic*, je l'utiliserais pour décrire Brooke. Mais au-delà de ces bases, elle était audacieuse et impertinente, alors que je préférais être subtilement rebelle. Elle était crue alors que je préférais tuer à coups de gentillesse. Elle vivait pour prendre de gros risques et obtenir de meilleurs avantages, et je gérais une petite affaire qui ne réclamait pas de prendre trop de risques.

La seule chose que nous avions en commun était notre célibat. Arrivées à l'âge mûr de trente-trois ans, nous alternions entre vouloir nous marier tout de suite et critiquer cette tradition. Brooke était douée pour repousser les tentatives bien intentionnées des habitants de la caser avec un fils ou un petit-fils de bonne famille. J'adorais cette fille jusqu'au bout des ongles.

Je ne m'étais jamais attendue à considérer Brooke-Ashley Markham comme ma meilleure amie, mais hors de question qu'il en fut autrement. Malheureusement pour elle, j'étais nulle pour répondre à ses messages.

Brooke : Est-ce qu'il pourrait faire encore plus humide et moche ici ? À cause de cette météo, le métro new-yorkais en été avec son odeur d'urine et de maïs me manque.

Brooke : OK. Très bien. On n'est pas obligées de parler de la météo.

Brooke : Tu veux qu'on déjeune ensemble ce week-end ? On pourrait porter des robes Lily Pulitzer complémentaires et aller à Kennebunkport boire du vin et considérer ça comme un repas. Comme tu veux.

Brooke : Pour être sincère, j'ai envie de vin. Manger n'est pas nécessaire.

Brooke : Excusez-moi, m'dame, mais est-ce que je viens de voir votre joli petit cul dans les mêmes vêtements de la veille descendre la rue ?

Brooke : J'ai besoin d'une explication. Si je n'en ai pas, je vais commencer à en inventer une.

Brooke : Non. Impossible. J'ai essayé, mais je n'arrive pas à savoir pourquoi le Petit Ange Pâtissier sortirait de chez lui avant l'aube. Ça ne te correspond pas.

Brooke : Question sérieuse, sans jugement : t'as besoin d'un plan B ? J'ai fait le plein avant de partir de NY parce que je n'étais pas sûre que le Maine campagnard soit à jour niveau contraception féminine.

Brooke : Je suis un peu partie en reconnaissance, mais personne n'a d'infos pour moi. Je ne comprendrai jamais comment cette ville peut alterner entre moulins à rumeur surpuissants et cônes de silence.

Brooke : Je veux dire, ils ne disent rien sur toi. Tu es genre, la mascotte de la ville.

Brooke : Non, tu n'es pas une mascotte. Les mascottes sont bizarres. Tu es comme une gentille sorcière.

Brooke : Ou quelque chose du genre. Tu es simplement jolie et gaie et tout le monde t'aime.

Brooke : Est-ce que ça fait de moi l'affreuse sorcière ?

Brooke : Merde.

Brooke : Maintenant que j'y pense… Je te déteste. On ne peut pas être amies.

Brooke : Sinon, papa voulait du pain de viande pour le petit-déjeuner, le déjeuner et le dîner. Il a insisté pour que je lui serve sa purée avec une boule de glace. Je vais avoir besoin de toi pour me sortir de cette honteuse situation avant que je me mette à bouffer le papier peint.

JE POSAI le portable sur ma poitrine et ris une bonne minute.

Annette : Tant de questions, mais commençons par ça : pourquoi étais-tu réveillée et regardais-tu les rues à 4 h 30 du matin ?

Brooke : Parce que je suis une putain d'ours ?

Annette : Oui, mais aussi… ?

Brooke : Le marché de Hong Kong ferme à 4 h. HNE. Celui de Singapour à 5 h.

Annette : Oh, d'accord. Je ne comprends pas comment tu arrives à travailler à ces heures-ci.

Brooke : C'est drôle parce qu'on dirait que TU travailles aussi à la même heure.

Annette : C'était juste une fois et ça ne se reproduira pas.

Brooke : Attends une petite minute. Qu'est-ce qui ne se reproduira pas ? Ça devrait absolument se reproduire !

Brooke : Aussi, ce serait super de balancer des détails comme : qui, où, comment c'était, taille et largeur. Les bases.

Annette : Parce que je n'ai pas été maligne. J'ai pris de mauvaises décisions.

Brooke : De mauvaises décisions ou de très mauvaises décisions ?

Brooke : Non, ne réponds pas. Contente-toi de me raconter cette foutue histoire avant que je ne tourne de l'œil.

LE MINUTEUR du four retentit et j'abandonnai mon téléphone pour sortir mes tartelettes. Du liquide bleu-violet foncé bullait entre les lignes de la croûte en treillis et l'odeur sucrée emplit l'air. J'en avais fait en petite quantité cette fois-ci, rien que pour Jackson.

Une fois déposées sur une grille pour qu'elles refroidissent, je retournai sur le canapé et à Brooke.

Annette : Désolée. J'avais des tartelettes dans le four.

Brooke : Comment arrives-tu à cuisiner avec cette chaleur ? La maison de papa a la clim centralisée et je transpire quand même autant que Whitney Houston sur scène. Je dois porter un soutien-gorge juste pour contrôler la transpiration de mes tétons.

Annette : On n'est pas obligées de tout partager, ma chère.

Annette : J'ai une brise qui vient de la mer. Ce n'est pas grand-chose, mais ça aide.

Brooke : Revenons à ton histoire et fais-la courte s'il te plaît. Mes deux heures de sommeil m'attendent bientôt.

Annette : Je me suis bourré la gueule à *La Cambuse*, le shérif Lau m'a ramenée chez lui, je me suis déshabillée dans son salon et lui ai dit des choses terribles, puis je me suis évanouie dans son lit.

Brooke : TU AS BAISÉ LAU ?!?

Brooke : Bien joué. Je savais qu'on ferait quelque chose de toi.

Annette : Je ne l'ai pas baisé. J'étais très ivre et très stupide, et je l'ai embrassé. Et puis, je l'ai fessé.

Brooke : Je vais avoir besoin de temps pour digérer cette information.

Brooke : Digestion terminée. Parle-moi de sa bite. Elle est immense, non ? Elle doit l'être.

Annette : J'étais la seule nue, mais d'après certaines interactions, oui, je dirais qu'elle est immense.

Brooke : OUIIIII. Alors, c'est quoi la suite ? Quand est-ce que tu vas le revoir ? J'ai besoin de ce genre de réel film érotique dans ma vie.

Annette : Je ne sais pas. Il est si poli et respectueux, j'en ai mal aux dents. Il ne m'a pas baisée quand j'étais saoule, et quand je l'ai vu ce soir, il m'a fait comprendre qu'il n'allait pas me baiser tant que j'avais les idées confuses. Ce qui n'est pas le cas. Donc c'est probablement une bonne chose de ne pas avoir franchi le pas avec lui.

Brooke : Tu l'as vu ce soir ?!? Tu l'as vu ce soir. Évidemment. Fonce et vis ta vie sans rien me dire. C'est bien. Je vais bien. Peu importe. Je me noierai simplement dans le rosé et la purée. CE N'EST PAS GRAVE.

Annette : Je lui ai fait des muffins ce matin pour le remercier pour… tout. Et il est venu à la boutique ce soir. Je ne suis pas allée le chercher.

Brooke : Des conneries.

Annette : Quoi ?

Brooke : Pardonnez-moi, m'dame, mais vos propos sont un ramassis de conneries. Ces muffins étaient comme un sentier de miettes qui menait à toi. En gros, t'as remonté ta jupe et dit : « Viens me prendre. »

Annette : Même si c'était le cas, il a dit qu'il voulait qu'on soit amis.

Brooke : Question. Il a dit ça avec une expression sérieuse et/ou une bite molle ?

Brooke : Ne réponds pas tout de suite. Question plus importante encore : pourquoi tu t'es bourré la gueule à *La Cambuse* sans me prévenir ?

Annette : Il est tard. On en parlera une autre fois.

Brooke : Non, tu dois me le dire maintenant. Je ne serai pas capable de dormir sinon.

Annette : Owen est passé à la boutique hier.

Annette : Avec son copain.

Brooke : Ah. Je vois. Je vais extrapoler un moment.

Brooke : Owen est venu à ta librairie avec son copain. Tu as donc pris une cuite parce que tu t'accrochais à tes rêves d'Owen + Annette = Pour Toujours malgré la preuve irréfutable qu'il préfère les chromosomes XY. À cause de cette prise de conscience, tu t'es retrouvée nue et as eu les mains baladeuses avec le shérif, lâchant une part de ce ridicule sur lui. Sachant cela, il ne te touchera pas avec son manche de vingt-cinq centimètres parce que tout d'abord, c'est un mec respectable qui vaut mieux que ça et ensuite, il a peur de devenir fou comme toi.

Annette : C'est quoi la question ?

Brooke : Tu gardais vraiment espoir avec Owen Bartlett ?

Annette : Je pensais que ça faisait partie du champ des possibles, oui. Les champs peuvent être très grands.

Brooke : Et tu as oublié de me mentionner ça depuis mon retour en ville ? Peut-être parce que tu savais que j'allais te faire comprendre les choses ?

Annette : On n'a jamais abordé ce sujet.

Brooke : C'est réglé maintenant.

Brooke : Tu ne me demandes pas de conseil, mais je vais tout de même t'en donner un. Accroche-toi, mon putois.

Brooke : Continue à mal te comporter. Arrête de t'en vouloir pour tes manigances nues avec le shérif. Je suis extrêmement jalouse de ces magouilles et j'attends un rapport détaillé sur sa bite. Arrête d'essayer de suivre un plan. Ça ne sert à rien, car la vie les détruira toujours tous. Je parle par expérience. Arrête d'essayer de forcer des gars à s'adapter à tes moules ronds. Les hommes sont carrés, et même s'ils adorent tout ce qui est un trou rond, ils n'arrêteront jamais d'être carrés. Soit tu acceptes le carré, soit tu en trouves un autre.

Annette : Tu veux que je baise Jackson ?

Brooke : Ce que je préfère chez toi, c'est que tu fais ce que tu veux et tu ne t'en excuses pas. Tu aimes ce que tu fais et tu réussis toujours. Donc je déteste que tout ça te rende folle en ce moment. Je veux que tu fasses ce dont tu as envie, sans t'inquiéter de le faire mal. Et quelqu'un aurait bien besoin de se faire baiser ici.

Annette : C'est juste que je ne sais pas ce que je veux.

Brooke : Alors, fais semblant de savoir jusqu'à le découvrir.

———

Parfois, mes idées étaient plus grosses que mes ovaires.

Tout avait l'air fantastique dans mon esprit, mais je n'arrivais pas vraiment à les mettre à exécution. Quand j'étais au lycée, j'avais cette grande idée de lire cent livres dans l'été. Pas n'importe lesquels, mais ceux qu'un journal sophistiqué décrétait qu'il fallait lire avant de mourir. Pour renforcer l'idée, je décidai d'analyser également ces livres, un peu à la manière de ce critique littéraire. Je serais pleine d'esprit, éloquente et me référerais à de grandes œuvres. On se ruerait sur mon petit blog WordPress maladroit.

Je ne réussis pas à lire dix livres. Ils étaient ennuyeux, pédants ou loin d'être relatifs, et j'abandonnai. La seule personne à lire mes critiques était ma grand-mère. Ça ne fit que me rappeler que je n'atteignais pas l'objectif voulu. De plus, j'étais coincée à l'intérieur, me torturant l'esprit avec des commentaires lapidaires et des règles discutables alors que j'avais envie d'aller à la plage lire des livres que je ne détestais pas.

En regardant les tartes que j'avais faites pour Jackson, je ne pouvais m'empêcher de penser à cet été. Personne ne savait que j'avais passé la nuit à tresser des bandes de pâte en forme de panier et à faire parfaitement briller les myrtilles.

Je pouvais tout aussi bien livrer ces tartes chez Brooke ou les déposer chez le barbier à l'angle. Ces garçons ne refusaient jamais de la nourriture gratuite.

Mais tout comme je savais que je ne voulais pas lire ces livres, je savais que j'avais envie de revoir Jackson. Je voulais qu'il me regarde comme si j'étais aussi délicieuse que les brioches d'hier. J'avais envie de ces choses, mais je n'avais pas envie que ça signifie quelque chose. Il y avait un nombre limité de choses que je pouvais gérer en une journée et les attentes associées à désirer Jackson n'étaient pas sur ma liste.

Je n'en étais tout simplement pas capable. Je pouvais supporter ça tant que je n'en faisais pas un immense projet comme mes cent livres et leur critique incisive.

S'il n'y avait pas d'attentes, il n'y avait pas de risques non plus.

Toujours est-il que les tartes me narguèrent toute la journée. Elles étaient dans la réserve, dans un contenant en verre, mais elles me narguèrent de là-bas. À chaque accalmie entre les clients, je me retrouvai à faire les cent pas sur le trottoir, à la recherche du SUV de fonction de Jackson sur le parking du commissariat. À chaque fois que je le voyais garé, je me demandais si je devais aller livrer mes tartes. Je me disais que je les déposerais à l'accueil et partirais, insistant sur le fait que je ne pouvais laisser la boutique sans surveillance trop longtemps.

C'était mon petit programme bien organisé, mais curieusement, la journée m'échappa. Quand j'eus fini avec la dernière flopée de clients, je regardai en direction du commissariat et découvris le ciel veiné de rose, violet et doré. Ce n'était pas l'heure à laquelle je finissais habituellement, mais je m'emparai des tartes et retournai le panneau « Fermé » en sortant.

Je ne m'arrêtai pas pour me recoiffer ou au cas où j'avais des restes d'épinards entre les dents à cause de ma salade de ce midi. Je n'avais pas besoin de faire ça parce que je ne passais qu'en coup de vent. Je ne m'attarderais pas. Si Jackson souhaitait parler des tartes ou de quelque chose d'autre, il savait où me trouver.

Je me voilais encore une fois la face.

Je poussai la porte du commissariat et saluai de la main Cindy au bureau d'accueil.

— Salut ! Comment ça v…

Elle me coupa en remuant sa canne.

— Va le voir, dit-elle en faisant un clin d'œil à mes tartes. Il sera ravi de te voir, j'en suis sûre.

Je m'arrêtai subitement, clignant des yeux en assimilant ses paroles.

— Non, ça va. Je ne veux déranger… euh… personne. Je viens juste déposer…

— Ça va pas le faire, ma mignonne, brailla-t-elle en agitant sa canne telle une mariée ivre brandissant une baguette en forme de pénis. Il m'a dit de t'envoyer dans son bureau la prochaine fois que tu passais.

Ses paroles me stoppèrent subitement. La seule raison pour laquelle il dirait ça serait parce qu'il s'attendait à ce que je lui rende visite et ça, c'était le genre d'attente que j'essayais d'éviter.

— Il a dit *quoi* ?

— Il t'attend, répliqua-t-elle en répondant au téléphone. Commissariat de Talbott's Cove, ici, Cindy. Comment puis-je vous aider ce soir ?

Comme je ne bougeais pas, elle donna un grand coup de canne contre le côté du bureau et couvrit le combiné d'une main.

— Vas-y. Ne reste pas plantée là toute la nuit. Tu connais le chemin.

Je jetai un regard noir à la porte dans l'angle au fond du commissariat. Elle était légèrement entrouverte.

— Je ne voudrais pas le faire patienter, murmurai-je en traversant le commissariat.

Celui-ci était presque désert, seuls deux adjoints étaient occupés sur des ordinateurs. Je ne mis pas longtemps à entrer dans le bureau de Jackson.

— Depuis quand je suis sur ta liste ? demandai-je en m'appuyant contre la porte.

La tête de Jackson se releva brusquement de ses documents sur son bureau et son regard atterrit sur moi. Ses yeux s'adoucirent un peu et ses lèvres pincées cédèrent la place à un sourire.

— Depuis toujours, rétorqua-t-il.

Sans regarder, il ferma le dossier devant lui et se leva. Il mit les mains dans ses poches de pantalon. Un autre costume, la veste abandonnée sur le vieux portemanteau dans le coin. Il avait les manches retroussées et le col ouvert. Pas de cravate aujourd'hui.

— C'est agréable de te revoir, Annette, dit Jackson. Je n'étais pas sûr que ça arriverait.

Il me fit signe d'approcher. Au moins quatre-vingt-quatorze pour cent de mon cœur voulurent lui obéir. Peut-être plus. Ce petit bastion dans mon esprit ne m'y autoriserait pas. Au lieu de venir vers lui, je déposai les tartes sur son bureau et m'assis sur l'une des chaises vides. Il me fixa un moment, la mâchoire contractée et les sourcils levés en me regardant croiser les jambes.

— Pourtant, tu as dit à Cindy de m'envoyer chez toi. Tu as dû deviner que je reviendrais si tu lui as dit ça.

Jackson prit le plat en Pyrex et souleva le couvercle.

— Qu'est-ce que j'ai fait pour mériter ça ? murmura-t-il en regardant à l'intérieur.

— Rien en particulier, répondis-je sur un ton désinvolte volontaire.

Je ne savais pas pourquoi, mais cet homme réveillait mon insolence. Ma connasse intérieure, si vous voulez. Ça, et l'envie d'enlever ma culotte à la minute où il m'assénait l'un de ses regards sévères. Ça avait l'air ridicule, mais un regard de lui et un ancien aspect préhistorique de moi était prêt à lui donner ma culotte et à prendre ce qu'il avait à offrir.

— Pourquoi suis-je sur ta liste ?

Il pointa une tarte sur moi. Celle-ci avait l'air minuscule dans sa grande paluche.

— La question serait plutôt : pourquoi ne serais-tu pas sur ma liste ?

Je fis un mouvement entre nous.

— Je sais que c'est très drôle, l'un renvoyant la balle à l'autre pendant cinq minutes et tout, mais j'aimerais avoir une réponse.

— Tu me plais, dit Jackson, même quand tu es occupée à me gueuler dessus.

Il mord dans une tarte, soupirant et murmurant son appréciation en la dévorant.

— Comment fais-tu ça ? Quel est ton secret ? Je ne pourrais pas cuisiner une tarte comme ça même avec l'aide de dix pâtissiers et les fruits rouges magiques de derrière chez toi.

— Réponds à ma question ou je donnerai le reste aux pompiers.

Je tendis la main vers le plat, mais Jackson l'éloigna rapidement.

— Je vais le faire, le menaçai-je.

— Tu n'oserais pas.

Il tenait le plat dans le creux de son bras, à la manière d'un nouveau-né.

— Si, ripostai-je.

Je dus ignorer avec beaucoup de difficultés la ruée d'enthousiasme dans mes ovaires à l'idée de Jackson avec des bébés. *Pfiou.*

— Je le ferais et devant toi.

Il plissa les yeux.

— Tu es mignonne, mais cruelle. Tu caches ça derrière ton joli sourire et ces putains de chevilles sexy…

— Pardon, mes *quoi* ?

— … Mais le mal se cache sous ces robes. Ces putains de robes.

Jackson hocha la tête comme s'il avait prouvé quelque chose d'essentiel, et fourra une autre tarte dans sa bouche.

— Tu es sur ma liste parce que je le veux. Si tu viens au commissariat, je ne te ferai pas attendre si je peux l'éviter.

— Il vaudrait mieux manger ces tartes et muffins quand on vient de les sortir du four, dis-je avec un rire pincé.

— Si c'est ce que tu veux croire, bien sûr, Annette. Les douceurs sont bonnes, mais tu es bien plus douce.

Je ne sus pas quoi répondre à ça et préférai frotter mon pouce sur le dessus de mes doigts.

— OK, murmurai-je. Je suis contente que tu les aimes. J'ai essayé une nouvelle recette et un nouveau design pour la croûte. C'est cool. Ce n'est pas grand-chose, vraiment. Juste quelque chose que je fais le soir. J'aime expérimenter avec la pâtisserie et je ne peux pas tout manger toute seule.

Jackson contempla le plat un moment, les sourcils levés en étudiant le motif tressé.

— Ce n'est pas grand-chose et je suis content que tu sois venue. J'avais envie de te voir, mais ta journée avait l'air de t'occuper.

— Comment… je veux dire, quoi ? bégayai-je. Qu'est-ce que tu veux dire ? Comment le sais-tu ?

Il fit pivoter son fauteuil et désigna la grande et large fenêtre.

— Si j'ai envie de te voir, je n'ai qu'à regarder par la fenêtre.

Le bâtiment légèrement en hauteur du commissariat

permettait d'avoir une large vue sur le village et directement sur mon magasin. Ça aurait pu être bizarre, Jackson m'observant du haut de cette colline, mais ça ne l'était pas. C'était extrêmement excitant. De toutes les choses intéressantes qu'il aurait pu observer – la rue principale, le port, l'Océan Atlantique qui s'étirait à l'horizon –, il m'observait ranger des livres et encaisser des ventes. Comment rivaliser avec tout un océan ?

Enfin, je dis :

— Je ne m'étais pas rendu compte à quel point tu avais une belle vue.

Il m'étudia, ses yeux analysant chaque centimètre comme s'il se souvenait de moi nue. Son regard sembla se durcir et s'enflammer. Il ne suffisait que de ça. Je dus croiser les mains derrière moi pour m'empêcher de lui jeter mes sous-vêtements.

Sa gorge hoqueta tandis qu'il avalait la tarte. Je n'avais jamais considéré l'action d'avaler comme un mouvement sexy auparavant, mais cet homme, c'était quelque chose. Plus je passais du temps avec lui, plus il me plaisait. Et tout chez lui, jusqu'à sa façon de déglutir.

— Elle l'est, acquiesça-t-il en me regardant d'une manière qui me fit rougir. Magnifique.

Je lui répondis par un sourire, les yeux fixés sur ses lèvres. J'étais très calme. Mon jeu de séduction verrouillé sur lui.

— Cette miette dans le coin te va bien, dis-je en désignant sa bouche.

On y était. L'étendue de ma séduction. Pas étonnant que j'étais encore célibataire.

Jackson sourit, se prenant à mon jeu.

— Enlève-la pour moi.

En tapotant les doigts sur le bord de son bureau, je dis :

— Tu es trop loin.

Il haussa les épaules.

— Alors tu devrais te rapprocher.

— Ça ne semble pas grandement nécessaire.

— Tu as raison, dit Jackson en hochant la tête. C'est grand, dur et nécessaire.

— Ce n'est pas ce que j'ai dit, rétorquai-je en ponctuant mes paroles d'un rire. Tu le sais.

Autre haussement d'épaules.

— C'est ce que j'ai entendu.

Il ramena ses mains ensemble, balayant les miettes.

— Tu es à des kilomètres. Viens là que je puisse te regarder.

Je jetai un coup d'œil à la porte dans mon dos, soudain consciente de l'intimité permise par le bureau fermé de Jackson. Je me levai de ma chaise et contournai le bureau, le regard braqué sur lui. J'avais besoin de toute ma concentration pour marcher sans incident.

Quand j'arrivai à ses côtés, je m'appuyai contre le bureau et l'inspectai enfin. Ses mains étaient posées sur les accoudoirs et ses jambes grandes ouvertes. Son pantalon moulait ses cuisses et je passai un long, long moment à étudier ces cuisses et la bosse manifeste sous sa ceinture. Je levai les yeux, un sourire timide sur le visage. Tout ce que je devais faire, c'était ce tout petit pas.

— Tu as pensé à quoi aujourd'hui ? demanda-t-il à voix basse.

— À toi.

Je ne pouvais pas faire mieux. Je ne pouvais me permettre de sortir quelque chose de sérieux. Je sortais d'une relation longue, à sens unique et principalement imaginaire, et je ne pouvais commencer à faire des rencontres et subir toutes les conneries que ça impliquait. Cependant, je pouvais être là, avec cet homme qui rendait la déglutition sexy, et je pouvais avoir envie de lui. Je n'avais pas encore toutes les réponses, mais je pouvais avoir envie de lui et ça pouvait être aussi simple que ça.

Je me penchai pour essuyer une miette beurrée dans la barbe négligée de Jackson, et il répondit à ce geste en m'embrassant dans le poignet. Une vague de picotements se répandit sur ma peau et un petit cri s'échappa de mes lèvres. Je me tins là, figée tandis qu'il pressait à nouveau ses lèvres sur mon pouls. Je ressentis ce baiser dans tout mon être. Il effleura ma nuque, tira sur mes tétons et provoqua une ruée de chaleur entre mes jambes.

— Jackson, soufflai-je.

— Annette, grogna-t-il.

Prends les choses en main. Prends-moi.

Comme s'il avait entendu mes demandes silencieuses, il se leva et m'attira contre lui, m'enlaçant par la taille et m'asseyant sur son bureau. Une puissante main sur ma nuque, il m'embrassa avec fougue. C'était agressif et j'aimais ça. J'en avais *besoin*. Mes mains firent des va-et-vient sur ses flancs, mes doigts s'enfoncèrent dans sa chair moelleuse, réclamant silencieusement de le posséder davantage.

Il me mordilla la lèvre du bas tout en posant ses mains sur mes seins. Je renversai la tête en gémissant et décidai que je me fichais de connaître ou non les réponses à mes questions. J'avais envie de cet homme et, d'après la dureté de son membre dans son uniforme, il avait aussi envie de moi. Puis, il m'embrassa à nouveau, mes mains trouvèrent le chemin jusqu'à sa verge palpitante dans son pantalon.

— Annie, je veux…

— Je ne sais pas ce qu'il y a chez toi, murmurai-je en m'emparant de sa ceinture.

— Quoi qu'il y ait, de rien, répliqua-t-il avec un rire.

Cette explosion de légèreté céda la place à un désordre frénétique pour se débarrasser des couches de tissu qui nous séparaient. Jupe relevée, pantalon baissé, culotte retirée, ses doigts sur mon clitoris. Sa bouche était posée sur les battements de mon cou et sa queue était dans ma main, et…

— Attends, haleta-t-il. *Attends*.

CHAPITRE 7

JACKSON

Je ne pouvais faire ça. Hors de question que je la prenne sur mon bureau. Je me moquais qu'il soit tard et que la majorité du personnel avait terminé leur journée, nous devrions tout de même être silencieux. Elle méritait plus que ce que j'avais à lui offrir ici.

— Attends, grognai-je. Attends. Annie, attends.

Elle se recula brusquement, les yeux écarquillés et sa caresse évaporée.

— Quoi ? Qu'est-ce que j'ai fait ? Qu'est-ce qui ne va pas ?

— C'est trop rapide.

Nous étions sur mon *bureau*, bordel. J'étais pour l'indécence, mais ceci n'était pas nécessaire, pas quand j'avais un lit très confortable à quelques minutes à pied.

— Laisse-moi faire ça bien. Laisse-moi bien te traiter.

Elle retroussa les lèvres et jeta un regard mauvais sur le côté, blasée.

— Sérieux ? C'est ce que tu veux ?

Elle regarda rapidement ma lourde érection appuyée contre son ventre. Après quelques instants, elle me prit en main, me caressant suffisamment pour me maintenir dur et avide.

— J'ai dû mal interpréter ça.

Pourquoi faisais-je ça ? Pourquoi ne pouvais-je suivre mon instinct et la baiser comme dans mes rêves ? Pourquoi ne pouvais-je prendre ce qu'elle m'offrait sans réfléchir à deux fois ?

— Je n'ai pas de préservatif.

Je fis des ronds sur son clitoris. Elle était trempée. Si trempée. Elle avait retiré sa culotte, mais à présent, je regrettais de ne pas l'avoir fait à sa place. Je voulais me délecter du plaisir de lui retirer ses vêtements, de contempler son corps qui se révélait à moi. Rien de tout ça n'était *juste*. Pas pour notre première fois ensemble.

— Si tu as vraiment envie de ça, tu en auras envie dans dix minutes dans mon lit.

Un nuage voila son regard et je compris que j'étais allé trop loin. Je l'avais forcée à réfléchir encore à ce qu'elle souhaitait vraiment, plutôt qu'à ce qui avait l'air bien sur le moment. Et bon sang, j'étais pour profiter, mais je pouvais attendre jusqu'à ce qu'elle en soit certaine plus d'une minute.

— Je n'aurais pas dû... Nous n'aurions pas dû. Je devrais y aller.

Elle baissa le menton et attrapa mon pantalon. Elle le remonta et rentra ma chemise à l'intérieur.

— Peut-être que nos chemins se recroiseront une autre fois.

Annette s'apprêta à descendre du bureau, mais je n'étais pas prêt à la voir partir. Je me penchai en avant, l'emprisonnai en posant les mains de chaque côté de ses hanches et passai les lèvres dans son cou.

— Tu allais me laisser te baiser sur ce bureau il y a deux minutes. Je mérite plus qu'un « peut-être ».

Après un long silence, elle releva le visage vers moi, un sourire tremblant sur les lèvres.

— Mangez les tartelettes, shérif. On se croisera en ville.

Elle s'éloigna du bureau, remonta la culotte qu'elle avait baissée et se dirigea vers la porte sans un regard en arrière.

— La prochaine fois que je t'aurai sous moi, ce ne sera pas sur un bureau, déclarai-je, suffisamment fort pour qu'elle entende, mais pas assez pour mes officiers de l'autre côté du mur.

Elle posa la main sur la poignée de porte et inclina la tête d'un côté.

— Bonne nuit, shérif.

CHAPITRE 8
ANNETTE

— Attends une seconde, s'exclama Brooke en retirant brusquement ses lunettes de soleil. Tu es *partie* ? Tu avais sa queue dans les mains et tu es *partie* ?

— Oui ? répondis-je en sombrant derrière mon verre de sangria.

Il n'y avait pas grand-chose derrière quoi je pouvais m'abriter ici, sur le quai Arundal Wharf à Kennebunkport, là où nous avions prévu de boire toute la journée. C'était encore une belle journée de juillet, le soleil était haut dans un ciel sans aucun nuage en vue. Ce qui voulait dire que ce restaurant de bord de mer était bondé et que tout le monde était au courant de mes capacités douteuses à jongler avec des pénis.

— Je n'arrive pas à y croire. Quand tu as une belle queue dans les mains, tu la baises. C'est la règle ! cria-t-elle.

Les gens autour de nous se retournèrent, mais Brooke les repoussa de la main.

— Oh, s'il vous plaît, c'est bon, avertit-elle par-dessus son épaule. Soyez plus subtils quand vous écoutez les conversations des autres.

Je croisai les bras sur la table et me penchai un peu plus vers elle.

— Si tu continues à hurler « queue », on n'aura pas le droit de revenir, murmurai-je. Baisse d'un ton, tu veux ?

En levant les yeux au ciel, Brooke se recula dans son siège.

— Je n'arrive pas à croire que tu l'as laissé en plan dans cette… poursuivit-elle en faisant une pause avant de montrer son entrejambe. … condition.

— Non, mais tu t'entends ? protestai-je. Je laisse un gars les couilles bleues et ça constitue un crime contre l'humanité. Tu as abandonné la moitié des hommes new-yorkais dans cette même condition et c'est ta fierté. Je t'en prie, explique-moi quelle est la différence entre nos deux situations.

Brooke s'empara de sa sangria et en prit une bonne gorgée.

— Tout d'abord, je suis la pire connasse que New York ait jamais connue. Je ne peux rien y faire si les hommes trouvent ça excitant et courent après moi avec leur triste petite bite qui pend. Mais plus important encore, je m'en foutais de tous ces types. Bordel, je n'arrivais même pas à me rappeler leur nom quand j'étais avec eux.

Je contemplai l'eau et les bateaux qui se déplaçaient dans le port. C'était réellement une parfaite journée d'été, le genre de journée que je gravais dans ma mémoire pour me porter secours en hiver.

— Je me fiche de Jackson, déclarai-je.

— Tu sais ce qui est impressionnant ? murmura-t-elle. À quel point tu ne sais pas mentir. Redis-le, que tu t'en fiches. Peut-être que cette fois-ci tu seras capable de me regarder pendant que tu le dis. Oh, et aussi ? Essaie de le dire comme si tu en étais persuadée, pas comme si tu me posais une foutue question.

Je lui lançai un regard assassin depuis l'autre côté de la table.

— D'accord, très bien. Je ne me fiche pas de Jackson. C'est mon voisin et je le croise en ville, mais…

— Oh bordel de Dieu, grogna Brooke.

Elle releva ses lunettes de soleil sur le haut de sa tête et se frotta l'arête du nez.

— Je t'aime, mais j'ai aussi envie de te gifler. Très fort. Pas juste une petite tape rapide, mais une grande gifle, du genre à laisser la marque de ma main sur ton visage et à effacer toutes ces conneries dans ta tête.

— Je te giflerais en retour, marmonnai-je.

— J'espère bien oui, répliqua-t-elle en remontant le haut de sa robe sans bretelles. Meuf, c'est quoi ton problème ? Pourquoi évites-tu ce beau morceau ?

— Oh, je ne sais pas, dis-je en levant le pichet de sangria pour remplir nos verres. Peut-être parce que je le connais à peine et que je ne peux pas sortir avec lui et ensuite l'éviter toute ma vie.

Brooke secoua la tête, des mèches blond pâle tombant sur ses épaules.

— Tu n'aurais à l'éviter que si tu faisais quelque chose d'impardonnable. Tu sais, comme te tromper de prénom ou le frapper dans les couilles ou lâcher un gaz quand vous couchez ensemble. T'es au courant de ça, pas vrai ?

Sans attendre de réponse, elle poursuivit :

— Et à part moi, je suis quasiment sûre que tu n'auras pas à annoncer tes parties de jambes en l'air à la réunion du conseil municipal. Je sais que Talbott's Cove est en retard sur son temps, mais je ne crois pas qu'il soit encore nécessaire de déclarer tes plans drague à la communauté. Donc, pour résumer, appelle-le maintenant et dis-lui que tu es prête à retrouver la raison.

— Super info. Merci beaucoup.

J'engloutis ma sangria. C'était tout ce que je pouvais faire. Je n'avais plus d'autres explications à donner à Jackson, à Brooke et à moi. Tout ce que je savais, c'était que ma tête m'avait dit de partir, mon cœur n'avait pas pris position et mon vagin m'avait hurlé de rester. Et c'était trop pour moi, cette guerre infernale de volontés.

J'étais prête à faire usage de mes parties intimes, bien sûr. Personne ne s'y était intéressé depuis longtemps. Mon cœur souffrait encore pour Owen et mon mauvais jugement, mais il battait également plus fort, plus vite quand Jackson n'était pas loin. Mais à chaque battement rapide et fort, la douleur de ma rupture à moitié imaginaire se déclenchait dans ma poitrine. Mon cerveau n'était pas encore prêt. Il n'aimait pas l'idée que je m'abandonne à Jackson et travaillait dur pour que je ralentisse, apprenne à le connaître et garde ma culotte.

Mes organes principaux se faisaient un concours de regard.

— S'il te plaît, explique-moi simplement pourquoi tu as laissé tomber sa bite, réclama Brooke. Je suis très curieuse de savoir et si tu ne me le dis pas tout de suite, je te harcèlerai sûrement pour le restant de ta vie de mortelle. Peut-être plus. J'ai entendu parler d'une sorcière à Salem qui communique avec les défunts. Elle pourra me dire, une bonne fois pour toutes, pourquoi tu as rejeté Jackson Lau *après* que tu as posé les mains sur ses bijoux. Donc ce n'est pas grave si tu ne me racontes pas toute cette merde maintenant. La sorcière te le fera avouer une fois morte. Et ça pourrait être bientôt parce que je vais t'étrangler si tu continues à faire ta sainte-nitouche avec un homme qui est clairement obsédé par toi.

Je la regardai, le soleil de l'après-midi miroitant sur sa chevelure. Ses lunettes étaient énormes, tout droit sorties du placard de Jackie Kennedy. Sa robe d'un bleu profond aux motifs vert anis donnait à sa peau un aspect de crème au beurre. C'était incroyable comment une si belle personne pouvait être aussi impitoyable.

— Il n'est pas obsédé par moi, rétorquai-je.

— Hmm hmm, bien sûr, d'accord, répondit Brooke en bougeant la tête.

— Il ne l'est pas, insistai-je. C'est un homme vraiment gentil. Il se veut juste gentil.

— Tu te rends compte que le jeu n'en valait pas la chandelle ? Qu'il avait la viande devant lui et n'a pas pu y goûter ?

— Je ne peux pas croire que tu viens de dire ça à voix haute. C'est une chose de le penser, c'en est une autre de balancer ces mots au milieu d'un restaurant bondé. Je ne comprends pas ton cerveau.

— Peu de gens le peuvent. Mais peux-tu m'en vouloir de demander ? Tu ne me racontes rien. Tu me dis que tu es allée à son bureau avec de la tarte, qui est l'équivalent sucré des talons qu'on met quand on veut baiser. Et les choses ont rapidement dégénéré. Puis tu as rejeté sa bite de la même manière qu'une patate chaude ? Je ne saisis pas, meuf. Je ne peux pas. Reprends-moi ou plaide la folie.

J'aspirai la lèvre du bas entre mes dents en réfléchissant à ses propos. Les réponses, je n'arrivais pas à comprendre ce genre de vérité du premier coup. J'avais envie de Jackson, ce n'était pas un mystère, mais ce n'était pas aussi simple. Je ne savais pas comment j'avais envie de lui tout en protégeant mes émotions, et je ne me faisais pas confiance à ces émotions en ce moment.

— Il a dit qu'il voulait me ramener chez lui, commençai-je en choisissant avec soin mes mots. Il a dit qu'il voulait faire les choses bien.

Brooke me regarda en clignant des yeux pendant une bonne minute.

— Tu n'arranges pas ton cas là, chérie, dit-elle. Écoute, je suis à fond pour une partie de sexe rapide sur un bureau. J'adore un petit coup en passant. Mais qu'il te dise qu'il veut que vous alliez chez lui, faire ça bien… c'est une pancarte gigantesque qui t'informe qu'il veut descendre en ville et visiter un petit peu les différents quartiers.

— Quoi… de quoi parles-tu là ? Franchement, je ne comprends rien. Je croyais que je savais de quoi tu parlais, mais…

— Léchage de vagin, rugit-elle.

Ça nous valut plusieurs regards renfrognés.

— Désolée, dis-je à la table à côté de nous en désignant Brooke. Elle ne… elle ne va pas bien. C'est une maladie.

En m'ignorant, elle continua :

— S'il avait seulement voulu tremper sa queue, il t'aurait baisée sur le bureau. Je suis toujours aussi déconcertée que tu aies rejeté ce mec.

— D'abord, il a dit non avant que je dise non.

— Il n'a pas dit non. Il a dit : « Allons chez moi afin qu'on puisse jouer à Tarzan et Jane. » La différence est indéniable.

Elle réclama au serveur un autre pichet de sangria.

— C'est bien de noter qu'on a suffisamment de temps et d'alcool pour continuer à jouer au jeu des raisonnements erronés, mais j'adorerais entendre la vraie histoire. Celle que tu caches sous une montagne de conneries.

— J'ai peur, avouai-je. J'ai peur de commencer quelque chose avec Jackson et…

— Je déteste avoir à te l'annoncer, chérie, mais tu as déjà commencé quelque chose, m'interrompit Brooke.

— Brooke, l'avertis-je.

— Annette, répliqua-t-elle sur le même ton. Je te remets à ta place. C'est la seule chose dans laquelle je suis vraiment douée.

Ce n'était pas vrai, mais je m'occuperais de ça plus tard.

— J'ai peur que les choses avancent avec Jackson, dis-je en lui jetant un regard acerbe. Je ne sais pas si je suis prête pour ça. Je ne sais pas ce que je veux. Je ne le connais même pas. Je ne me fais pas confiance pour prendre les bonnes décisions.

Brooke me contempla un long moment, puis dit :

— Tu réfléchis trop. Oublie Owen Bartlett et les beaux bébés imaginaires que tu allais avoir avec lui. Le meilleur remède à ces conneries, c'est de se faire baiser. Tu prends une simple situation et tu en fais tout un plat. Arrête de t'inquiéter de tout. Si tu ne le chevauches pas comme une cavalière très bientôt, je vais le faire.

Je posai mon verre sur la table avec fracas tandis qu'une extrême possessivité s'emparait de moi plus vite que je ne pouvais la comprendre.

— Tu ne ferais pas ça.

En haussant les épaules, Brooke poursuivit :

— Je sortirai les Louboutin, enfilerai l'une des deux robes qui fait croire que j'ai des seins et un cul et je lui apporterai un peu de ma *tarte*.

Je l'imaginais à présent. Sa taille de guêpe enveloppée dans un simple bout de tissu et la longueur de ses jambes accentuée par les talons les plus dangereux de sa garde-robe.

Elle peindrait sa bouche rouge également. Ça lui allait toujours bien à elle alors que moi, je ressemblais à une enfant qui jouait avec le maquillage de sa mère.

Cependant, je ne pouvais imaginer les mains de Jackson posées sur elle. J'avais beau essayer de me tourmenter avec la vision de Brooke dans les bras de Jackson, je n'y arrivais pas. En essayant mentalement de mettre ma meilleure amie avec le gars que je ne pouvais me sortir de la tête, je me retrouvai à penser à ses mains sur moi. La façon dont il serra ma taille quand il me souleva et me posa sur le bureau. La façon dont il agrippa mes cuisses quand il m'avait portée sur son épaule. Comme il était brusque, mais tendre.

Malgré la chaleur, mes poils se hérissèrent. Je refusais d'admettre le durcissement de mes tétons. Ils possédaient leur propre volonté.

— Écoute, meuf. Si tu ne veux pas prendre ce qu'il t'offre, quelqu'un d'autre le voudra, déclara Brooke. Et cette personne, ce sera moi.

Elle me sourit en haussant les épaules.

— Quoi ? Ça te pose un problème ?

Je ne les voyais toujours pas ensemble, mais imaginer seulement les mains de Brooke sur Jackson me retourna. En m'efforçant tant bien que mal de ne pas prendre une voix de femme des cavernes, je dis :

— Euh, oui, ça me pose un problème.

Je me déplaçai pour lui faire face.

— Garde les Louboutin sur ton étagère et reste à distance du rouge à lèvres carmin.

— Vraiment ? Parce que je pensais que tu n'étais pas intéressée.

Elle fit un geste de la main, d'une manière de dire qu'elle n'en avait aucune idée.

— Tu as passé tout l'après-midi à me dire que ça ne fonctionnerait pas et que tu n'avais pas de sentiments pour lui. Vu que tu t'es retirée et que tu refuses de revenir sur tes propos, il ne me reste plus qu'à en déduire que j'ai quartier libre.

La plupart des gens sous-estimaient Brooke. Ils voyaient en premier ses cheveux, son visage, son corps, et ils s'imaginaient qu'elle n'était rien d'autre qu'une poupée Barbie grandeur nature. Une tête remplie de silicone, hein ? Faux. Elle était sacrément intelligente et travaillait plus dur que quiconque dans mon entourage. Elle avait aussi le plus grand cœur. Il était entouré de fil barbelé et maintenu dans de la glace, mais il était tout de même immense.

Je lui tapotai le coude pour détourner son attention des hommes à quelques tables de nous.

— Je vais te dire quelque chose et j'ai besoin que tu saches que je le dis avec amour.

Brooke agita la main, me pressant à parler.

— Vite, mon chou, il faut que je retourne reluquer ces mecs.

— Parfois, tu es une salope manipulatrice.

Elle renversa la tête en arrière et lâcha un rire guttural.

— Parfois ? C'est carrément écrit sur ma carte de visite : « Brooke Markham, salope manipulatrice et gestionnaire de fonds spéculatifs ».

— C'est ce que tu fais ? demandai-je.

— Putain, Annette. D'abord, tu me dis que je ne peux pas planter mes crocs dans ta viande et maintenant, tu dis que tu ne connais pas les détails principaux de ma vie professionnelle ? Je commence à penser que nous ne sommes pas amies, mais des connaissances qui boivent et se plaignent ensemble.

— Il n'y a rien de mal à être des connaissances qui boivent et se plaignent ensemble, dis-je en levant mon verre pour trinquer avec elle. Des connaissances qui se racontent des choses que personne d'autre ne dira, et qui ne se détestent pas trop à cause de ces choses.

C'était la simple vérité, qui était aussi tordue. L'amitié entre adultes était complexe. La nôtre l'était assurément.

— Arrête. Je ne verse pas dans le sentimental, pleurnicha-t-elle. Et n'oublie pas, on est les seules filles trentenaires et célibataires en ville. C'est une amitié née d'une pénurie.

Je hochai la tête, acceptant sa vision cynique de la réalité.

— Bien sûr. OK, ça engendre une nouvelle loi. Si j'ai eu un pénis dans les mains, tu n'as pas le droit de lui courir après. Un pénis nu, sans les vêtements.

— Est-ce que ça inclut les frottements habillés ?

Lorsque je la toisai avec mépris, elle précisa :

— Quoi ? C'est une clarification importante.

— On est trop vieilles pour se frotter. On n'a plus dix-sept ans et on ne conclut pas avec des hommes à l'arrière du minivan de la mère d'untel.

— Très bien, accepta-t-elle en levant les yeux au ciel de façon dramatique. Tu veux réglementer autre chose ?

Je secouai la tête en riant.

— C'est tout pour aujourd'hui. Je ne peux pas m'occuper d'autre chose que Jackson.

Brooke baissa ses lunettes et me regarda par-dessus ses verres.

— Mais tu t'occuperas de lui ? demanda-t-elle, ses propos lourds de sous-entendus.

Je levai les deux mains pour me rendre.

— Je ne sais pas. Je ne sais pas ce qui va se passer. Il pourrait ne plus avoir envie de s'occuper de moi.

En disant ça, je me rappelai Jackson en train de me dire que la prochaine fois ne serait pas sur un bureau. Je dus me pincer les lèvres pour éviter d'arborer un sourire niais.

— Tu gardes tes distances avec lui et je prendrai les choses comme elles viendront.

— Parfait. Prendre, venir. Que de bonnes choses. Tu as besoin d'un peu plus des deux dans ta vie.

— Seulement moi ?

Brooke me regarda avec de grands yeux méprisants.

— Euh, non. On en a toutes les deux besoin. Ce monde serait plus agréable si on avait ça régulièrement. C'est la raison pour laquelle il faut que je retourne à ses casse-croûtes de l'autre côté du quai. Voyons si on peut faire en sorte qu'ils nous paient d'autres verres.

Je jette un œil au groupe de types, chacun avec un polo d'un pastel différent. Ils étaient jeunes, sûrement la vingtaine. Mignons, mais le visage bien trop jeunot pour moi. J'avais besoin d'un homme plus âgé. Avec de l'expérience, de l'esprit.

— Tu te mets au harem ?

— Tu es au courant que ce terme est vieillot et péjoratif ? répondit-elle sèchement. On dit polyamour maintenant.

— Oh, d'accord, murmurai-je. Oui, tu devrais en prendre un. Sans aucun doute. Mais je vais m'accrocher à la seule bite si ça ne te dérange pas.

— C'est ce que je me tue à te dire, cria-t-elle, attirant à nouveau l'attention des clients autour de nous.

Elle regarda autour de nous en souriant.

— Quoi ? Je n'ai même pas dit *queue* cette fois-ci.

CHAPITRE 9
JACKSON

Trois jours défilèrent sans un mot ni une miette, d'Annette.

C'était étrange, vraiment, d'avoir une relation avec une femme qui débutait avec elle, nue. Elle m'en voulait que je refuse de la baiser, puis elle refusait de se demander si nous devrions nous revoir. Était-ce vraiment une relation à ce stade-là ? Ça devait l'être. Je ne tolérerais aucune autre désignation.

J'avais envisagé de lui courir après lorsqu'elle était sortie de mon bureau. Qui ne le ferait pas ? Cependant, je devais gérer le problème de ma queue plus dure qu'une barre de fer et de sa mouille sur mes doigts. Je n'étais pas fait pour les apparitions en public. C'était suffisamment flagrant pour que la gérante du commissariat, Cindy, soit déjà en train de dresser une liste de mariage et de noms de bébés. Je ne pouvais faire qu'empirer les choses en courant après Annette dans tout le village, pendant que tout le monde regardait depuis leur quai et leur porche entouré de moustiquaires.

Au lieu de lui courir après, j'attendis… et attendis. Je m'étais accroché à l'espoir qu'elle passerait déposer des pâtisseries, juste pour continuer cette boucle sans fin. Pas de chance. Ces derniers jours, j'avais réussi à intégrer à ma routine des patrouilles sur la rue principale toutes les heures.

Oui, je la surveillais. Une partie de moi espérait qu'elle me remarquerait passant en voiture devant sa boutique une ou cinquante fois, et qu'elle sortirait me crier dessus.

Heureusement, je n'eus pas à attendre plus longtemps. Je l'aperçus manipulant un étal de pêches fraîches au marché local. Je n'étais pas fier d'avouer que je la contemplai une bonne minute ou deux à l'autre bout du rayon fruits et légumes.

Je n'avais pas prévu d'aller faire les courses ce soir, mais à présent, j'étais excité de ne plus avoir d'œufs. Ses cheveux foncés tombaient en cascade sur une de ses épaules, voilant son visage pendant qu'elle examinait les pêches. Elle sentait, serrait, inspectait.

Que j'enviais ce fruit !

Après l'avoir dévorée longuement des yeux, je fus enfin capable de bouger. De rapides enjambées me sortirent du rayon légumes et me rapprochèrent des fruits de saison. Je me faufilai à côté d'elle, mon coude percutant le sien en prenant une pêche. Elle leva les yeux vers moi, un sourire automatique se transformant en sourire narquois, un sourcil levé.

— Shérif, me salua-t-elle en me jetant un rapide coup d'œil.

Son regard s'attarda sur mes épaules, semblant s'arrêter à l'emblème du commissariat sur ma manche.

— C'est marrant de te voir ici.

— Ah oui ? Marrant ? demandai-je d'un air innocent. Devrais-je penser que tu crois que je ne me nourris que de tes pâtisseries ? Ou que je bizute mes bleus en leur faisant faire mes courses ?

— Bien sûr que non, murmura-t-elle. C'est juste que je ne t'ai jamais vu ici. Je me disais que tu utilisais l'un de ces services de livraison comme tu étais débordé.

— Mes mains n'ont pas été débordées depuis trois jours, répliquai-je dans un souffle. Tu en sais quelque chose ?

— Bien sûr que non.

Elle prit une autre pêche. Elle sentit, serra, inspecta.

— Eh bien, poursuivis-je en secouant la tête. Je fais mes propres courses. Je ne suis pas sûr qu'un des marchés locaux propose la livraison, et aucune de ces grosses chaînes n'est assez près.

Je lui tendis une pêche et faillis exploser quand elle se pencha pour sentir son parfum, ses seins effleurant mon avant-bras dans la manœuvre.

Elle ferma les yeux et son sourire narquois se fit joyeux.

— Mmm. Oui. Celle-ci.

En hochant la tête, elle me prit le fruit et le mit dans son panier.

Quel régal ce serait de faire plaisir à cette femme autant qu'avec cette pêche mûre !

Je m'éclaircis la gorge :

— Alors, pourquoi toutes ces pêches ?

Annette inclina la tête de gauche à droite en prenant une autre pêche.

— Je travaille sur de nouvelles recettes. Scones, tartes, d'autres trucs. Je ne les maîtrise pas encore, mais je pense que c'était parce que ce n'était pas la saison des fruits à noyau quand j'ai essayé. Vu que tout le marché sent la pêche mûre, je me suis dit qu'il était temps de réessayer.

— Tu as besoin d'aide ? demandai-je.

Elle leva les yeux vers moi, surprise.

— Avec quoi ? La pâtisserie ?

— Oui. Ou autre chose. Occuper mes mains.

Elle rit, mais se pencha plus près pour murmurer :

— Tes mains trouveront sûrement le chemin jusque sous ma jupe et loin de la pâte.

Ce fut à mon tour de rire.

— Alors c'est comme ça, Annette ? Je ne suis pas digne de confiance ?

Elle haussa une épaule en guise de vague confirmation tout en continuant à examiner le fruit.

— Je te rappelle que je n'ai jamais eu le plaisir de t'enlever ta petite culotte. Peut-être que ce n'est pas moi qui ne suis pas digne de confiance.

Elle m'avait toujours devancé, d'une manière ou d'une autre.

— Crois-moi, murmura-t-elle en me jetant un regard de côté. J'y ai pensé.

Elle abandonna l'étalage de pêches, et je fus sur ses talons. Il m'apparut que suivre Annette au marché local à cette heure allait attirer l'attention des locaux. J'étais déchiré entre ralentir le pas et ne pas me préoccuper du moulin à rumeurs. Durant cette brève seconde, je pris la décision de faire les deux. Je la laissai marcher, sans rôder à ses côtés, mais en acceptant le fait que les gens seraient capables de deviner mes intentions à un kilomètre.

— Tu ne peux pas survivre juste avec des scones. Laisse-moi te préparer à dîner, dis-je quand je la rattrapai au rayon crèmerie.

Elle était en train de mettre du beurre dans son panier.

— Puis, tu pourras m'apprendre à pâtisser.

Elle commença à émettre une objection, les lèvres déjà

retroussées et ses boucles balayant ses épaules alors qu'elle secouait la tête. Puis, elle s'arrêta.

— Il est grand comment ton four ? demanda-t-elle.

Je répliquai avec le genre de conviction réservé à la puissance et la taille du pénis.

— Immense.

———

ANNETTE ME RETROUVA chez moi et empila ses courses et ses ustensiles de cuisine sur l'îlot de ma cuisine. Une fois mon arme rangée, je me plaçai à ses côtés, les mains derrière le dos, et lui permis une minute de défaire ses sacs et d'organiser ses produits. Ça semblait un délai adéquat avant de poser les mains sur elle.

Quand son matériel et ses ingrédients furent classés, je l'enlaçai par la taille.

— Tu viens avec moi, grognai-je en la plaquant contre le réfrigérateur.

Mes lèvres caressèrent les siennes et toute la tension que j'avais accumulée ces derniers jours s'évapora. *Pouf.* Elle avait disparu, à sa place se trouvait un voile épais de désir. Ses mains empoignèrent mon uniforme brun tandis que je l'embrassais, l'attirant plus près. J'écartai ses pieds et me pressai contre son entrejambe. Impossible de nier ma réaction immédiate face à son baiser, son corps, sa présence chez moi. Elle méritait de savoir à quel point elle m'affectait. Quand nous reprîmes notre souffle, elle était à bout de souffle et tremblait dans mes bras, les yeux dans le vague et les lèvres gonflés. Je n'étais pas mieux.

— C'était pour quoi ça ? demanda-t-elle en inclinant la tête pour me regarder.

— J'ai besoin d'une raison ? questionnai-je, toujours en me déhanchant contre elle.

C'était divin, même à travers ces couches de vêtements.

— J'imagine que non, mais il faut vraiment qu'on arrête de répondre à une question par une autre. Quelqu'un doit répondre à un moment donné, dit Annette en posant la tête sur le côté.

Cela me permit de la savourer ici et je n'eus pas à attendre longtemps avant que ça me démange de toucher sa peau.

Je remontai sa jupe, calant le tissu à ses hanches. J'étais dangereusement près de sa culotte. Ce n'était pas ce que j'avais en tête. Je m'étais dit que je l'embrasserais et étancherais ma soif de l'avoir contre moi. Mais ça ne suffisait pas. J'avais eu ses baisers, ses caresses. J'en voulais plus. Ce qui me conduisit à une conclusion évidente. Je ne m'écarterais pas de ce frigo tant que le MacGyver en moi n'aurait pas réussi à lui donner d'orgasme.

Pas touche aux sous-vêtements ? Pas de problème.

— Voici une question à laquelle tu peux répondre, grognai-je en m'appuyant contre la chaleur de son entrejambe.

C'était plus qu'une simple friction. J'étais complètement en rut à présent. Nous étions si proches, seulement séparés par de fines couches de tissu. Sa culotte, mon pantalon. Rien d'autre. Si cela était possible, c'était encore plus indécent que notre moment partagé dans mon bureau.

— Ça va ? Tu veux que j'arrête ?

Elle secoua la tête et ses cheveux tombèrent en cascade sur son visage.

— Ne t'arrête pas.

— Mais ça va ?

— Mmhmm.

Ce fut sa seule réponse. Ça, et ses ongles remontant dans mon dos jusqu'à mes épaules. Ma chemise aurait dû atténuer son toucher, mais comme tout entre nous, elle ne fit qu'attiser les sensations. Le tissu chatouilla ma peau dans le sillage de ses doigts et une sensation de chaleur et de vertige me submergea.

— Tu es si petite, murmurai-je en caressant ses cuisses tandis que j'effectuais des coups de reins.

— Pas vraiment. Je suis loin d'être petite, répliqua-t-elle d'une voix basse et rauque, comme si elle venait de se réveiller.

— Ah, mais tu es si petite à mes yeux, dis-je, les lèvres à la croisée de son cou et de son épaule. Je te l'ai dit l'autre soir, tu es fragile.

Elle crocheta sa jambe autour de ma taille et inclina ses hanches vers le haut pour m'accueillir, désespérée de trouver le rythme dont elle avait besoin.

— Est-ce que ça veut dire que tu as peur de me briser ?

Je secouai la tête, murmurant mon désaccord.

— Je sais m'occuper de toi, Annie.

— Dis-moi comment tu t'occuperais de moi. Je t'en prie.

— Tu n'as pas à me supplier. Jamais.

Je la pris dans mes bras, la soulevant pour mieux en profiter, et m'enfonçai entre ses jambes. Le point chaud à cet endroit-là s'humidifiait de plus en plus.

— J'insérerais un doigt en toi, puis un autre. Je n'aurais pas à te chauffer parce que tu l'es toujours pour moi. Pas vrai, ma belle ?

Un cri brisé s'échappa de ses lèvres alors qu'elle hochait la tête.

— Quand je ne pourrai plus supporter la vue de ton cul

rond se déhancher sur ma main, je sortirais ma queue. Je te pénétrerais en entier.

— Oh mon Dieu, haleta-t-elle. Jackson.

— Oui, Annie ?

Je continuai à me frotter contre son entrejambe, mais n'explorai pas au-delà de la barrière de coton. D'une certaine façon, elle ne m'avait pas donné sa permission. La chasteté occasionnelle et les limites inégales que nous avions établies n'avaient rien de logique, mais ce n'était pas le moment de les renégocier. Elle souhaitait savoir comment je la baiserais et j'avais l'intention d'illustrer ça… sans toucher ses sous-vêtements.

— Je… J'y suis presque, dit-elle dans un cri étouffé.

— Je sais, ma belle.

J'accélérai le rythme. Le réfrigérateur bougeait en même temps que nous, craquant sur ses roulettes et tapant contre les meubles attenants.

— Tu vas jouir pour moi.

— Dis-moi ce qui se passe une fois que tu es en moi, dit Annette.

Je me disais que je serais choqué. Je pensais que je serais incrédule à l'idée que cette douce Annette livresque me réclame des profondeurs de mon être des histoires coquines. Mais ce n'était pas le cas. C'était Annette, douce, intelligente, accueillante, généreuse… et coquine. Pour moi, ça faisait sens. Je ne voudrais pas qu'il en soit autrement.

— Tu crierais pour moi, grondai-je tandis que ma queue se contractait, comme à l'approche de l'orgasme.

J'en étais proche. Si proche.

— Tu crierais quand je te percuterais, puis tu crierais pour en avoir plus quand je ressortirais. Tu continuerais de crier pendant que je te plaquerais contre moi.

— Et tu n'arrêterais pas, dit-elle entre deux cris. Tu n'arrêterais pour rien au monde.

Je sentis ses ongles écorcher ma peau à mon col, ces petites douleurs me forcèrent à continuer tels des fouets.

On y était, je m'étais retenu assez longtemps et le plaisir à peine murmuré dans sa voix était trop pour moi. Bien trop.

— Non, ma belle, je n'arrêterais pas tant que je n'aurais pas tout pris de toi, que tu pourrais crier et te tenir debout toute seule.

Ses mains s'agrippèrent à mon dos et mes épaules, désespérée de s'accrocher à quelque chose.

— Oh mon Dieu, oui, haleta-t-elle. J'en veux encore, Jackson. *Encore.*

Qui étais-je pour dire non à cette femme ? Je ne m'y opposerais pas. Non, même si j'étais à deux doigts d'éjaculer dans mon pantalon. Nous nous précipitions la tête la première vers cette issue et pour la première fois dans mes années éjaculatoires, je ne cherchais pas d'autres alternatives. Ses ongles griffaient mon dos, ses jambes étaient serrées autour de mes hanches et sa chatte était si trempée qu'elle mouillait mon pantalon et mon caleçon. J'étais exactement là où j'avais envie d'être.

— Autant que tu voudras, aussi longtemps que tu le voudras, Annie, promis-je.

Tandis que je m'enfonçais davantage dans sa chaleur recouverte de coton, mon orgasme partit de la base de ma colonne vertébrale et se déversa dans mon caleçon. Pendant une minute, j'étais certain que mon cerveau s'était brouillé. Ma vision se rétrécit, mes oreilles se remplirent de bruits parasites et mes hanches continuaient à bouger. Je ne pouvais m'arrêter même si j'essayais. Mon corps était résolu à lui donner tout ce que j'avais et certaines choses que je n'avais pas, et je ne pouvais pas m'arrêter tant qu'elle n'était pas satisfaite.

— Mais ce ne serait pas fini, si ?

Sa voix était aiguë et me ramena sur terre. Elle convulsa contre moi, resserrant les jambes tandis qu'elle enfonçait ses talons dans mes fesses. Ça faisait mal, mais ça valait le coup.

Son corps palpita autour de ma queue alors qu'elle tremblait et jouissait. Je continuai mes va-et-vient, plus lents, moins urgents, mais je n'arrivais pas à m'arrêter. J'en avais autant besoin qu'elle.

— Loin de là, dis-je d'une voix rauque. Je te porterais ensuite jusqu'à la chambre et je te baiserais sur le matelas. Comme j'ai envie de te baiser contre ce frigo, là, tout de suite.

Un autre spasme me parcourut, une giclée en plus, et j'en avais terminé. D'après les vibrations du corps d'Annette, elle en avait fini elle aussi.

Aucun de nous deux ne parla pendant plusieurs minutes tandis que nous reprenions notre souffle. Cet orgasme m'avait tout pris. J'avais besoin d'une grande bouteille de Gatorade, d'une pizza entière et d'une nuit blottie contre Annette. Pas dans cet ordre-là, mais tout en même temps. Femme nue, nourriture, électrolytes.

Lentement, le monde autour de nous se fit plus net. Le vent était plus frais à présent, plus humide. L'odeur des poivrons et des tomates fraîche parfumait la cuisine. Les pêches aussi. Le ventilateur du réfrigérateur clignota un peu puis s'éteignit. J'étais humide et collant du ventre jusqu'aux testicules. Ma poigne à la taille d'Annette était féroce, mon visage était enfoncé dans ses cheveux, et la vie était belle.

— Waouh, murmura-t-elle en relâchant son étreinte mortelle de mes épaules. *Waouh.*

— J'adore quand tu dis ça.

Je l'embrassai dans le cou, le suçant un peu pour lui arracher un autre cri.

— Waouh bien ou waouh bof ?

Elle rit et le mouvement me fit à nouveau palpiter contre elle. Mes hanches bougeaient encore nonchalamment, pas encore prêtes à abandonner la cause.

— Ne réponds pas, continue à rire. Ton corps est si bon.

— Waouh bien, confirma-t-elle. Très bien.

Je relâchai sa taille et remontai les doigts sur ses cuisses. Je suivis la couture de sa culotte, de sa hanche jusqu'à ses fesses. J'avais envie de m'en débarrasser.

— Hey, Jackson ?

Je souris contre son cou. Cette femme me plaisait. Elle me plaisait vraiment beaucoup.

— Oui, Annette ?

— Tu es en train de toucher ma culotte, chantonna-t-elle.

Je ris dans ses cheveux.

— Oui. Ai-je tort de penser que tu aimes ça ?

— Tu n'as pas tort, dit-elle avec un soupir.

— J'aime entendre ça.

Elle me griffa l'avant-bras de haut en bas. C'était divin.

— Mais là n'est pas le problème. Tu as dit que tu pouvais me toucher sans t'approcher de ma culotte et je crois que j'ai réfuté cette théorie.

— Dans ce cas, j'aurai tort quand tu veux.

Je coiffai ses cheveux derrière ses oreilles et déposai un baiser sur sa tempe. Cette fois-ci, ce fut moi qui me retirai le premier. Vu mon état, je le devais. Mon caleçon était en train de passer rapidement d'agréablement mouillé à inconfortablement moite. Je me penchai pour la regarder dans les yeux.

— Je reviens. Ça va ?

Elle pressa ses doigts sur ses lèvres en acquiesçant.

— OK. Reste là. Ne bouge pas d'un millimètre. Compris ?

Je l'étudiai, dans l'attente d'une réponse. Ses cils effleurèrent ses joues rougies et elle garda les doigts sur ses lèvres. Finalement, elle inclina la tête et dit :

— Compris.

Je m'éloignai d'Annette et sa chaleur disparue répandit un frisson dans mes épaules. Dans le couloir, je défis mon pantalon et ouvris ma chemise, prêt à les jeter dans le panier à linge en arrivant dans la chambre.

Je ne mis pas longtemps à me nettoyer et à enfiler un caleçon et un short propres, mais chaque minute passée sans elle était déjà trop. Je voulais retourner dans la cuisine, me blottir contre Annette et murmurer toutes les idées cochonnes que j'avais en tête dans ses cheveux. Ils sentaient le sucré : la vanille, le sucre, les épices. Le parfum me donnait des idées, des idées qui allaient à l'encontre de tout ce que je croyais. J'avais envie qu'elle soit dans la cuisine, vêtue de rien d'autre qu'un tablier à volants et pieds nus. Je voulais qu'elle soit assise sur mes genoux en train de me nourrir de tarte.

— Je perds l'esprit, me murmurai-je à moi-même en boutonnant mon short.

Quand j'arrivai au coin de la cuisine, je fis face à deux évidences.

La première : Annette était toujours là. Étant donné notre histoire, je n'étais pas convaincue qu'elle reste une fois la joie estompée. C'était une bonne nouvelle.

La seconde : elle n'avait pas obéi à mes ordres. Elle était en train de couper une tomate comme si elle vivait ici. C'était aussi une bonne nouvelle. J'avais envie qu'elle se sente ici chez elle. J'aurais aimé avoir une marche à suivre, mais je survivrais.

En passant un tee-shirt par-dessus la tête, je fis remarquer :

— Je ne t'ai pas dit de ne pas bouger d'un millimètre ?

Elle reluqua mon torse une seconde. Elle m'étudia comme pour se demander si je remplissais ses critères. J'espérais bien que oui.

— Tu as dit quelque chose, répliqua-t-elle en agitant son couteau. Je ne me rappelle pas les détails.

— Je te pardonne pour cette fois.

Je pris deux bouteilles de bière et les décapsulai.

— Mais seulement parce que le frigo n'est pas l'endroit le plus intéressant où traîner.

Elle s'empara de la bière que je lui proposais en ajoutant :

— Pas le plus confortable non plus.

Je passai la main sur son dos et l'attirai plus près.

— Je t'ai fait mal ? C'était trop ?

— Je vais bien, répondit-elle en m'adressant un petit sourire.

Puis, elle cilla des yeux et dressa une muraille entre nous. Nous n'allions pas discuter des jeux torrides contre le frigo plus longtemps.

— Préparons ce dîner, d'accord ? Qu'est-ce que je peux faire ? Ces tomates étaient trop belles pour ne pas les faire alors j'ai commencé par ça.

Nous préparâmes le repas ensemble et racontâmes nos journées. Je m'étais habitué à vivre seul et cet échange domestique, c'était comme parler une langue que j'avais apprise il y a longtemps et que j'avais presque oubliée. J'aimais cette langue. Je voulais la parler plus souvent, et avec Annette.

— C'est quoi ? demanda Annette en pointant le contenu du frigo.

Je suivis son geste qui désignait les assiettes recouvertes de film plastique et haussai une épaule en guise de réponse.

— De la nourriture, répondis-je.

— Oui, d'accord, rétorqua-t-elle toujours en pointant du doigt. Mais c'est quoi ? Ce ne sont pas tes plats.

Elle n'avait pas tort. J'avais toute une panoplie de plats et de conteneurs en plastique qui n'étaient pas à moi.

— Non, expliquai-je lentement. Mais j'ai l'intention de les ramener à leurs propriétaires légitimes.

— Mais… mais c'est quoi tout ça ?

Elle inspecta une assiette d'émincés de porc et de chou. Seigneur, je détestais le chou. Je n'avais pas le cœur de le dire à Mme Mulcahey, mais je n'avais pas mangé de chou depuis mon enfance. Pas même ces étranges choux violets et jaunes que ma mère faisait pousser dans son jardin. Je n'étais pas idiot. Le violet ne les rendait pas meilleurs.

— Ces plats ont une histoire et je ne crois pas pouvoir fermer le frigo tant que je ne l'aurai pas entendue.

Je posai mon couteau avec un grognement sourd.

— Les dames de mon quartier, elles m'apportent des repas. Des assiettes, du pain aux courgettes, une cocotte de boulettes de viande. C'est quelque chose. Je ne le leur demande pas, ajoutai-je en voyant les sourcils d'Annette se lever. Elles passent juste avec une assiette ou deux.

Et elle me parle de leur fille, sœur ou amie célibataire qui seraient parfaites pour moi.

— C'est plus qu'il ne m'en faut, mais je ne veux pas les insulter.

Annette détourne le regard des produits pour me regarder de haut en bas.

— Tu as l'air d'être le genre de gars qui peut engloutir deux ou trois assiettes sans s'en plaindre. Tu as le physique du type qui mange des œufs crus au petit-déjeuner.

— Je prends ça pour un compliment, murmurai-je en retournant à la planche à découper.

— Absolument.

Annette prit quelques ingrédients dans le frigo et les posa à côté de moi.

— Je dois m'attendre à voir débarquer la livraison à domicile ce soir ?

Je secouai la tête.

— J'en doute. Elles ont probablement activé la chaîne téléphonique et alerté tout le monde de mettre la priorité sur les autres célibataires ce soir.

— Ah, d'accord, répondit-elle en agitant la tête. Elles savent que je suis là. Je me disais bien que les mères poules garderaient un œil sur toi, shérif, mais je ne savais pas du tout qu'elles te donnaient aussi la becquée. Ça me fait reconsidérer les muffins et les tartes que je t'ai faits.

— Ne dis pas ça. J'adore tes pâtisseries, mais elles sont en seconde position par rapport à toi.

Elle rit et posa les mains à plat sur le comptoir. Sa position me rappela sa main sur ma queue. Je ne pouvais m'en empêcher. Nous n'avions partagé rien de plus que quelques minutes dans mon bureau, mais dans mon esprit, chaque seconde équivalait à des heures. Je me souvenais de la chaleur de sa paume, l'enroulement serré de ses doigts autour de mon manche, sa façon sûre d'elle de me caresser. C'était incroyable, *elle* était incroyable, et j'y avais mis un frein.

Oh, comme j'avais regretté cette décision. Je la regrettai en allant dormir seul et frustré. En me réveillant douloureusement dur. En éjaculant dans la douche. En regardant sa librairie par la fenêtre du bureau. Sommairement, jour et nuit.

— Tu m'as entendue ? demanda Annette en me sortant de mes souvenirs.

— Non, désolé, dis-je en me passant une main sur le visage. Qu'est-ce que tu as dit ?

Elle me jeta un coup d'œil, les lèvres retroussées comme pour réprimer un rire.

— J'ai dit, ça te gêne que les gens sachent que je suis là ? Qu'ils se fassent leurs propres conclusions et qu'ils les répandent sur tout le littoral ?

En secouant la tête avant qu'elle finisse de parler, je répondis :

— Non. Pas du tout. Ça te gêne ?

Ce fut à ce moment-là que je réalisai que je me moquais du regard des habitants si ça me permettait de passer du temps avec Annette. Quelques jours avant ça, je m'étais préoccupé de garder une réputation irréprochable, mais comment cela pouvait-il être mal ? Bien sûr, j'avais des péchés sombres et immondes en tête, mais mes voisins n'avaient pas à savoir ça.

J'avais également réfléchi au fait que je ne pouvais fréquenter Annette sans que ça devienne sérieux, comme l'exigeait la règle du « shérif qui couche à droite à gauche » du coin. Mais je n'étais pas concerné par celle-ci en cet instant. Je n'avais pas une femme différente chez moi tous les soirs et n'étais pas effrayé par le côté sérieux de la situation. Plus maintenant. Au contraire, j'en avais très envie. Croiser Annette dans le village ou la voir occupée dans sa boutique me rendait fou. Je pouvais regarder, mais pas toucher.

Je voulais acquérir le droit d'aller la voir, d'être avec elle, de la revendiquer comme mienne.

— Ça ne me gêne pas parce que les gens parlent tout le temps sur les autres. C'est ce qu'ils font ici. Ce n'est pas différent d'ailleurs. On se connaît tous donc on dirait que tout le monde se mêle de la vie des autres. Ce n'est pas le cas. C'est pareil dans un groupe d'amis où on parle sur les autres. Je me fiche des on-dit, c'est la nature humaine.

Je clignai des yeux en attendant un « mais ». Parce qu'il allait venir. Son ton était trop hésitant pour qu'il n'y ait pas de suite à ses dires.

— Mais…

On y était.

—… Je ne veux pas qu'ils se fassent de fausses idées. Je sais que je ne peux pas contrôler les idées de tout le monde, mais je ne veux pas que tout le monde s'emporte en pensant que nous avons, tu sais, un truc.

Je posai le couteau et l'observai.

— Et ça serait un problème ?

— Peut-être pas un problème, dit-elle d'un ton un peu exaspéré. Mais un nouveau statut.

— Et tu n'es pas prête à avoir un nouveau statut ?

Elle fit un non brusque de la tête et ne croisa pas mon regard. Elle préféra se concentrer sur la planche à découper.

— Non. Pas entièrement, conclut-elle.

J'attrapai un torchon, j'avais besoin d'occuper mes mains.

— Pas de statut.

J'enroulai douloureusement le torchon autour de ma main à la manière d'un garrot. C'était tout ce que je pouvais faire pour retenir la dispute que j'avais sur le bout de la langue.

— Ce n'est pas un problème, Annie. Je n'ai pas non plus besoin d'un statut.

———

Nous mangeâmes dehors dans la cour de derrière, entourés de bougies à la citronnelle pour repousser les insectes. Annette fut silencieuse, plus que ce à quoi je m'attendais. Cependant, peu de mes attentes la concernant se confirmaient. J'avais eu envie de la prendre dans mes bras et qu'elle me laisse la protéger de tout ce qui nous dépassait, mais elle ne voulait pas de ça. Pas encore.

Annette pointa avec sa fourchette le petit éclat de lumière au sud.

— C'est le vieux phare de Talbott's Cove. Owen Bartlett a pris le relais quand il a racheté la terre où il se trouve.

— Ah oui ?

Parler du capitaine Bartlett et de sa relation avec Annette n'était pas mon sujet préféré.

— Oui, affirma-t-elle, inconsciente de mon mécontentement. Là-haut sur la colline qui surplombe la ville, c'est la maison Markham. On voit le toit d'ici, et la hampe aussi. Leur propriété s'étend loin dans les bois. Il y a une étable laitière là-bas, de vieux refuges, même un cimetière. Leur famille vit sur cette terre depuis des siècles. Le juge Markham a pris sa retraite il y a environ cinq ans et il n'en était pas ravi. C'est compliqué avec lui. Il n'a qu'une seule fille, Brooke, elle est revenue de New York il n'y a pas longtemps.

Je l'autorisai à radoter comme si elle me racontait quelque chose de nouveau. Je m'étais donné la mission de connaître chaque parcelle et habitant de cette ville, et je connaissais suffisamment leurs faits et gestes pour savoir quand quelque chose ne tournait pas rond.

Je fus au courant de l'invité milliardaire de Bartlett seulement quelques heures après qu'il débarqua dans la crique. Je gardais aussi un œil sur l'auberge des Neville. J'assemblais encore les pièces du puzzle, mais je savais qu'ils avaient survécu à une horrible attaque qui tua la famille de Cleo Neville il y a des années, et l'un des responsables rôdait toujours dans la nature. Je surveillais de très près la propriété des Fitzsimmonse. On ne savait pas quand leur fils allait sortir de désintox et je voulais être prêt. Je souhaitais le meilleur pour ce gosse, l'encourager à combattre son addiction une bonne fois pour toutes, mais je connaissais aussi la réalité de l'épidémie des opioïdes. J'en avais été témoin dans l'Albanie et je la voyais ici, et c'était loin de s'arranger.

— Et là-bas, c'est l'embouchure de Dickerson Creek, qui autrefois faisait partie de la ferme des Dickerson, continua-t-elle en désignant la forêt. Les lycéens s'y rendent l'été et boivent des bières après la fermeture d'*Eskimo King*. Au ruisseau, pas à la ferme.

— Merci de clarifier.

— Pas de problème, répliqua-t-elle en reposant sa bière. Je sais que la ville paraît petite, mais les apparences sont parfois trompeuses.

— Tu doutes de ma capacité à protéger la ville ? demandai-je avec un rire.

— Quoi ? Non. Bien sûr que non. Qu'est-ce qui te fait croire ça ?

Je la désigne de la main.

— Tu me fais un cours sur les gens et les endroits de Talbott's Cove depuis dix minutes. J'imagine que tu fais sûrement ça parce que tu ne me crois pas capable de m'orienter.

— Oh, je… je, commença-t-elle en tapant son index sur sa lèvre. Parfois, je passe en mode guide. Ça a aidé quand j'ai ouvert la librairie et que les étrangers me demandaient des questions générales comme : « Qu'est-ce qu'il y a de bien ici ? » et je me contentais de leur dire tout ce qui me passait par la tête.

— On m'en a parlé.

Annette se recula dans son siège, m'observa une seconde avant de hocher lentement la tête.

— C'est ce que les gens disent de moi en ce moment ?

— Ils disent que tu es exceptionnellement belle, intelligente et généreuse de ton temps et de ton savoir.

Elle rejeta mes paroles d'un revers de la main.

— Tu te trompes. Ce n'était pas moi. C'était l'une de mes sœurs. Ou les trois, un mix et un équilibre des trois.

— Excusez-moi, m'dame, mais je suis capable de faire ma propre enquête, ripostai-je. Je suis assis là, en présence de ta beauté rare et de ton savoir infini. Je dirais que c'est une bonne évaluation.

— Me dragueriez-vous, shérif ?

Je lève les mains en l'air.

— Enfin, elle a remarqué, m'exclamai-je au ciel nocturne. Je te le dis, quand je suis arrivé, *tout le monde* m'a dit que tu connaissais les moindres recoins de la ville mieux que quiconque. Si je voulais savoir ce qui se passait, ils disaient que je devais te parler.

— Oh, vraiment ? demanda-t-elle tandis que j'acquiesçais. Pourquoi n'es-tu jamais passé me voir ?

— Je l'ai fait, dis-je en riant. Plusieurs fois. J'ai découvert que je ne pouvais pas te parler plus de cinq minutes sans avoir envie de te toucher.

Je passai les doigts sur son bras nu, sans manquer le léger soupir qu'elle poussa.

— Pourquoi es-tu nerveuse maintenant ? C'est pour ça que tu as basculé en mode guide, n'est-ce pas ?

La brise balaya ses cheveux alors qu'elle haussait les épaules.

— Oui, on dirait. Je suis nerveuse. Je n'ai jamais fréquenté quelqu'un sans avoir de projets. Je ne sais pas comment c'est et je ne sais pas quoi faire. Même avec des coups d'un soir aléatoires ou des amis avec avantages en nature, j'avais un plan. Je savais où j'allais ou où on n'allait pas.

Elle me regarda, ses yeux fortement brillants dans la demi-obscurité. Mon Dieu, qu'elle était belle. Le genre de beauté qui se cachait derrière les sourires de la reine du bal, les épiques muffins aux myrtilles et le simple fait d'être gentille. Une gentillesse que les gens rataient parce qu'elle les distrayait avec des livres, des histoires sur de vieilles fermes et un tas de rumeurs locales.

— Tu as besoin d'un projet ? demandai-je.

Annette leva les mains puis les laissa retomber sur ses genoux.

— Je ne me fais pas confiance pour établir des projets maintenant, pas après tout ce qui s'est passé cette dernière semaine.

Au début, je pensais qu'elle parlait de nous, en commençant par ses confessions nues et en finissant par ce soir. Puis, je me rendis compte qu'elle parlait de Bartlett. Que je détestai ça ! J'appréciais ce type, mais je ne supportais pas ces conneries d'amour non réciproque. Pas même une minute.

À travers mes dents serrées, je demandai :

— Qu'est-ce qui s'est passé ?

Elle secoua la tête en fronçant les sourcils.

— Je n'ai pas envie d'en parler. C'est compliqué.

Je me penchai en avant pour croiser son regard lourd.

— Ce n'est pas compliqué. Pas vraiment.

Elle commença à protester, mais je continuai :

— Tu es une nana futée. Comme tu viens de l'illustrer, tu sais tout sur tout le monde dans cette ville. De tous les habitants de Talbott's Cove, tu aurais dû savoir pour Bartlett.

Elle se pencha en arrière et croisa les bras. À l'évidence, je ne marquais pas de point comme je l'avais prévu ce soir.

— Oui, mais…

— Non, l'interrompis-je.

— Mais Bartlett et moi, c'est une vieille histoire. Je le connais depuis toujours et je n'étais pas vraiment sûre de… de, tu sais. Sa mère a dit que c'était une phase et…

— Maintenant, c'est carrément ignoble, marmonnai-je.

— Et il a emmené l'une de mes amies au bal…

— Il y a des millions d'années. C'est ce que je ne comprends pas.

— Oh super, grogna-t-elle en se massant le front.

— Pourquoi as-tu pensé que ça suffisait ? Je suis sérieux, ajoutai-je en la voyant lever les yeux au ciel. Comme je te l'ai dit, tu es une nana futée avec de sacrées chevilles sexy. Pourquoi comptais-tu t'impliquer dans une relation avec un homme qui n'était pas prêt à combattre des ours simplement pour le plaisir de ta compagnie ?

— Il n'y a pas d'ours dans la région, dit-elle, peu impressionnée. En général. Mais ça suffisait pour…

— S'il te plaît, ne finis pas cette phrase, l'interrompis-je. Je t'en supplie. Ne me dis pas que tu attendras un mec qui n'est pas intéressé par toi.

— Continue à remuer le couteau dans la plaie, dit-elle dans un souffle.

Je m'arrêtai. Je n'essayais pas d'être blessant.

— Je n'essaie pas de faire ça. J'essaie juste de te faire comprendre pourquoi tu te réduirais ainsi pour Bartlett.

Annette lâcha un souffle et secoua lentement la tête.

— Je ne sais pas, Jackson. J'imagine que j'ai besoin de me remettre en question. Dois-je partir pour le faire ou ai-je le droit de finir ma bière ?

Ah. Voilà. La patience d'Annette avait ses limites. Même la chérie de la ville en avait.

— Écoute, je n'aurais pas dû aborder ce sujet. Tu n'as pas à te justifier. Que tu fasses des projets ou pas, tout me va. C'est ton choix et je comprends ce que tu as vécu à présent.

Annette me regarda de la même manière que je regarderais une personne qui dévierait plusieurs fois la conversation.

— Et toi ? Qu'est-ce que tu penses de ces projets ?

Je saisis ma bouteille de bière, ressentant le besoin de m'occuper les mains. En secouant une épaule, j'étudiai l'étiquette et dis :

— Nan, pas de projets ici. J'aurais dû dire ça l'autre jour, mais je ne cherche pas une relation sérieuse.

J'engloutis ma bière, tentative futile pour me débarrasser du goût de mes mensonges. Si elle me l'avait demandé une semaine avant, ça aurait été vrai. Je n'avais pas eu envie de relation sérieuse, une relation qui détournerait mon attention de mon travail et qui souillerait la réputation que je voulais me construire. Mais désormais, je comprenais pourquoi elle était la chérie de la ville, une institution comme JJ qui pestait contre les clients et comme Bartlett qui remontait des homards. Elle était sacrément gentille et méritait qu'on la traite tout aussi gentiment.

Que je la traite tout aussi gentiment.

— Je bois à ça, répondit Annette en levant sa bouteille vers moi pour porter un toast. Maintenant, allons faire ces scones.

CHAPITRE 10
ANNETTE

Jackson avait des idées.

De grandes idées. Des idées sur les relations. Il affirmait qu'il n'en avait pas, mais c'était une tranche spéciale de saucisson italien.

Je ne pouvais distinguer le haut du bas en ce moment, tout ce que je ressentais avec lui semblait déformé, comme si je vivais ma vie à travers des miroirs difformes. Mis à part mes problèmes et mon désir constant de retirer mes sous-vêtements en sa présence, il me voulait d'une façon que je ne comprenais pas. Je n'avais jamais été du genre à recevoir de l'attention et du désir de cette manière, et je ne faisais pas confiance. Ça semblait être trop, aller trop vite et être trop beau pour être vrai. Oui, il réveillait la strip-teaseuse en moi, celle qui vivait juste à côté de ma connasse intérieure, mais la tension sexuelle ne faisait pas tout.

La vérité, c'était que je ressentais des choses pour Jackson : sexuelles, émotionnelles, une connexion. Cependant, c'était le premier homme depuis des lustres qui me montrait un peu d'attention, d'affection. Comme je l'avais déjà appris, je pouvais passer des années avec rien d'autre que quelques conversations autour de commandes spéciales de livres. Cette avalanche d'émotions n'était rien d'autre que Jackson à l'écoute et me faisant vibrer. Ça ne voulait rien dire.

Non ?

Non. Bien sûr. J'avais le contrôle.

Pour les scones cependant, pas autant. Nous dosâmes les ingrédients secs et les passâmes au tamis, en laissant plein de traces de doigts enfarinés sur nous. La plupart des ingrédients humides étaient prêts. Cela ne nous prit que deux heures pour réaliser les premières étapes.

— Retire délicatement la peau afin de ne pas abîmer le fruit.

— Ne pas abîmer, murmura-t-il en m'observant éplucher une pêche.

Cette fois-ci, je gérai. Les deux derniers essais ne furent pas aussi concluants.

— Maintenant, à ton tour.

Il tint le fruit dans sa main pendant qu'il retirait la peau avec un couteau, le coupant en quartier. Puis, il activa ses doigts épais, ceux avec lesquels j'étais intimement liée, le long des coupures. Il éplucha avec soin et précision, même lorsque la peau fine lui glissa des doigts ou se déchira en bandes inégales.

Toutefois, j'avais découvert que le problème avec les bonnes pêches mûres, c'était le jus. Une pêche bien cueillie tremperait toutes vos mains une fois coupée, et cette récolte n'y échappait pas. Quand Jackson fut sur le point de retirer le dernier morceau de peau autour de la tige, le fruit vola.

— Bordel, marmonna-t-il en attrapant la pêche même si elle traversa toute la cuisine et atterrit contre la porte arrière avec un *pouf* ratatiné. Bordel de merde.

En secouant la tête, il se tourna vers moi, ses mains remplies de jus de pêche.

— Je suis le pire assistant que tu aies jamais eu, pas vrai ?

Je lâchai un rire. Très féminin, vraiment.

— Tu es le seul assistant que j'aie jamais eu, dis-je en m'attelant à récupérer cette pêche. Tu as beau laisser échapper l'ingrédient phare…

— N'oublie pas que j'ai confondu cuillère à café et cuillère à soupe.

— Et ça, affirmai-je. Mais je ne me plains pas. De l'aide reste de l'aide et je l'accepte.

Jackson prit plusieurs feuilles d'essuie-tout et me les donna.

— Tu ne testes pas des recettes avec ta famille ? Tout le monde m'a dit que ta mère était une sacrée cuisinière.

— Non.

Ce mot résumait toute une vie d'exclusion.

— Nous avons des philosophies différentes en matière de cuisine. Il vaut mieux ne pas les assembler et déclencher une guerre sacrée, tu vois ?

— Passons un marché, proposa Jackson.

Il m'ouvrit la poubelle pendant que j'y déposais la pêche fugueuse et les serviettes qui avaient servi à nettoyer sur son passage.

— Tu pâtisses, je fais la vaisselle.

Toutes actions entraînent une réaction égale et opposée.

Je ne sus pas pourquoi ceci apparut dans mon esprit comme une fenêtre pop-up, mais c'était là maintenant et je ne pouvais la repousser.

— D'accord, dis-je en retournant au plan de travail.

Je ne pouvais le regarder. Je ne me faisais pas confiance

pour croiser son regard sans accepter ses demandes, c'était un pont que je ne pouvais franchir pour l'instant.

— Ce serait super. Je déteste laver la vaisselle. D'habitude, je remplis l'évier et laisse tout tremper pendant des jours. Jusqu'à ce que j'aie besoin de quelque chose et que je n'aie pas d'autres choix que de me forcer à laver.

Jackson jeta un torchon sur son épaule en se penchant contre l'îlot central.

— Marché conclu. Une dernière question, Annie.

Toujours concentrée sur ma pêche, je demandai :

— Quoi ?

— On rentre ensemble chez toi ce soir ? Ou tu préfères que je vienne demain pour…

Je le jurerais sur ma vie, sa voix descendit d'une octave et mes sous-vêtements tombèrent tout seuls.

— … pour te laver, la vaisselle.

— Hmm, laisse-moi y réfléchir.

La pêche s'échappa de mes doigts, elle bondit d'abord dans les airs puis rebondit sur mon avant-bras quand je tentai de la rattraper. Au lieu de retenir le fruit, je le lançai vers Jackson. Le pauvre, il essaya de le rattraper, mais ça ne fit qu'empirer les choses quand il lui glissa des mains et me frappa à la clavicule. Il descendit sur ma poitrine et roula jusqu'à s'arrêter entre mes seins, collant.

Jackson et moi contemplâmes la pêche à moitié épluchée nichée juste sous le décolleté de ma robe avant de nous regarder.

— Tu n'as pas le droit de me distraire pendant que je pèle des pêches, criai-je.

Jackson parla en même temps :

— Maintenant, tu as vraiment besoin que je te lave.

J'agitai un doigt devant lui puis retirai la pêche.

— À cette vitesse, on n'aura aucun scone avant trois heures du matin, dis-je en lui tendant le fruit pour qu'il le jette. Cette merde n'arriverait jamais dans *The Great British Bake Off*.

— Je ne sais pas ce que c'est, mais je pense qu'on pourrait mettre tout ça au frigo et réessayer demain.

Jackson haussa les épaules en jetant la pêche.

— C'est un travail difficile, mais je me retrousserai les manches et lécherai le jus de pêche sur toi.

Il désigna du pouce sa chambre par-dessus son épaule.

— Tu n'as qu'à enlever tes vêtements et je m'en occuperai.

— C'est très galant, shérif.

J'étais comme une gamine de trois ans : collante, pleine de sucre et ayant envie de faire une sieste.

— Mais il se fait tard et je devrais y aller. Il reste encore un peu de temps avant que la saison des pêches prenne fin.

Il hocha la tête comme s'il comprenait, mais je savais que ce n'était pas le cas. Pour lui, je me remettais d'une non-relation et faisais ridiculement preuve de prudence avec mon cœur. Avec mon vagin également, mais surtout avec mon cœur. Il ne comprenait pas que je me voilais la face, que j'étais en proie à une gymnastique mentale, une lutte pour accepter une affection que je n'avais pas méritée. Cependant, c'était un homme gentil, un gentleman, il respectait les limites que je m'étais fixées.

— Je te raccompagne, dit Jackson en mettant les mains dans les poches.

Il semblait réaliser que la partie caresse, pelotage et bisou de la soirée était terminée.

— N'essaie pas de refuser ça. Tu connais probablement tout le monde dans cette rue, ainsi que la localisation de chaque crevasse sur le trottoir, mais ça ne veut pas dire que je vais te laisser rentrer toute seule à cette heure-ci. Je te raccompagne, Annie, que tu le veuilles ou non.

Je fredonnai une réponse, je ne me faisais pas confiance pour répondre sans annuler mon départ. Jackson était rusé. Il ressemblait au bon gars banal, gentil et poli avec ses « m'-dame », sa tonte charitable de pelouse et son gentil ramassage de filles bourrées. Mais sous cette apparence d'homme bien se cachait un homme qui voulait faire sienne une femme. Il mourait d'envie de protéger et de servir cette femme, mais il voulait aussi lui appartenir. Ses paroles et ses gestes, ses regards et ses caresses le trahissaient, de façon suffisamment puissante pour s'insinuer dans mon esprit. Il me fit croire qu'un homme pouvait me vouloir, juste moi, comme j'étais ; cette croyance provoqua un nœud d'émotions confuses dans ma gorge.

Ma tête n'arrivait pas à contrôler mon cœur, ou peut-être était-ce le contraire.

Je pris le bol d'œufs écalés, mais Jackson m'arrêta.

— Je m'en occupe. Je les mangerai au petit-déjeuner, vu que tu as déclaré que j'engloutissais des œufs crus, dit-il en désignant le bol au milieu du bazar épique que nous avions mis dans la cuisine. Quand tu te décideras à revisiter la scène de ces crimes, tout sera prêt pour toi. Je jure de rester en dehors de la zone à risque jusqu'à ce qu'il soit temps de nettoyer les bols et les casseroles.

Les mains lavées et les ustensiles fourrés dans mon sac, j'entrelaçai les doigts avec ceux de Jackson et le laissai me raccompagner. Dans le port, les voiles cliquetaient contre les mâts. Un chien aboya au loin et les insectes bourdonnaient autour des lumières de la ville. L'air de minuit était frais avec une pointe de vent maritime humide, le type d'air que les gens qualifiaient de « climat parfait pour dormir ». C'était un répit agréable après la vague de chaleur humide et les nuits tout aussi désagréables depuis le week-end dernier.

Ça aurait été la météo parfaite pour coucher avec Jackson. Je savais qu'il serait ma chaudière personnelle. Mon gros grizzly. Je parierais qu'il aimait les câlins compulsifs aussi. Il irait me chercher au bord du lit et m'emprisonnerait dans ses bras puissants toute la nuit.

Je ne savais pas si j'étais câline ou non. Je n'avais jamais vécu avec personne d'autre que ma famille et mes camarades de chambre à l'université, et je ne leur fis aucun câlin. Je n'avais jamais eu non plus de relations sérieuses. J'échafaudais toujours de grands projets, toujours plus grands.

Ceux-ci ne laissaient pas beaucoup de place aux câlins.

Nous descendîmes la rue et le village sans un mot, j'étais reconnaissante pour ce silence. Ça m'aida à prendre la décision de ralentir ce… flirt. C'était à peine plus que ça, si on enlevait la nudité et la fois dans son bureau où nous fûmes *à deux doigts* de faire l'amour, et puis la fois où il me dit les choses les plus cochonnes que j'aie jamais entendues.

Juste un flirt. Avec des frottements habillés devenus incontrôlables. *Des frottements habillés*. Ma parole. Comment cela était-il même arrivé ? Je ne le dirais pas à Brooke. Elle me rappellerait ma blague sur les adolescents qui faisaient ça dans un minivan.

Lorsque nous arrivâmes dans la ruelle derrière ma boutique, je fis un geste vers le bâtiment, comme s'il ne savait pas où nous étions, et dis :

— On est chez moi.

— Oui, confirma Jackson en agitant la tête tandis qu'il scrutait les alentours.

— D'accord, eh bien, dis-je en baissant la voix, merci de

m'avoir raccompagnée. Et pour le dîner. Et pour avoir essayé de faire des scones avec moi.

Je remontai mon sac sur mon épaule, un geste qui sépara ma main de la sienne.

— Je devrais y aller. Monter. À l'appartement. Où je vis.

En riant de mon incapacité à formuler des phrases complexes, Jackson annonça :

— Je veux te voir entrer.

Je portai les mains à mes lèvres tandis que je cherchais les mots pour le repousser. C'était un gars bien, je le savais. Trop bien.

— Ça va aller. Je ne peux pas me perdre dans une seule cage d'escalier, dis-je d'un ton lourd de regrets. Jackson, je pense…

Je contemplai le ciel, la lune, les étoiles et la sombre étendue d'eau pour me guider, mais ne trouvai rien.

— Je pense qu'on devrait arrêter de se voir ainsi.

Prise par surprise, Jackson répliqua :

— Je suis d'accord.

— Ah oui ? demandai-je sèchement.

Je ne m'attendais pas à ce qu'il accepte aussi facilement. Pour être honnête, j'avais espéré qu'il proteste un peu. Une femme avait besoin d'espoir, pas vrai ?

Il se passa la main sur le visage alors qu'il riait.

— Je ne veux pas te ramener à minuit.

— Eh bien, c'est toi qui as insisté donc ce n'est pas mon problème, rétorquai-je en agitant les doigts vers la rue derrière lui. Je me serais très bien débrouillée toute seule.

Jackson se frotta les sourcils en riant.

— Je n'ai pas envie de me demander si je tomberai sur toi au marché. Je veux que tu me donnes ton numéro de télé-phone, non que je l'obtienne au bureau à des fins éthiques douteuses. J'ai envie de dîner avec toi puis de passer la nuit avec toi. Je veux passer beaucoup de nuits avec toi. Autant que tu m'en offriras. Je veux te regarder cuisiner puis faire la vaisselle pour toi. J'ai envie de faire parler les gens d'ici parce que les seuls sales petits secrets que l'on garde sont ceux réservés à la couche, tu comprends ?

Sans vraiment réfléchir, je fis un pas de géant vers lui. C'était la mauvaise direction, mais je ne pus m'en empêcher.

— Je veux que tu aies ça… avec quelqu'un qui en a envie aussi, déclarai-je.

Nous nous regardâmes pendant une minute, la plus longue depuis que l'humanité inventa l'heure. Celle-ci s'étira et s'étira alors qu'il me fixait, d'un air toujours aussi sévère, et je fis tout en mon pouvoir pour m'empêcher de lui prendre la main et de le faire monter avec moi.

Le problème n'était plus mon désir pour lui. Les sentiments et les attentes s'en étaient mêlés à présent, et je ne pouvais les gérer.

— Tu as vraiment beaucoup de sentiments et je ne sais pas comment les gérer, dis-je, un peu le souffle coupé. Mon univers a basculé et s'est retourné la semaine dernière et tu vas trop vite avec ces… ces *projets*.

Jackson se contenta de ciller lentement en unique réponse.

— Je ne veux honnêtement pas bâtir de projets et toi, tu… bordel, tu choisis de nouveaux rideaux.

Autre clignement des yeux.

— Jackson, dis quelque chose ou va-t'en. Fixer les gens dans le noir, c'est flippant.

Les voiles continuaient à cliqueter et ce chien aboyait toujours, et Jackson ne faisait que me regarder en clignant des yeux.

— Je ne sais pas pourquoi tu me parles de rideaux, dit-il. Je ne crois pas en avoir achetés.

Je passai la main dans les cheveux en soupirant.

— On ne veut pas la même chose. C'est tout ce que j'essaie de dire.

— Je comprends que tu ne sois pas prête. Mais sache cela : je n'irai nulle part. Je suis là, je t'attends.

— Je suis bien placée pour te dire qu'attendre n'est pas une stratégie gagnante, dis-je avec un sourire triste. Ne perds pas ton temps à répéter les mêmes erreurs que moi.

Il plissa des yeux en me regardant.

— Je ne le vois pas ainsi.

— Trouve quelqu'un qui ne te fait pas attendre, Jackson. Ça ne vaut pas le coup.

Jackson inspira et détourna le regard, les sourcils levés.

— Je dois te contredire à ce sujet. Tu as beau connaître cette ville et tous ses habitants, tu ne me connais pas. Si c'était le cas, tu n'essaierais pas de me faire changer d'avis. Tu saurais que je ne suis pas un flic débile attiré par une belle chose. Tu saurais aussi que j'ai assez de patience pour attendre d'avoir ce que je veux et assez de bon sens pour savoir ce qui vaut la peine d'attendre.

Il se pencha, passa la main dans mes cheveux et m'embrassa. Ce fut rapide, mais sincère, il me faisait des promesses qu'il avait l'intention de tenir, m'en rendis-je compte.

— Bonne nuit, Annette, dit Jackson en déposant un baiser sur mon front.

Ce baiser me frappa. Curieusement, c'était plus intime qu'un baiser directement sur les lèvres et ça me donna envie d'en avoir plus. Et ça là, c'était le pire dans tout ça. Je n'arrivais pas à croire ce que je ressentais. Je voulais plus, je voulais partir, je ne voulais rien ; tout cela déferla en moi comme la première montée abrupte de montagnes russes. Je ne savais pas ce qui m'attendait au sommet et je ne pouvais pas décoller mes doigts de mon visage suffisamment longtemps pour le découvrir.

— Bonne nuit, Jackson, dis-je en levant les yeux vers lui. On se verra en ville.

Je savais déjà que j'allais cuisiner pour lui, le voir, l'embrasser à nouveau. Je le savais autant que je savais comment je m'appelais. Malgré tous les doutes et déformations de mon esprit, je voulais Jackson Lau.

Et il me voulait aussi.

Un petit sourire étira le coin de sa bouche.

— Si je ne te vois pas en premier.

———

Brooke : Je viens de voir Jackson te raccompagner. Puis il est rentré chez lui.

Brooke : Je te prie de me dire pourquoi il a fait ça ?

Brooke : C'est à mon tour ? C'est ce qui va arriver ? On va se partager son cul ? Un trouple ?

Brooke : Si c'est le cas, il vaut mieux rédiger un contrat tout de suite. Termes, conditions, normes de fonctionnement.

Brooke : Je vais commencer la rédaction.

Brooke : OK. J'ai fini. J'avais quelque chose de similaire sur mon disque dur et il n'a fallu changer que les données principales.

Brooke : J'imagine que les week-ends partagés te vont parce que je suis pour les grosses soirées le samedi soir suivies de dimanche matin paresseux, ça craindrait si je ne pouvais pas être avec lui ses deux jours consécutifs.

Annette : De quoi parles-tu ?

Brooke : De partager Jackson.

Annette : Oh mon Dieu.

Brooke : Quoi ?!? C'est parfaitement logique.

Annette : Je l'ai renvoyé chez lui. Il veut… beaucoup de choses.

Brooke : Et par choses, tu entends… de l'anal ?

Annette : OH MON DIEU. Brooke !

Brooke : J'ai raison ou tort ? Je… Je ne sais pas comment interpréter cette réponse. On pourrait imaginer les deux, sérieux.

Annette : Il veut une relation. Il veut quelque chose de sérieux et d'officiel et je ne sais pas, sur le long terme.

Brooke : Alors… pas d'anal.

Annette : Le sujet n'a pas été abordé, non.

Brooke : Mais tu ne peux pas refuser.

Annette : Encore, OH MON DIEU.

Brooke : OK, calme-toi, mon ange pâtissier.

Brooke : Tu me rappelles pourquoi tu as un problème avec les relations ? Parce que je me souviens clairement de nous deux en train de boire des Moscow Mules à Bar Harbor il y a deux mois et de planifier nos mariages.

Annette : On dirait juste que c'est trop beau pour être vrai avec Jackson.

Brooke : Tu es stupide.

Annette : Merci, chérie.

Brooke : Sérieusement. Tu te laisses accabler par ce truc avec Owen. Arrête maintenant.

Annette : J'y travaille, tu sais. J'essaie de ne pas être comme ça.

Brooke : Mais tu vas le revoir, pas vrai ?

Annette : Oui.

Brooke : Il le sait ?

Annette : Peut-être. Pas sûr.

Brooke : Bien. C'est bien de laisser les hommes supposer.

Brooke : Mais tant qu'on y est, on pourrait parler de cet arrangement pour se partager sa garde ?

Annette : Je n'ai pas été claire le week-end dernier ? Si tu le touches, je te tue.

Brooke : OK, très bien, d'accord. Ce n'est pas grave. Je vais juste détruire les documents que j'ai préparés.

Brooke : On a vraiment tiré quelque chose de toi.

CHAPITRE 11

JACKSON

Je m'approchai du comptoir au *DiLorenzo's Diner* et passai les pouces sous ma ceinture. Avant d'arriver à Talbott's Cove, où le bureau du shérif arborait des uniformes bruns depuis les années soixante-dix, je n'avais pas porté de ceinturon depuis des années. Une fois que j'avais gravi quelques échelons à la Police d'État de New York, j'avais troqué l'uniforme pour des costumes, mais la mémoire musculaire me ramenait toujours à mes débuts.

En saluant le gérant du diner, Joe DiLorenzo, j'éteignis la radio épinglée à mon épaule.

— Il y a quoi de bon au menu aujourd'hui ? lançai-je.

— Salut, shérif, dit Joe. Que du bon. Quoi ? Vous croyez que je vais vous servir une pauvre salade de poulet ? On n'est pas à New York.

C'était notre manière de nous renvoyer la balle. Je lui posais une question sur son travail, il me lançait une petite pique sur New York. Si j'avais de la chance, j'avais le droit à une petite question sur mon travail là-bas. Ces indigènes, ils ne pensaient pas que je resterais.

— Et merci pour ça ! répliquai-je.

— Votre commande sera prête dans quelques minutes. Vous voulez boire une boisson fraîche pendant ce temps ?

Il regarda les pots à café et la fontaine à sodas derrière lui.

— Je viens de recevoir de la limonade aujourd'hui. Du thé glacé aussi. Vous prendrez quoi ?

— Si ça ne vous gêne pas, vous pourriez mélanger le thé glacé à la limonade ? Moitié, moitié ? demandai-je.

— Me gêner ? marmonna-t-il. Quel commerce je gérerais si je n'étais pas capable de faire un cocktail ? Vous croyez que cet amateur d'Harniczek est le seul en ville à faire de bons cocktails ? Je vous en prie.

— Je n'ai jamais douté de vous.

Je me retins de rire quand Joe commença à grommeler sur le prix d'une limonade au thé glacé à New York. Dans son esprit, tout hors de Talbott's Cove était sacrément hors de prix.

Joe fit glisser une tasse en plastique avec une paille sur le comptoir, avant de retourner en cuisine, toujours en maugréant. Cette fois-ci, il en avait marre des impôts. Je ne le contredis pas là-dessus. Son absence m'octroya un moment de paix inattendu. Quand je me rendais dans les établissements locaux ou les commerces non officiels, c'est-à-dire manger chez les habitants, on me bombardait souvent de rumeurs sur la ville, de problèmes de sécurité et de plaintes aléatoires.

Aujourd'hui, c'était différent. Le comptoir du diner était presque désert et la poignée de clients assis à des banquettes étaient occupés à manger et à lire le journal. Ils prêtaient peu attention à moi, hormis un hochement de tête rapide ou un geste de la main, ce qui était étrange. Au lieu de me mitrailler de questions pour s'assurer que je m'occupais des problèmes de la ville, ils m'ignoraient. Soit ils étaient trop affamés pour abandonner leurs club sandwiches à la dinde, soit ils me faisaient confiance pour faire mon travail.

— Si vous et votre petit cul ne vous rendez pas à la librairie, je vais vous réduire en charpie.

Alarmé, je pivotai à la recherche de la voix basse et fumeuse, et trouvai Brooke Markham. Elle se tenait à côté de moi, effrayante, les bras croisés et le regard si acéré qu'il pourrait couper du verre. Je clignai des yeux, prenant rapidement conscience de son pantalon incroyablement moulant qui s'arrêtait sous le genou et de son large débardeur qui réclamait que je lui paie son repas.

— Je vous demande pardon, m'dame ?

— Bougez votre cul et allez à la librairie, dit Brooke en crachant chaque mot. Ce n'est pas compliqué, mec. Allez la voir. Je me fiche des conneries qu'elle vous a dites. Elle ment. Elle a envie de vous voir.

Elle décroisa les bras et les agita devant moi.

— C'est une horrible menteuse. J'imagine que vous êtes un minimum compétent, ce qui veut dire que vous êtes aussi capable de déceler un mensonge de l'Ange Pâtissier Cortassi quand vous en entendez un.

— Je suis désolé, m'dame, commençai-je, mais Brooke m'interrompit rapidement.

— Gardez vos m'dames pour quelqu'un qui aime ça, dit-elle sèchement. Peut-être la libraire.

Ce fut à mon tour de croiser les bras et de soutenir son regard.

— *La libraire* n'est pas fan non plus, rétorquai-je.

— La libraire ne sait pas de quoi elle parle, dit Brooke en remplissant mon espace. Je sais que la libraire vous refrène.

La libraire pense qu'elle a besoin de temps pour trier ses problèmes.

Ses narines se dilatèrent alors qu'elle soufflait d'impatience.

— La libraire a besoin qu'on lui montre le chemin, car la libraire ne croit pas qu'elle mérite une belle côtelette comme vous.

— Une belle côtelette ? répétai-je en ne pouvant m'empêcher de rire.

— Oh, taisez-vous, dit Brooke en faisant une grimace acerbe. Vous savez que vous êtes sexy. Beau, mince, baraqué, et votre bronzage est une putain de pub pour écran solaire. D'autre part, vous avez des menottes et pouvez dire des choses comme : « ce sera retenu contre vous. »

Je la désignai d'un geste en riant ouvertement à présent.

— Continuez. J'adore les retours positifs.

Elle leva les yeux au ciel, mais le mouvement ne venait pas que de ses yeux. Il sembla faire réagir tout son corps. Chaque centimètre tressauta d'agacement.

— Si vous ne tournez pas à l'angle et n'allez pas à la librairie, je vais vous pulvériser, menaça Brooke en s'approchant pour planter son doigt sur mon torse.

— Oh, criai-je en me frottant le plexus solaire. C'était un doigt ou une griffe, Wolverine ?

— Je vous traiterai bien de femmelette, mais celles-ci peuvent prendre une raclée et continuer à se battre. Vous devez aller à cette librairie. Aujourd'hui. Maintenant. Courez très vite, remontez le temps et épargnez-moi cette foutue conversation. Si vous ne le faites pas, je dirai à tout le monde que vous n'aimez pas les fruits de mer. Ils vous chasseront de cette ville à coups de feu et fourches.

Elle aperçut mon sourcil arqué et continua :

— Essayez voir. Quand il s'agit de protéger mon peuple et lancer des campagnes de désinformation, je suis votre pire cauchemar.

— Vous trichez, dis-je en prenant soin de garder la voix basse.

Cette conversation devait rester entre nous.

— Si vous pensez que ça, c'est tricher, je ne bourrerai pas votre beau crâne de détails de mes tactiques les plus efficaces. Mais si vous souhaitez savoir un jour ce qui est vraiment arrivé à la banque d'investissement de Sheppard Stevenson avant que le marché immobilier explose, je sais où les corps sont enterrés et je garde la pelle non loin.

J'étudiai un moment sa queue de cheval blond platine et ses puces d'oreilles en diamant.

— Vos propos, Miss Markham, me font hésiter à lancer un avis de recherche.

Elle mit la main dans son débardeur et s'empara de son téléphone. Je ne savais pas si les soutiens-gorge étaient à présent équipés de poches, ce n'était pas le moment de demander.

— Faites ce que je dis, shérif, murmura-t-elle, occupée à taper et à faire défiler son écran.

Je l'observai un moment, incertain d'avoir compris quelque chose de ces cinq minutes de conversation.

— Qu'est-ce que vous êtes ? Une ancienne de la CIA devenue mafieuse d'une petite ville ou quelque chose dans ce goût-là ?

— Pire, dit Brooke en écarquillant les yeux tandis qu'elle me souriait. Ex-présidente de sororité devenue gestionnaire de fonds spéculatifs.

Elle me regarda tandis que Joe m'apportait mon repas.

— Allez la voir. Je ne vous le redirai pas.

— Merci du conseil, m'dame. J'y réfléchirai.

Elle plissa des yeux et posa les mains sur les hanches.

— Cette conversation n'a jamais eu lieu.

À mi-chemin de la sortie, je demandai :

— Quelle conversation ?

Elle tourna la tête, suffisamment pour me regarder du coin de l'œil.

— Très bien. On vous garde à l'œil. Maintenant, allez-y. J'ai une salade aux œufs à manger.

CHAPITRE 12

JACKSON

Malgré les ordres de Brooke, je laissai de l'espace à Annette.

Elle avait encore besoin de temps pour s'éclaircir les idées et je le lui octroyai.

Aujourd'hui cependant, c'était une autre histoire.

Au lieu d'esquiver le commissariat et les rituels matinaux d'Annette, je retournai la situation. Armé d'un café et de beignets, je pris la direction de sa boutique quelques minutes avant son arrivée habituelle. J'avais besoin de ce temps pour me préparer. J'avais besoin d'unir mes efforts et de me donner du courage pour faire la conversation à la belle libraire.

J'avais passé les dernières nuits à revivre chaque moment contre le réfrigérateur en compagnie d'Annette. Bon Dieu, il fallait que je la mette dans un lit. Les appareils de cuisine n'étaient pas adaptés pour rendre grâce aux femmes bizarres.

Je n'étais pas habitué à désirer une femme de cette façon. Ne vous méprenez pas, les femmes étaient incroyables et délicieuses, j'en avais désiré plusieurs au fil des années, mais ce n'était rien comparé au désir que je ressentais pour Annette. J'étais prêt à déplacer des montagnes pour n'être qu'avec elle. Cette attirance n'avait pas son pareil, je ne la comprenais pas vraiment. Je ne comprenais pas comment elle pouvait m'attirer corps et âme, tout me guidait à elle.

En vérité, je connaissais à peine Annette et elle ne me connaissait certainement pas. Nous semblions avoir sauté ces étapes, peut-être était-ce le problème. Nous nous basions sur des connaissances erronées. Nous avions besoin de parler… et de nous tenir à l'écart des réfrigérateurs.

Lorsque les lumières s'allumèrent dans le magasin, je me plaçai près de la porte afin qu'elle me voie. Cependant, elle m'aperçut bien avant d'ouvrir la porte, s'arrêtant au milieu de la librairie. La robe d'aujourd'hui était longue et blanche avec de fines rayures noires au bas. Pas de chevilles à l'horizon, mais elle avait l'air d'un ange diablement sexy, tout à la fois.

Elle secoua la tête dans ma direction, mais ne put s'empêcher de sourire.

Je pouvais m'en contenter, qu'elle soit légèrement exaspérée, mais globalement ravie de me voir.

En posant les doigts contre la vitre, je lançai :

— Ouvre, j'ai apporté le petit-déjeuner.

Je levai les cafés et la boîte rose de beignets pour preuve.

— Je ne peux pas manger ça tout seul. Ça ferait cliché.

À ces mots, elle s'avança vers moi. Une fois les lumières de la vitrine allumées, elle déverrouilla la porte, tourna le panneau « fermé » et ouvrit la porte. Le carillon retentit au-dessus de sa tête et je resserrai ma prise sur le petit-déjeuner. C'était ça ou risquer de tout faire tomber pendant que je la prenais dans mes bras, car ces derniers jours et nuits sans elle furent d'une agonie sans nom.

— Bonjour, dit-elle en faisant un pas de côté pour me laisser passer. Quelle surprise.

— Une belle surprise, dis-je en m'approchant. Pas vrai ?

— Belle, oui.

Ça ressemblait à une concession.

— C'est aussi une étrange surprise.

— Pourquoi ? demandai-je.

Je ne me laissai pas décourager. Rien de ce qu'elle dirait n'allait me freiner.

— Viens avec moi, m'ordonna-t-elle.

— Avec plaisir.

Je suivis Annette, captivé par le balancement de ses hanches généreuses. J'étais son esclave et elle ne le savait même pas. Je ne me rendis pas compte que je l'avais suivie dans la réserve jusqu'à ce qu'elle me prenne les cafés des mains.

— Merci pour ça, murmura-t-elle en prenant une gorgée de café froid.

Je passai les mains dans son dos, avide de la toucher.

— Je ne savais pas trop comment tu aimais ton café, avouai-je. Mais j'ai demandé. Apparemment, tu l'aimes froid et sucré.

Annette leva le regard vers moi, ses yeux de la même couleur que la boisson dans sa main.

— Tu as demandé ?

— Oui, affirmai-je en inclinant la tête pendant que je lui caressais le dos.

Je ne voulais pas m'arrêter de la toucher. Pas aujourd'hui, jamais.

— J'ai aussi découvert que tu aimais les beignets à l'ancienne. Au chocolat.

— Rideaux, chuchota-t-elle.

— Pas de rideaux, insistai-je. Tu dois me trouver très mauvais dans mon travail si je ne peux pas questionner un commerçant du coin sans réveiller le moulin à rumeur.

Annette sirota son café, les sourcils levés rien que pour moi.

— Ce n'est pas ce que j'ai dit. Tu sais peut-être faire ton travail d'enquêteur, mais je connais cette ville, et je sais que tout le monde accompagné de leur tante sera là cet après-midi pour réclamer des informations juteuses.

— Une chance pour toi, j'ai pris du café et des beignets pour presque tous les commerçants de la rue principale. Tout le monde accompagné de leur tante fera plusieurs arrêts pour récolter des commérages aujourd'hui.

Elle leva les yeux au ciel, mais sourit en même temps.

— Je participe simplement à l'économie locale, m'dame.

— C'est appréciable.

Annette posa le café et se tourna vers le petit frigo dans un coin au fond.

— On dirait qu'on s'est tous les deux démenés pour des beignets.

Elle se retourna et me tendit un autre de ses plats en Pyrex. Je soulevai le couvercle et admirai les pâtisseries saupoudrées de sucre.

— Et ça, ce sont… ?

— Des donuts, répondit-elle en en prenant un.

De la confiture à la framboise dégoulina. Un coin de mon esprit très primal trouva cela très excitant. Je ne voulus pas comprendre pourquoi.

— Ma cuisine est trop petite pour faire des beignets normaux alors j'y ai fait des trous. Je pourrais faire des beignets normaux, mais je devrais les frire un par un et ça prendrait des heures. C'est une nouvelle pâte, une brioche sucrée. J'espère qu'ils sont bons.

Annette porta la pâtisserie pas très ronde à mes lèvres et je l'acceptai, me saisissant de son poignet pour lécher ses doigts par la même occasion.

— Délicieux, murmurai-je. Mais j'ai une question pour toi.

Elle m'observa aspirer son index, les yeux voilés, la bouche entrouverte.

— Tout ce que tu veux, chuchota-t-elle.

— Est-ce que c'est bizarre parce qu'on a tous les deux apporté des beignets, ou parce que tu les as faits pour moi et que je gâche tout ça en me pointant ici avec tes anciens beignets préférés ?

Elle me regarda en clignant des yeux tandis que ses joues rosissaient.

— J'avais envie de faire une bonne brioche, dit-elle avec une pointe de justification.

Je suçai davantage son doigt.

— E-e-e-et j'ai pensé que tu les aimerais peut-être. Je-je savais que tu les aimerais.

— C'est exact, ma belle. Tu sais ce que j'aime. Autre question.

— J'ai seulement dit oui pour une, rétorqua Annette.

— Je demande quand même, dis-je en passant un bras autour de sa taille.

Mon Dieu, qu'elle sentait bon.

— Si je n'étais pas venu ce matin, tu allais venir au commissariat ?

— Peut-être, répondit-elle avec une respiration saccadée. Je les aurais peut-être offerts aux pompiers plutôt.

— Vilaine, vilaine fille, chuchotai-je.

Je lui pris le plat de ses mains et le posai sur la surface la plus proche.

— Tu ne ferais pas ça, même par méchanceté.

— Tu ne le sais pas ça, dit-elle en haussant les épaules. Tout ce que tu sais, c'est que j'aime te faire souffrir.

— Oh, ça je suis au courant, ma belle.

Les deux mains à sa taille, je la soulevai et la posai sur la table.

— Que crois-tu que je fais quoi depuis deux nuits ?

— Tu lis ce livre que tu as sur ton chevet depuis des mois ? lança-t-elle malicieusement.

Je lui écartai les jambes et me plaçai entre elles.

— Oui, exactement. Malheureusement, c'était une distraction inutile.

Les mains d'Annette se posèrent sur mon torse et remontèrent sur mes épaules.

— On dirait que tu n'as pas besoin de lire dans ton lit.

Je me penchai, mes lèvres à un souffle des siennes.

— On dirait que j'ai besoin de baiser des chevilles dans mon lit.

— Juste des chevilles ? demanda-t-elle en me lançant un regard noir. Tu es sûr que tu n'es pas un genre de serial killer qui se fait passer pour le shérif d'une petite ville ? Ça m'a l'air d'être une bonne couverture.

— Pas de couverture. Pas un serial killer. Pas juste les chevilles, dis-je en embrassant le coin de sa bouche à chaque déclaration. Je veux tout et la pêche sous ta robe aussi. Bon sang, Annie, je te veux tellement. J'ai juste besoin que tu me veuilles aussi.

— Je t'ai fait des donuts.

Elle s'approcha davantage, mordillant ma lèvre du bas.

— Ça doit vouloir dire quelque chose.

Je recouvris ses lèvres des miennes, soupirant en elle tandis qu'elle ouvrait la bouche pour m'accueillir. Ma langue caressa la sienne, elle avait le goût de café et de sucre. J'avais prévu qu'on parle autour d'un café, mais Annette anéantissait mes meilleures intentions. Elle le faisait toujours et j'étais l'idiot qui n'avait toujours pas appris la leçon.

— Ça veut dire quelque chose, dis-je entre ses lèvres. Encore plus si tu admettais que tu allais ramener ton petit cul au commissariat et me nourrir de ses donuts dans l'intimité de mon bureau.

Annette stoppa un instant, cillant dans mon cou. Puis, elle dit :

— Oui, j'allais te les apporter.

Je l'imaginais là-bas, assise sur mon bureau les jambes écartées pendant qu'elle me nourrissait de ses meilleures créations. Puis, je l'allongerais sur la surface dure et la goûterais jusqu'à ce qu'elle tremble et se tortille. Je la prendrais là, sur le bureau, et la laisserais crier entre les murs. Tout le monde se douterait de ce qui se passait et tout le monde se douterait qu'elle m'appartenait.

— Maintenant, admets que tu as mis cette robe parce que c'est la pièce la plus impie de ta garde-robe et que tu aimes me faire jouir dans mon pantalon.

Elle appuya la main contre mon entrejambe et me caressa par-dessus le pantalon. Nous pourrions parler plus tard. Nous avions tout le temps du monde tant qu'elle continuait à me toucher. De toute façon, je n'étais pas trop pour les discussions avant midi. Je ruai dans sa main, chaque centimètre de mon corps tendu alors que je perdais la tête et lâchais un grognement trop animal pour être humain.

Je n'étais pas le genre d'homme à perdre le contrôle. Je ne perdais ni mon sang-froid ni ma bonne contenance très souvent. Je m'efforçais de garder la tête froide. Cependant, quelques minutes avec Annette annulaient tout. J'étais prêt à me rebeller pour poser les mains sur elle.

— Je savais que tu aimerais, ronronna-t-elle. Tu adores quand je mets du blanc. Ça et aussi, personne ne remarquera le sucre glace partout sur moi.

— La dernière fois que tu as porté du blanc, tu ne m'as pas laissé le temps de t'admirer très longtemps. Non pas que ça me gênait que tu sois nue chez moi. Si tu te souviens bien, je t'ai invitée à réitérer la chose.

— Ah oui, soupira-t-elle. Tu devrais savoir que j'ai moi aussi eu des nuits difficiles. J'avais beaucoup de choses à l'esprit.

— Je veux tout savoir, grognai-je dans son cou tout en continuant à me frotter dans sa main divine.

Elle rit à mes propos, les vibrations provenant de son corps me parcoururent tel un électrochoc.

— Ah, mais il vaut mieux ne rien dire parfois.

J'avais tant de raisons de m'écarter d'elle, de me redresser et de m'en tenir au plan. Indépendamment du fait que nous nous trouvions dans un simple placard, j'étais venu pour parler à Annette. Je voulais établir une connexion qui allait au-delà de nos interactions compliquées. Je voulais faire en sorte que ça fonctionne avec elle.

Néanmoins, ma queue possédait sa propre volonté et on aurait dit que le creux de ses cuisses était le seul endroit où je me sentais chez moi.

— Annie, dis-je en grognant tandis que je m'appuyais contre la chaleur de son entrejambe.

— Oui, Jackson ?

Je remontai sa robe jusqu'à sa taille et hors de ma vue,

puis je remontai les mains sur ses cuisses. Les doigts positionnés de chaque côté de sa culotte, je lui demandai :

— Tu es avec moi, ma belle ?

Le hochement de tête vint en premier, puis les mots :

— Oui. Oui. Je suis avec toi, murmura-t-elle, les yeux sombres et désireux.

— Complètement ? On se lance, toi et moi ? Tu ne vas pas me dire que tu as besoin de temps pour réfléchir et m'indiquer la sortie quand on aura fini ?

Elle haussa brusquement les épaules.

— Ça dépend comment cela finit.

— Tu n'as pas à t'inquiéter de ça, chuchotai-je en jetant sa culotte au sol et en enroulant un bras autour de ses fesses. J'ai envie de lécher ces nichons depuis des lustres. On dirait des cupcakes parfaits avec une cerise sur le dessus. Je parie qu'ils ont le goût de sucre vanillé.

— Tu es bête, dit Annette en riant.

— Tout à fait.

Bon Dieu. Cette femme était si *amusante*.

— Vu que je vais me concentrer sur tes seins, il va falloir que tu m'enlèves ce pantalon avant que je n'aie un autre accident.

— Ce n'était pas ma faute. Pas entièrement.

Elle baissa mon pantalon et enroula sa main autour de ma queue pendant que je lui léchais les tétons. Elle avait le goût de toutes les choses que j'aimais chez elle. Ce n'était pas une saveur, c'était un sentiment.

Je déposai des baisers sur ses seins en remontant vers ses lèvres.

— J'ai une capote dans mon portefeuille. Attrape-la-moi, ma belle.

Dans ma poche arrière, elle s'empara du portefeuille. Au lieu de se saisir du préservatif et de jeter tout le reste, elle prit un instant pour étudier mon permis de conduire et jeter un œil aux cartes à l'intérieur. Tout en continuant de me caresser de l'autre main, à quelques secondes de me rendre fou.

— Ça fait combien de temps que tu as ça ? demanda Annette en prenant le préservatif entre ses deux doigts. J'ai un stérilet, mais je préfère prendre toutes les précautions.

— Elle est neuve. Tu peux vérifier la date d'expiration, dis-je d'une voix qui se transformait en grognement tandis que sa poigne se resserrait. À l'exception de la semaine dernière, je suis toujours prêt.

— Tu es toujours aussi préparé qu'un scout ? lança-t-elle en ouvrant l'emballage avec les dents.

— Mets-moi cette fichue capote, lui ordonnai-je, la mâchoire crispée.

Je ne pourrais supporter une minute de plus sa branlette ou ses petites piques. La combinaison m'était fatale.

— Fais-le maintenant, Annie.

Ses yeux s'écarquillèrent, pétillant, comme si elle appréciait mon ton sec. Si c'était le cas, j'en avais à revendre.

— Maintenant, sinon je te baise sans.

Elle garda les yeux rivés sur moi pendant qu'elle m'enfilait le préservatif. Une fois en place, nous nous regardâmes, nos lèvres qu'à un souffle les unes des autres. Elle me fit le plus petit des hochements de tête et je la pénétrai.

Le premier instant fut le paradis. Annette cria, je lâchai un grognement qui ressemblait davantage à un rugissement dans son cou. Elle se déhancha et je faillis alors tout lâcher. C'était si bon, bon de manière terrifiante. Bon parce qu'elle avait l'air d'être la perfection incarnée, mais terrifiant parce que je savais que j'étais fou de cette fille. On me perdit à l'instant où je me mis à fantasmer sur ses chevilles, toute cette merde était une histoire d'âme sœur d'un tout autre niveau cosmique.

— Ne bouge pas, ma belle, aboyai-je, les mains à plat dans son dos.

— Je veux pas, répliqua-t-elle, les chevilles verrouillées au bas de mon dos tandis que son corps bougeait contre le mien. Peux pas me forcer.

J'inspirai autant d'oxygène que possible, mais ça ne suffit pas. Mon corps était focalisé sur les mouvements d'Annette et tant que je pouvais me concentrer dessus, rien d'autre n'était nécessaire.

— Si, je peux, putain, dis-je sèchement en glissant mes doigts dans la raie de ses fesses.

Elle s'agrippa à mon dos, la griffure de ses ongles atténuée par ma chemise. Je détestais l'existence de cette chemise. Je voulais m'en débarrasser. J'avais envie d'Annette et moi, dans un lit avec tout le temps du monde, et je voulais que tout le reste aille au diable.

J'insérai deux doigts dans son cul. Tout son corps trembla contre moi.

— Tu vois ? C'est moi qui t'ai fait faire ça.

Je m'enfonçai en elle comme si j'essayais de lui prouver mon point de vue. Peut-être était-ce le cas. Peut-être souhaitais-je qu'elle sache que nous n'aurions pas imaginé à quel point nous allions bien ensemble.

— C'est là, c'est là, c'est là, dit-elle dans un cri.

— Si tu arrêtais de te tortiller une seconde, j'y arriverais, dis-je en serrant fort ses fesses.

— Tu adores que je me tortille, me contredit-elle.

Elle avait raison. J'adorais la façon dont son corps mince s'imbriquait au mien, comment ses hanches bougeaient à mon rythme sans fléchir. Et à présent, avec ses cuisses serrées autour de moi et ses mains empoignant mes cheveux, j'adorais la façon dont elle s'agrippait à moi pendant que je la baisais sans réfléchir. Je me désintégrais petit à petit, à mesure qu'elle murmurait et suppliait.

— Jackson, cria Annette. *Jackson.*

Ses lèvres trouvèrent mon cou et y restèrent pendant que j'effectuais des va-et-vient, trop consumé par ces sensations pour répondre avec autre chose que mon corps. Oh, ça faisait mal. Tout était douloureux, jusque dans mes os. Mon corps était enfiévré, mon sang palpitait dans mes veines. Mes muscles se contractaient, encore, encore et encore. Ils se contractaient quand je sortais et avaient des spasmes quand je m'abandonnais à la douleur. Je ne pourrais tenir une minute de plus sans me casser en deux.

La sonnerie de la porte d'entrée tinta au même moment où j'éjaculai dans le préservatif, suffisamment pour me demander s'il n'avait pas craqué. Annette pressa sa paume contre ma bouche, étouffant mon rugissement. Chaque centimètre de moi se fit rigide tandis que je me vidais en elle. C'était comme un barrage qui explosait.

— J'arrive, lança-t-elle en passant les deux mains dans mes cheveux. Donnez-moi une minute. Ou cinq.

Le client fit un commentaire que je n'entendis pas pardessus le bruit vague dans mes oreilles.

Quand je finis d'éjaculer, j'allongeai Annette sur la table, reposai la tête entre ses seins et fermai les yeux. Je devais m'occuper de ce préservatif, mais j'étais épuisé et je ne pensais pas pouvoir me détacher de ce paradis pour rien au monde. Pas quand j'étais encore à moitié dur en elle et que je pensais aux manières d'utiliser à nouveau cette table.

Je pourrais retirer cette capote, la pencher en avant,

remonter cette jupe, lui donner une fessée, la plaquer comme elle aimait. Oui, ce serait bien.

— C'est quoi tous ces petits grognements ? demanda Annette, ses doigts magiques grattant mon crâne.

— J'envisageais de te baiser sur cette table, marmonnai-je.

— On vient de le faire.

— Mmhmm. J'ai envie de le refaire.

Elle sillonna les tendons dans ma nuque, faisant disparaître toute la tension accumulée ici.

— Cette idée me plaît.

Quand je repris mes esprits, je me relevai sur un coude et l'embrassai.

— S'il te plaît, dis-moi qu'on a le temps de le faire. J'ai aussi besoin que tu me dises que ce n'était que mon imagination quand j'ai entendu quelqu'un entrer dans la boutique.

— Non, c'est vraiment le cas, répondit-elle.

Je secouai la tête contre sa poitrine.

— Ce n'était pas ce que j'avais en tête quand je suis venu ce matin, dis-je en levant les yeux vers elle.

— Tu en es sûr ? demanda Annette, les lèvres retroussées pour afficher la plus jolie des moues.

J'adorais cette moue.

— En fait oui. Mais ensuite, je t'ai vue dans cette robe blanche et tu avais des petits beignets pour moi. Je suis impuissant face à toi et tes pâtisseries.

Elle haussa les sourcils.

— Mes pâtisseries n'ont pas le but de t'exciter.

Je secouai rapidement la tête.

— Tes chevilles non plus, ma belle. C'est juste plus fort que toi.

CHAPITRE 13
ANNETTE

Brooke : J'étais sur le porche à l'instant, en train de contempler l'océan à me demander comment ma vie avait pu s'effondrer comme les derniers jours de Rome, et qui j'ai vu discrètement sortir par la porte de derrière de ta boutique ? Nul autre que le Shérif Lau.

Brooke : Je me suis imaginé qu'il s'échappait après un petit coup matinal rapide et je suis impressionnée.

Brooke : J'ai une multitude de questions, mais je suis tout de même impressionnée.

Annette : Merci.

Annette : Et ta vie ne s'est pas effondrée. T'assures.

Brooke : Ne détourne pas la conversation et tu as tort, ma vie est une tragédie shakespearienne. Je suis comme Ophélia, à cinq minutes de me noyer dans un fichu lac.

Annette : Et si on analysait ça une seconde ?

Brooke : Non. Non. Je préfèrerais parler de tes galipettes rapides, s'il te plaît. Ta vie trépidante est la seule chose qui me force à continuer.

Annette : Je suis encore en train d'intégrer tout ça, mais voilà ce dont je suis sûre. Ça n'a pas paru rapide.

Brooke : Ohhhhhh, c'est les meilleures.

Annette : C'était incroyable. Je n'ai jamais fait l'amour comme ça. Je souris comme une folle et j'ai l'impression que mon ventre s'est transformé en barbe à papa.

Brooke : Est-ce que ça veut dire que tu exclues totalement la possibilité d'un trouple ? S'il y a bien deux femmes qui pourraient faire fonctionner ce genre de relation, ce serait nous.

Annette : Je t'aime, mais si tu mentionnes ça encore une fois, je t'arrache les yeux.

Brooke : Très bien.

Brooke : Quand est-ce que tu le revois ?

Annette : Je n'en suis pas sûre. Il a reçu un appel et a dû partir vérifier un truc près de l'auberge des Neville.

Brooke : Cet endroit est sacrément hanté.

Annette : Je ne vais pas te contredire là-dessus.

Brooke : Vous n'avez rien prévu pour la suite ? N'avez pas établi les attentes pour l'avenir ? Il l'a juste sortie puis rangée ?

Annette : J'arrivais à peine à parler quand il m'a embrassée pour me dire au revoir. Je n'étais pas en condition de formuler des plans d'action.

Brooke : Il sait vraiment ce qu'il fait, hein ?

Annette : Ma tête pétille comme de l'eau gazeuse, mon menton tremble encore et je ne sens pas mes hanches. Indépendamment du sexe dans la réserve, il m'a apporté du café froid et des beignets au chocolat et il m'a dit de très belles choses. Je lui ai presque dit que je l'aimais.

Brooke : Je ne t'en tiendrais pas responsable. Je l'aime pour toi.

———

La confiance, ce n'était pas évident.

Pendant des années, j'avais cru que mes grandes aspirations pour ma petite librairie étaient à ma portée si je travaillais suffisamment dur. Si je faisais ce qu'il fallait et que j'investissais de mon temps, les gens viendraient. Même quand je ne vendais que quelques exemplaires par jour, je continuais à croire que mon travail porterait ses fruits.

Cette confiance me fit avancer quand j'arrivais à peine à couvrir les dépenses et que ma famille souhaitait que j'abandonne pour un salaire consistant. Elle me permit de surmonter ma déception lorsque je n'arrivais pas à faire venir des auteurs de renom pendant leurs tournées publicitaires. Elle me releva quand je ne parvenais pas à convaincre les locaux de s'inscrire à un club de lecture, à moins de leur offrir la nourriture et le vin gratuitement.

Et ce fut cette confiance qui me fit hocher la tête d'un air suffisant ce matin, quand je découvris que mon joli petit magasin était sur la liste des meilleures librairies indépendantes du pays.

Du pays.

Au début, j'avais cru voir *du comté* et ça semblait plausible. Mais ensuite, je vis que la librairie suivante sur la liste se trouvait à Culver City en Californie. Je me rendis alors compte que ça n'avait rien à voir avec mon comté. La mention répétée d'œuvres d'artistes, de photographes et de divers auteurs locaux que je vendais ici me fit penser à Cole, le petit ami matelot d'Owen. Il s'était extasié sur l'un de mes livres de photos sur le Maine. Il en avait aussi acheté plusieurs exemplaires. Avec sa chic carte bancaire noire, celle réservée aux athlètes professionnels, aux stars de cinéma et autres gens spéciaux. Quand je retraçai le fil conducteur de l'article depuis le début, je découvris que ma librairie fut d'abord postée sur un petit site deux semaines auparavant. Seulement quelques jours après Owen, Cole et toute la vodka de Talbott's Cove.

Cependant, j'ignorai cette coïncidence. La boutique était bondée de clients aujourd'hui et je voulais me concentrer sur ça plutôt que sur l'étrange suite d'événements qui fit remplir ma librairie. Les gens venaient de Bar Harbor, Kittery, même de Portsmouth, tous au courant de l'article en ligne qui était à présent en tendance sur tous les sites d'information du coin.

Mon magasin n'avait jamais connu un tel trafic. Je dus appeler mes vendeuses à mi-temps, Jane et Yosefina, rien que pour contenir ce va-et-vient complètement fou. J'eus à peine le temps de faire pipi, mais je trouvai quelques instants pour me demander si Jackson m'observait depuis son bureau. J'espérais que oui. Qu'il pensait encore à moi, à nous et à hier matin. Je le souhaitais même si ce souhait m'effrayait comme jamais.

Cette confiance, elle n'était vraiment pas évidente.

Vers midi, je reçus l'appel d'une compagnie en ligne qui voulait m'aider à développer une vitrine en ligne. Je n'y avais jamais pensé. Ça venait à point nommé étant donné que j'avais passé la matinée à jongler entre les clients en magasin, et ceux au téléphone qui me réclamaient de nombreux livres régionaux et des idées cadeaux que je vendais ici.

À seize heures, le journal de Portland m'avait appelée pour organiser une interview. Ils travaillaient sur une série de documentaires sur les femmes entrepreneures et souhaitaient passer me rendre visite à Talbott's Cove.

Peu avant la fermeture, Jackson fit son apparition dans la librairie, sa grandeur et sa corpulence aspirant l'oxygène autour de lui. Mon regard sillonna les longues lignes de son corps sans en être consciente. Il arborait l'uniforme de shérif aujourd'hui. Je n'arrivais pas à me décider sur quel look je préférais, le costume ou l'uniforme. Il semblait plus à l'aise en costume, mais plus autoritaire en uniforme.

En l'observant parcourir des yeux la librairie, son regard passant d'un client à un autre avant de se poser sur moi avec un petit sourire, je me rendis compte que son réconfort et son autorité me manquaient. Même quand je ne savais pas quoi croire ou en quoi mettre ma confiance, Jackson m'entourait de cette force tranquille. J'aimais ça. Je ne la comprenais pas ni ne savais la meilleure façon de l'accepter, mais j'aimais ça.

Il porta la main à sa tête, inclinant un chapeau invisible dans ma direction.

— Qu'est-ce qui se passe ici ? articula-t-il silencieusement de l'autre bout de la pièce.

Je levai les mains et les laissai retomber sur la caisse. Quand je perçus un pincement sur mes joues, je pris conscience que je lui souriais comme une folle.

Je fus arrachée du concours de regard quand une cliente débarqua à la caisse avec une pile de livres de la hauteur de son bras.

— Vous avez le tome suivant de cette saga ? demanda-t-elle en levant un bouquin. Je n'ai pas réussi à le trouver, mais je n'étais pas sûre que vous ayez d'autres exemplaires en réserve.

— Je peux vérifier. Donnez-moi une minute.

Je croisai le regard de Jackson au-dessus de sa tête. Il me fit un clin d'œil, comme s'il savait que je repensais à hier soir. Je ne regarderais plus la table de ma grand-mère de la même manière.

Une fois seule en réserve, je portai la main à ma poitrine et m'abandonnai à des respirations saccadées. De toutes les choses qui étaient arrivées aujourd'hui, un simple clin d'œil du shérif Lau suffit à faire battre mon cœur contre mes côtes et mes poumons qui me suppliaient d'avoir plus d'oxygène. Sans mentionner la chaleur entre mes jambes et mon envie pressante toujours présente d'enlever mes sous-vêtements. Je me tins là un instant, à cataloguer les réactions de mon corps face à cet homme.

Un salut du chapeau, un sourire, un clin d'œil. Il ne suffisait que de ça.

Après m'être emparée de quelques livres, je retournai à la caisse et conclus la vente. Jackson s'était glissé dans le rayon non-fiction, un nouveau livre sur la politique dans les mains. Je l'observai pendant qu'il tournait les pages et parcourait rapidement le texte. Et je n'étais pas la seule à l'observer. Presque tous les clients le fixaient, reluquant ses larges épaules et sa taille qui forçait tout le monde à tendre le cou.

J'ordonnai à Yosefina de s'occuper de la caisse et vint voir Jackson. Quand j'arrivai à ses côtés, je tapotai la couverture.

— Tu lis entre de nouvelles lignes ?

Il se tourna, dos à la boutique tandis qu'il étudiait les étagères. De l'autre côté du magasin, j'étais certaine qu'on croirait que nous avions une conversation silencieuse portée sur les livres.

— Je n'ai pensé à rien d'autre que lire entre *tes* lignes depuis que je suis parti hier matin, dit-il la voix basse et rauque. Je suis désolé d'être parti comme ça. J'y ai réfléchi et n'ai pas arrêté d'y penser toute la journée, et…

— Ce n'est pas grave, l'interrompis-je. J'avais des clients et il était neuf heures du matin, ce n'était pas le bon moment, c'est tout.

Jackson détourna le regard des étagères, posa les yeux sur mes lèvres et sur le décolleté en V de ma robe portefeuille bleue.

— J'espère que ça passera. J'ai été incapable de penser à autre chose qu'à toi penchée sur la caisse depuis mon arrivée.

Je passai la langue sur mes lèvres sèches.

— Tu devrais m'en parler. Te le sortir de la tête.

Une lumière s'alluma dans Jackson, éteignant son côté shérif froid et calme et réveillant l'homme affamé et charnel que je commençais à adorer. Sa mâchoire se contracta, ses lèvres s'étirèrent en un sourire coquin, ses narines se dilatèrent. Il était à la limite du taureau hargneux et je ne pus m'empêcher de me pencher davantage vers lui.

Jackson jeta un œil au magasin.

— Éteindre les lumières. Verrouiller les portes. Allez derrière la caisse, dit-il, chaque action ponctuée d'un souffle. Relever la robe, baisser les sous-vêtements. Agripper tes doigts au bord de la caisse parce que tu vas avoir besoin de te tenir à quelque chose.

Il passa le doigt de ma gorge vers la vallée entre mes seins.

— Sortir ma queue et me glisser en toi, te baiser, perdre la tête.

Un gémissement étouffé se glissa de mes lèvres et je n'essayai pas de le camoufler. Ça ne servait à rien. Mes tétons perçaient à travers le tissu de mon soutien-gorge et de ma robe, mes joues étaient rouges et ma poitrine se soulevait à cause de mes respirations agitées et irrégulières.

Je tournai la tête vers Jackson, mais ne croisai pas son regard. Je ne le pus point. Si je regardais dans ses yeux avides et sexy, j'allais l'escalader comme une cage à poules et réclamer qu'il me prenne tout de suite contre les livres ennuyeux sur la politique.

— Cet endroit sera vide dans dix, peut-être quinze minutes, déclarai-je.

— Et pourtant, on pourrait monter dans ton appartement en trois minutes. Décisions, décisions.

— Mon appartement est petit, l'avertis-je.

Je ne sus pas pourquoi je mentionnai ça sur mon appartement de la taille d'un morceau de sucre. C'était comme si je devais l'avertir que mon existence et moi étions moins bien que ce à quoi il s'attendait. Même si je lui en avais mis plein la vue avec mes muffins, mes tartes et une culbute sur la table de la réserve, je ne voulais pas qu'il s'attende à quelque chose d'incroyable. Je ne voulais pas le décevoir.

— Mais il y a un lit ?

Il changea de place et son coude caressa mon bras, un petit ronronnement émergea dans ma gorge.

— Oui, confirmai-je.

— C'est tout ce dont on a besoin. Ça fait des mois que j'attends de te mettre dans un lit.

— Plutôt des semaines, dis-je en regardant à la dérobée les clients restants.

— Des mois, répéta Jackson en posant la main sur mon ventre. Crois-moi, Annie, ça fait des mois.

Ses doigts s'écartèrent du bas de mon soutien-gorge au haut de ma culotte. Il fit de petits cercles et réveilla une vague de chaleur dans ma poitrine. J'avais douloureusement envie de lui, mon être palpitait et se contractait tandis que mes épaules étaient crispées comme jamais. La plus légère des tapes pourrait me briser en deux et me laisser en miettes par terre.

La sonnerie de la porte retentit et je jetai un autre coup

d'œil par-dessus mon épaule. La boutique était presque vide, seuls deux clients parcouraient encore les étagères. Les autres soirs, j'aurais été là, à discuter avec eux et rester ouverte bien après les horaires officiels. Ce soir, après avoir vécu les conséquences d'une super publicité, j'allais fermer boutique.

— OK, voilà le plan, dis-je à Jackson. Va en haut. La porte est ouverte, je te rejoins dans cinq minutes.

— La porte est ouverte ? Pourquoi ? demanda-t-il en détachant sa main chaude de mon ventre.

— Parce que je l'ai laissée ouverte ? J'ai fait brûler des roulés à l'orange hier soir et j'avais besoin d'aérer.

Jackson secoua la tête en se reculant.

— On en reparlera plus tard, promit-il. Des roulés brûlés et des portes non fermées. Et du spray anti-agression que j'aimerais que tu gardes dans ton sac.

— Plus tard, dis-je en levant les mains pour me rendre. On parlera de tout.

———

Je parvins à presser les retardataires, mettre l'argent en sûreté, renvoyer Jane et Yosefina chez elles et fermer le magasin en trois minutes. Je le fis dans le but singulier de monter et me faire baiser par Jackson. Peu importe que la situation soit compliquée à cause de mes doutes et problèmes. Là maintenant, ce soir, j'allais mettre tout ça de côté. Je pouvais avoir envie de Jackson et l'avoir sans m'égarer.

Si je continuais à me dire ça, ça deviendrait vrai.

Je gravis les escaliers et ouvris la moustiquaire pour trouver Jackson au milieu de mon appartement, sa ceinture posée sur le dossier d'une chaise de cuisine. Il semblait trop imposant pour ma maisonnée, trop viril pour mon décor d'ananas et de flamants roses. Cependant, il me fit signe d'approcher et je vins vers lui, posant téléphone, sac et clés par terre.

Trop imposant, trop viril, trop normal.

— Ça fait six minutes, dit-il en sillonnant le décolleté en V de ma robe.

— Je sais, je sais, répliquai-je avec un soupir.

Mes doigts s'emparèrent de son uniforme à manches courtes, s'attaquant aux boutons tandis que je râlais à propos de ma vendeuse la plus bavarde.

— Jane travaille d'habitude quelques heures le week-end et a dû venir aujourd'hui parce que, tu sais, on a eu des millions de clients. Yosephina aussi, mais elle est asociale donc ça va. Mais Jane voulait parler de tous ces gens et ne se rendait pas compte que j'essayais de, euh, je veux dire…

— Rentrer chez toi te faire baiser ?

Je m'arrêtai de le déboutonner, posai les mains à plat sur son torse ferme et levai les yeux.

— Oui. Oui. Ça. Elle n'a pas compris ça et je n'étais pas prête à le lui expliquer.

— Elle n'avait pas besoin d'explication. On est les seuls à avoir le droit de savoir.

Jackson prit l'attache à ma taille et la desserra avec un doigt. Quand elle se détacha, il desserra l'attache intérieure. Ma robe s'ouvrit, révélant mes sous-vêtements non assortis. Il passa les doigts sur le haut de mes seins et au bas de mon ventre.

— *Annette*, dit-il d'un ton rauque.

Je retournai aux boutons et ouvris son pantalon, le regard fixé sur le mur de muscles à peine recouvert devant moi.

Après tout ce que nous avions partagé, c'était la première fois que je posais les mains sur sa peau nue. L'impatience parcourut mes veines, électrifia chaque caresse et respiration.

— Mmhmm ?

— J'ai le droit de toucher ta culotte ce soir ? demanda-t-il. Parce que j'en ai envie. J'ai envie de la tordre dans mon poing et de te l'arracher.

Je lui ôtai sa chemise, la laissant tomber par terre. Un tee-shirt en coton blanc me séparait de son torse et je le relevai, guidée par mon désir de le toucher. Tout toucher chez lui.

— Annette, souffla-t-il.

— Quoi ? murmurai-je, occupée à passer son tee-shirt par-dessus sa tête.

Une fois fait, je passai les mains sur les reliefs fermes de ses abdominaux et sur son torse. Il y avait un sillon de poils dorés ici, à peine foncés pour qu'ils se remarquent sur sa peau. Mais j'adorai la sensation de ces brins rêches sous mes paumes.

— Oh, j'aime ça.

— OK, c'est parti, dit-il en se penchant et en me portant sur son épaule.

Il traversa mon appartement et passa dans la chambre, me retirant ma culotte au passage.

— On n'en aura pas besoin.

Avec plus de soin que je ne m'attendais de sa part en cet instant, il me posa sur le lit et retira la robe de mes épaules.

Jackson pointa mon soutien-gorge tandis qu'il retirait ses chaussures.

— Débarrasse-toi de ça, ordonna-t-il.

Il baissa son pantalon et s'en dégagea. Seuls restaient son caleçon et l'énorme érection qui fendait le tissu.

— Annette, dit-il en détournant mon regard de son entre-jambe. Le soutien-gorge. Enlève-le.

Il posa un genou sur le lit et mes jambes s'écartèrent. Je passai les mains dans mon dos pour détacher mon soutien-gorge et le jetai sur le côté. J'étais nue, dans l'attente, ma plus grande intimité révélée à lui. Toutefois, ce n'étaient pas mes complexes (salut, petite brioche) ou le doute (et si je n'étais pas bonne au lit ?) qui envoyèrent un troupeau de bisons piétiner mon estomac. C'était le fait que je sache que je pourrais l'aimer et peut-être l'aimais-je déjà.

Et n'était-ce pas tordant ? Après tout ce que j'avais vécu ces dernières semaines et tous mes efforts pour limiter mon attirance pour Jackson, j'étais en train de lui faire une place dans mon cœur. Je savais déjà que cette place était une caverne profonde et béante, un espace dans lequel il grandirait au fil des années. Ouaip, c'était totalement tordant parce que même si je lui faisais de la place, je ne me faisais pas confiance pour lui donner les clés. C'était sa caverne, mais je ne pouvais pas le laisser devenir propriétaire.

Pas encore. Pas avant que je nous comprenne mieux, sache que c'était réel. J'étais la reine pour me voiler la face, après tout. J'avais fait une place pour un homme auparavant. Je lui avais aussi donné les clés. Je n'allais pas être si généreuse cette fois-ci. Ce n'était pas comme si nous étions pressés. Non, pas de précipitation. Nous avions tout le temps du monde.

— Jackson, dis-je en levant la main.

Vu la façon dont il me regardait, je fus étonnée que le lit ne soit pas en feu.

Il se débarrassa de son caleçon et rampa vers moi, sa queue lourde et chaude se balançant entre nous. Je tendis la main vers lui, à la recherche d'une ancre.

— C'est si bon, murmura-t-il en remuant dans mon poing. Tu es ravissante. Tu le sais ? En te regardant là, je n'arrive pas à croire à quel point tu es belle.

— Ce n'était pas comme si c'était la première fois que tu me voyais nue, dis-je en riant.

— Si. C'est la première fois que je regarde.

Un souffle m'échappa quand Jackson pressa ses lèvres contre les miennes. C'était un baiser doux, lent et généreux, mais le désir vibrant entre nous suffit à atteindre l'échelle de Richter. Il le savait aussi et retira ma main de sa verge.

— Stop. Stop, ma belle. Je ne veux pas jouir sur ton ventre. Pas cette fois-ci, chuchota-t-il contre ma mâchoire. Laisse-moi attraper une capote.

— On n'est pas obligés, dis-je en l'enlaçant pour qu'il ne s'éloigne pas. Je me suis fait tester et j'ai un stérilet alors si tu as envie…

— Putain oui. Oui, que j'en ai envie, rugit-il, ses doigts sur mon clitoris.

Il fit de petits ronds, tranquilles au début puis plus rapides. Bien plus rapides.

— Je ne sais pas quoi faire avec toi là, Annie. J'ai envie de tout. J'ai envie de te lécher pendant des heures. Sucer tes tétons et te baiser avec mes doigts. Te nourrir de ma queue. Te titiller et découvrir ce que tu aimes. Te retourner, te baiser par-derrière en me tenant à ce cul rond qu'est le tien. Te retourner à nouveau, enrouler tes jambes autour de ma taille et te baiser lentement. J'ai envie de tout et je ne sais pas par où commencer.

J'inclinai les hanches et enroulai mes jambes autour de lui.

— Commençons par la fin de cette liste et voyons où ça nous mène.

Jackson suivit cette recommandation et obéit, me pénétrant d'une seule et superbe ruée. Il resta là, le corps rigide et le souffle saccadé. Puis, après avoir posé son front sur mon épaule, il se mit à bouger. Ses hanches donnèrent des coups secs d'avant en arrière, d'avant en arrière. Je plantai les talons dans son derrière, le pressant de s'enfoncer davantage. Je désirais des va-et-vient plus longs, des coups de reins plus forts.

— Comme ça ? demanda-t-il en sortant puis en me pénétrant.

— Oui, dis-je en découpant ce simple mot en trente syllabes. C'est si bon, Jackson. C'est *si* bon. Tu me remplis tellement. Ne t'arrête pas.

— C'est drôle, dit-il en riant contre mon épaule. Tu dis ça comme si j'allais faire le choix de quitter le paradis qu'est ta chatte.

— C'est comme ça qu'on l'appellera ?

Jackson acquiesça et grogna en s'insinuant brusquement en moi. Il passa les bras derrière mon dos et me serra fermement contre lui.

— Je n'essaie pas d'être ce genre de gars qui disent que c'est mieux sans capote, mais putain, tu es vraiment parfaite là. Je ne veux pas que ça s'arrête.

— On n'est pas obligés d'arrêter, murmurai-je.

Mes doigts griffèrent son dos, désespérés de s'accrocher à lui tandis que mon corps se dissolvait tel du sucre à haute température. Quelque chose dans sa façon de me tenir, la façon dont il me soulevait comme si j'étais fragile, mais qu'il me baisait comme si j'étais incassable, me donna directement un orgasme.

— Allez, ma belle, chuchota-t-il alors que la première vague de spasmes s'emparait de mon corps.

Je sentais ses dents dans mon cou et sur mon épaule. Des baisers partout. Son sexe remuait en moi, mes muscles ondulaient autour de lui. Je m'accrochais à lui. Son corps devenait raide tandis qu'il s'enfonçait à nouveau, sa queue s'agitant et se dressant pendant qu'il se vidait en moi.

— Je te tiens. Laisse-toi aller.

Et ce fut ce qu'il fit. Il me possédait, moi et la caverne dans mon cœur aussi.

CHAPITRE 14

JACKSON

— Comment tu fais pour cuisiner ici ? demandai-je.

Vêtu seulement d'un caleçon et du sourire paresseux d'un type qui vient de vivre une incroyable partie de sexe, j'étirai les bras, presque certain que je serais capable de toucher les deux murs opposés de l'appartement d'Annette. Ce n'était pas le cas, mais presque.

— C'est… c'est minuscule.

La maison d'Annette était comme elle : petite, rose et cernée d'étranges angles au plafond. Et il y avait des flamants roses partout. Brodés sur de petits coussins, imprimés sur des tasses, peints à l'aquarelle. Sur le court peignoir en soie qu'elle portait.

— Ce n'est pas si mal, se défendit-elle en se faisant un chignon. Ça me convient.

La cuisine et le salon n'étaient séparés par rien d'autre qu'un grand pas, la salle à manger se trouvait dans un coin. Son lit queen size était coincé dans une alcôve afin de donner l'impression d'une intimité. J'avais beau l'apprécier, ce n'était pas assez grand pour nous deux. Ou, plus précisément, ce n'était pas assez grand pour moi. Ça et le fait que je n'arrêtais pas de me cogner la tête contre le plafond pentu.

Je fis un geste vers les appareils miniatures, ceux que je m'attendrais à trouver dans une maison de poupées.

— Ta cuisinière, elle est minuscule. Ton four aussi. Comment fais-tu des gâteaux ici ? Ça a dû te prendre des heures de faire tous ces muffins.

— Pas vraiment.

Elle haussa les épaules et se dirigea vers le réfrigérateur. Également taille enfant.

— Et si… hum. Voyons ce que nous avons.

Elle ouvrit la porte et regarda à l'intérieur tout en frottant le dessus de son pied contre l'arrière de son mollet. Ce mouvement naturel était sensuel et intime, il me fit traverser la pièce en deux pas pour la prendre dans mes bras.

— Salut toi.

Elle passa les ongles sur mon avant-bras. J'adorais la sensation.

— Tu ne peux pas me laisser seule près d'un frigo, pas vrai ?

En l'embrassant dans le cou, je répondis à voix basse :

— Et alors ?

— Juste une observation, répliqua Annette avec un rire.

Elle se pencha et colla ses fesses contre ma queue. Sans réfléchir, mes mains se posèrent sur sa taille et mes hanches ruèrent.

— Ça t'excite vraiment les frigos, hein ?

— Ça n'a rien à voir avec l'appareil, dis-je, un grondement bas dans la gorge. Ça a tout à voir avec toi.

Elle ne dit rien pendant un long moment et je m'efforçai de me tenir tranquille, même si je mourais d'envie de me frotter à elle. Puis, elle dit :

— J'ai du fromage, du pain de seigle aussi. J'en ai fait l'autre soir donc il n'est pas très frais, mais il est bon. Je sais que je ne devrais pas le garder au frais, mais il a fait si chaud récemment. Il se serait rassis et aurait moisi en moins de deux si je ne l'avais pas mis au frigo. J'ai aussi un Sussex pond pudding aux pommes, mais cette recette ne s'est pas passé comme prévu.

J'ignorais ce qu'était un Sussex pond pudding et je n'allais pas demander.

— Du pain de seigle alors.

— J'ai aussi de la bière, proposa-t-elle. Prends-en, tu veux ?

Les bras remplis de pain, d'accompagnements et de bière, nous retournâmes à sa chambre. Les couvertures et les coussins étaient posés en tas par terre et le drap-housse s'était détaché d'un coin, mais on s'y blottit avec nos snacks, sans faire attention aux draps.

Annette me tendit un bout de pain avec un gros morceau de fromage et une bonne cuillère de moutarde douce et épicée. On aurait dit de l'art. Tout ce qu'elle faisait était beau, d'une précision réfléchie. Pour la première fois de ma vie, je voulus m'arrêter et prendre en photo la nourriture que j'allais manger, car partager ça avec tout le monde semblait nécessaire. J'avais envie de dire :

— Ma femme m'a fait ça. Elle l'a fait à partir de rien. N'est-elle pas incroyable ?

Et cela ne m'échappa pas qu'elle me servit avant de se couper un morceau pour elle. C'était du Annette tout craché.

— Ça te va ? demanda-t-elle en pointant le pain.

Le pain que je fixais depuis une bonne minute pendant que j'imaginais des photos Instagram.

— Je peux t'en faire sans moutarde.

Je me penchai et l'embrassai sur la tempe.

— C'est super, dis-je. C'est le plus joli morceau de pain que j'ai jamais vu.

— Merci, mais ce n'est pas particulièrement joli. Je n'ai pas bien réussi la pâte et la cuisson est inégale. Je crois que la miche était trop grosse pour mon four donc la chaleur ne s'est pas bien propagée.

— Tu sais que mon four est immense, dis-je en m'efforçant d'y mettre tous les sous-entendus possibles. Tu es la bienvenue pour t'en servir.

— Ton four est incroyable, dit-elle avec un soupir chuchoté.

Ma queue interpréta ce soupir en sa faveur et ça ne me posa aucun problème.

— Mais, tu sais, c'est… c'est très gentil de ta part de proposer.

— Mais ? m'enquis-je.

Elle était occupée à se faire sa propre tartine.

— Mais je m'en sors bien avec le mien. Je ne veux pas t'embêter.

— Ce qui m'embête, c'est que tu laisses ta maison ouverte et que n'importe qui peut y entrer.

— Oh, arrête, dit-elle en balayant ma préoccupation de la main. Ça n'arrive jamais à Talbott's Cove.

Je sillonnai la ligne de sa mâchoire de mon index et l'attirai vers moi.

— C'est ce que tout le monde dit jusqu'à ce que ça arrive. Ne laisse pas ta porte ouverte toute la journée, Annette. Ne laisse pas non plus la porte arrière de ton magasin ouverte.

— Jackson, j'ai vécu ici toute ma vie. Je connais toutes les allées et venues de la ville. Tu pourrais me bander les yeux et me laisser dans les bois à minuit, et je retrouverais le chemin jusqu'à chez moi sans une seule égratignure. Bon sang, j'arrive même à identifier la plupart des habitants à leur façon de secouer la monnaie dans leurs poches.

Elle m'asséna un regard mauvais.

— Je connais cette ville.

Un doigt toujours sur son menton, je répliquai :

— Je n'en doute pas. Je ne doute pas de toi, ma belle. Mais je connais moi aussi certaines choses, et cette ville n'est pas aussi sûre que ce que tu crois.

Elle cilla en hochant la tête. Un éclair de surprise apparut dans ses yeux.

— D'accord. Je le ferai.

— Et je vais te donner un spray anti-agression. Tu le garderas avec toi.

Je l'embrassai ensuite, en partie parce que je ne pouvais me lasser de ses lèvres, mais aussi pour rembarrer son désaccord.

Lorsque nous nous séparâmes, Annette prit les bouteilles de bière sur le rebord de la fenêtre. Elle m'en offrit une avant de boire une longue gorgée de la sienne.

— Pourquoi es-tu venu ici ?

Elle passa le dos de sa cuillère sur la tranche de pain, étalant de la moutarde dans tous les coins. Le soin qu'elle y mettait était érotique, il y avait quelque chose de fascinant dans sa façon de remuer les mains.

— Qu'est-ce qui t'a attiré à Talbott's Cove ?

Je sentis ma queue s'allonger et se durcir tandis que je la regardais ajouter un filet de moutarde sur le morceau de cheddar. Pourquoi un filet de moutarde était-il sexy ? Qu'y avait-il dans sa façon de tournoyer sa cuillère sur le pain et le fromage qui me faisait penser au genre de sexe qui finissait avec des draps déchirés et des grattages de dos ? Il me fallut faire un réel effort pour répondre à sa question quand tout ce que je désirais, c'était de lui écarter les jambes et de goûter sa saveur sucrée.

— On me pose souvent la question, parvins-je à articuler.

— Je suis désolée, dit-elle en mordant dans sa tartine. Je ne voulais pas être indiscrète.

— Non, ce n'est rien. J'aime quand tu es indiscrète. Talbott's Cove n'est pas le genre de ville qui attire beaucoup de nouveaux habitants, et les gens sont curieux.

Je goûtai le pain… quel paradis ! Je désirais toujours me repaître d'Annette, mais ça attendrait la fin de notre discussion.

— Je dis généralement aux gens que j'avais envie de travailler dans une ville où je connaîtrais tous les habitants.

— Mais ce n'est pas la vérité ?

Elle lécha un bout de moutarde sur son pouce et je ne pus retenir un grondement.

— Ou pas l'exacte vérité ?

— Oui, ce n'est pas toute la vérité, admis-je en fixant ma bière.

La bière ne se léchait pas le pouce ou n'était pas assise les jambes croisées, dans un peignoir court avec rien d'autre que de la peau nue dessous. La bière était sûre.

— Ce n'est pas bien pour un shérif de dire toute la vérité.

— Je suis sûre que c'est bien pour l'homme avec qui je couche, rétorqua-t-elle.

— C'est ce que je suis ? demandai-je en plissant les yeux sans la comprendre. C'est tout ?

Ses paroles, elles me piquaient un peu. Je ne le voulais pas, mais ce fut le cas. Je ne savais pas ce dont j'avais envie qu'elle dise, mais je désirais être plus que l'homme avec qui elle couchait. Et je le serais. Ça allait simplement prendre du temps.

— Raconte-moi ton histoire, insista Annette en me tapotant le genou. On s'occupera des statuts plus tard. C'est plus pour le petit-déjeuner. Je te ferai des roulés à la cannelle avec de la sauce caramel toute fraîche.

— Putain oui, dis-je en posant les deux mains sur mon ventre. OK, eh bien, vu qu'il y a des roulés à la cannelle en jeu, je ferais mieux de raconter.

J'enroulai les doigts autour de la bouteille et contemplai le plafond, silencieux un long moment alors que je rassemblais mes mots.

— Il y a eu un cas de personne disparue quelques années auparavant. Un petit garçon a disparu et les circonstances étaient très suspicieuses. Des histoires contradictoires des parents, des preuves physiques impossibles à justifier. Quelque chose dans ce dossier m'intriguait. Je ne pouvais pas laisser tomber. Même quand les preuves se sont taries et que la piste n'aboutissait à rien, je n'arrêtais pas de penser à cet enfant et au pressentiment qu'une personne qui le connaissait lui avait fait des abominations. Ça me gardait éveillé la nuit, interférait avec mes autres dossiers, ça m'a rendu presque fou.

— C'est horrible, murmura-t-elle. Je suis tellement désolée, Jackson.

Je me forçai à prendre une bonne gorgée de bière, essayant de repousser les images de la scène de crime de mon esprit. J'essayai, j'échouai. Ce métier avait le don de changer les gens, et ce cas me changea.

— Ça m'a durement touché quand on a découvert le corps. Plus que la preuve médico-légale accusant le père.

Je n'oublierais jamais la colère qui explosa en moi telle

une bombe après avoir découvert les restes du garçon. Cette colère resta en moi. Elle me suivit des semaines, des mois durant. J'avais toujours accepté que la violence fût absurde, mais je ne pouvais accepter ça. Pendant quelque temps, je doutai de vouloir vivre dans un monde avec ce genre de sauvagerie qui avait tué un enfant.

— Ça m'a touché plus qu'aucune autre enquête de meurtre. J'ai pris un congé peu après ça. Si j'avais été malin, je serais allé voir le conseiller du service et aurais réglé mes problèmes mentaux, mais je ne l'ai pas fait. Je suis monté dans ma camionnette et j'ai roulé vers l'est jusqu'à l'océan. Puis, j'ai pris la route pour le nord. C'était un road trip touristique involontaire à travers le Rhode Island, le Massachusetts et le New Hampshire. Je me suis arrêté dans de petites villes le long de la côte et au moment où j'ai traversé la frontière du Maine, j'ai su que je devais quitter la ville pour de bon. C'est une partie de la raison. L'autre partie était que j'avais réalisé que je voulais travailler dans une ville où je connaissais tous les habitants.

— Un petit pas en avant pour sauver le prochain enfant ? demanda-t-elle.

J'expirai un grand coup, mais ne répondis pas jusqu'à ce qu'Annette passe les doigts sur mon bras.

— Je me suis rendu compte que je ne peux pas éviter tous les crimes, mais dans une ville comme celle-ci, je peux garder l'œil ouvert et repérer les signes.

Je me tournai pour regarder Annette.

— Qu'est-ce qui t'a fait rester ici ?

Un rire rauque provenant de son ventre se fit entendre.

— Quand je ne suis pas en train de courir après des hommes inatteignables, de me bourrer la gueule et de me faire honte, j'aime vivre ici. J'aime les gens, la communauté, la façon dont cet endroit change lentement mais sûrement.

— Pourquoi tu t'en veux encore pour ça ? demandai-je.

Je posai la main sur sa cuisse, éprouvant le besoin d'un contact physique avec elle.

Elle évita mon regard tandis qu'elle préparait un autre festival de pain de seigle.

— Parce que je suis sûrement bannie de *La Cambuse* à vie et que j'ai agi comme une ivre émotionnellement instable, et ces deux faits sont embarrassants.

— Ce n'est pas de ça que je parle. Je crois que tu le sais.

Annette se tourna vers moi, me tendant une tranche de pain.

— Parce que je ne suis pas si différente de cette ville, Jackson. Je change lentement mais sûrement.

CHAPITRE 15
ANNETTE

Les pêches d'août étaient les meilleures.

C'était le premier été où je faisais attention à la qualité des pêches, mais je savais que la récolte de ce mois-ci était bonne. Les pêches du mois dernier, celles qui avaient fini dans ma robe, n'étaient pas comparables à ces beautés de maintenant. Vu qu'elles étaient si délicieuses, je n'arrêtais pas d'essayer de nouvelles recettes. Ma cuisine était couverte jusqu'au plafond de tourtes, de crumbles, de tartes et de gâteaux. Sans compter les pâtisseries dont je faisais don en ville.

J'avais apporté une tarte aux pêches et aux amandes chez Brooke le lundi et un gâteau au yaourt aux pêches et aux framboises chez les Fitzsimmonse le mardi. Jackson amena un panier de chaussons à la cannelle et aux pêches au commissariat le mercredi et ma vendeuse, Jane, emporta un pudding aux pêches et aux myrtilles le jeudi.

Difficile de croire que j'avais cuisiné autant en une semaine. Ça m'aidait que Jackson me porte de grands sacs de sucre et de farine et qu'il lave la vaisselle pendant que mes créations étaient au four.

Même si j'adorais la cuisine chez lui, je ne parvenais jamais à apporter toutes les choses dont j'avais besoin. Soit c'était le bon tamis ou la râpe que je ne rangeais jamais au bon endroit, ou l'économe que j'aimais le plus. Il manquait toujours quelque chose.

C'était en grande partie la raison pour laquelle je finissais par rentrer à mon appartement après avoir cuisiné chez Jackson. L'autre raison était que je continuais à me voiler grandement la face et refusais de reconnaître que je craquais pour lui. J'inventais à la place tout un monde de sentiments basés sur du bon sexe et de la vaisselle bien faite. Ce voilage de face s'entendait bien avec le sexe et la vaisselle, mais stoppait net à la notion de passer la nuit chez Jackson. C'était la limite, la frontière.

Ça n'avait aucun sens, mais ma relation fantasmée avec Owen n'en avait pas non plus.

Je me permis de croire que ça n'avait pas à avoir du sens. L'amour n'avait pas de sens. Bordel, la vie n'avait pas de sens. Pourquoi mes pensées devaient-elles suivre un ordre logique ? Elles n'y étaient pas obligées et ça ne valait pas la peine de m'attarder sur les manèges et contradictions de mon esprit. Pas quand je pouvais apprécier le temps que nous passions ensemble et espérer que tout fonctionne pour le mieux.

Je n'avais pas prévu de pâtisser cet après-midi, mais un orage survint et annula mes projets d'aller à la plage. Je ne prenais pas beaucoup de jours de congé à la boutique, mais j'aimais poser mes vendredis et samedis l'été. Pas toujours la journée entière, mais même quelques heures de pause valaient le coup. C'était bon pour mon bronzage et encore mieux pour mon âme.

Je nettoyai le glaçage sur mes doigts et me séchai les

mains avec une serviette tout en inspectant ma toute dernière fournée : cupcakes aux pêches et au beurre noisette. Ils étaient proprement alignés en rangées et colonnes sur ma plaque refroidissante, de parfaites rosaces succulentes de fromage crémeux parfum pêche en guise de glaçage.

Je les étudiai un moment, les mains tenant toujours le torchon, puis regardai l'heure. Jackson était encore au commissariat. Il y resterait encore quelque temps.

Je m'approchai de la fenêtre et contemplai le ciel. Seules la bruine et des flaques de la taille d'un lac demeuraient. Le gros de l'orage se dirigeait vers le nord.

Ça semblait le bon moment pour apporter le goûter.

––––––

Je frappai à la porte du bureau de Jackson et remuai le plat en verre débordant de cupcakes en entrant.

Purée, quelle vision ! Les jambes ouvertes comme s'il faisait une démonstration de virilité, son pantalon brun d'uniforme était tendu au niveau de ses épaisses cuisses. Il avait le téléphone coincé entre l'oreille et l'épaule, un stylo dans une main, l'autre dans sa nuque. Avec le bras plié derrière la tête et cette chemise de shérif à manches courtes, on aurait dit que ses biceps étaient sculptés dans la pierre. Et maintenant que j'avais attiré son attention, son regard sombre étudia mon corps, les sourcils haussés.

Jackson me fit signe d'approcher tandis que je fermais la porte derrière moi. Il gardait généralement sa porte entrouverte, mais d'après mes visites passées, nous la désirerions fermée. Le commissariat était presque vide, mais Cindy était là et je n'allais pas prendre de risques.

— Tu es sûr ? murmurai-je en pointant la cellule derrière moi. Je peux revenir plus tard.

— Ne t'avise pas de partir, dit-il, la main sur le téléphone.

Sa langue parcourut ses lèvres tandis qu'il contemplait ma robe blanche aux imprimés feuilles de palmier vertes.

— Reste. Laisse-moi finir cette conférence téléphonique, mais reste.

Je me dirigeai vers les chaises libres, mais il secoua la tête et me fit signe de venir de son côté du bureau. Il répéta le geste alors que je me tenais là, à le fixer.

— Pourquoi venir là ? demandai-je.

— Parce que je veux que tu y sois, articula-t-il.

Un sourire coquin sur les lèvres, je fis le tour du bureau de Jackson et lui tendis les cupcakes.

— J'ai pensé que tu aurais besoin d'une gâterie.

Je croisai les bras et m'appuyai contre son bureau, attendant sa réaction.

Il n'ouvrit pas le récipient. À la place, il le mit de côté et tapota la surface en bois du bureau.

— Assieds-toi, ordonna-t-il.

J'inclinai la tête de manière à dire « T'es sérieux ? », mais il tapota à nouveau le bureau.

— Assieds-toi.

En levant exagérément les yeux au ciel, je me hissai sur le bureau. Jackson réagit en saisissant mes cuisses et en me plaçant juste en face de lui. Il s'enfonça dans son siège, la mâchoire serrée et les yeux voilés tandis qu'il me regardait de haut en bas. On aurait dit une évaluation. Puis il hocha la tête et porta sa main à ma cheville. Du pouce, il dessina des demi-lunes sur ma peau.

— Mange, commandai-je, mes doigts tapotant le couvercle.

Jackson regarda le récipient, mais répondit en secouant poliment la tête. J'adorais son attitude de shérif sévère. C'était tellement un ourson doux et moelleux sous ces regards et désaccords et j'en aimais sa sévérité d'autant plus.

Je l'observai pendant qu'il était au téléphone, les sourcils froncés ou se levant en fonction de sa réaction. Toutes les quelques minutes, il plaçait un commentaire ou s'emparait de son stylo et écrivait sur le carnet à côté de moi. À un moment donné, il jeta un regard méprisant au téléphone, leva les yeux au ciel, puis renversa à nouveau la tête en arrière.

Il avait à l'évidence besoin d'une gâterie.

J'ouvris le récipient et du doigt, je retirai le glaçage collé au couvercle. Je lui tendis mon doigt, pas le moins du monde surprise quand il me prit le poignet, m'avança et lécha tout le glaçage. Ses dents raclèrent contre la pulpe de mon doigt, envoyant une décharge d'électricité dans ma colonne vertébrale et mes membres.

— Tu as fait la cuisine sans moi, murmura-t-il en déposant un baiser dans l'intérieur de mon poignet.

— Ne t'inquiète pas. J'ai laissé toute la vaisselle dans l'évier.

Jackson rentra le menton alors que son sombre regard se posait sur moi.

— C'est bien.

Était-il surprenant que je sois incapable de garder mes sous-vêtements avec cet homme ?

Il prit son stylo, se prépara à écrire quelque chose, mais le posa alors sur le carnet.

— Merci. N'importe quel point de vue venant du bureau est le bienvenu à ce sujet, dit-il au téléphone. Ce sera tout. On reste en contact s'il y a du changement. Merci encore.

Jackson posa le téléphone avec bruit, se leva brusquement et passa les doigts dans mes cheveux.

— Regarde-toi. Venir à mon travail avec ta jolie petite robe et toutes tes friandises. T'asseoir sur mon bureau comme un ange attendant la permission de pécher. Non, mais regarde-toi.

Ses lèvres s'attardèrent devant les miennes tandis qu'il m'observait, dans l'attente d'une réaction.

— J'ai pensé que tu pourrais faire une pause, dis-je en regardant ses yeux puis sa bouche. Et je sais que tu aimes le glaçage au cream cheese.

— Il n'y a pas que ça. Tu pourrais venir avec un sac de patates vide que je voudrais quand même te voir, ma belle.

Je relevai la tête pour l'embrasser, effleurant à peine ses lèvres. Un grondement se fit entendre au fond de sa gorge et ses mains se posèrent sur mes épaules, dans mon dos et sur mes flancs. Il m'embrassa rapidement, presque agressivement. Le bureau était dur sous mes fesses et j'entendis l'orage gronder au loin, mais rien de tout ceci ne put me distraire de la façon dont il me marquait avec sa langue s'enroulant autour de la mienne.

Ensuite, Jackson se rassit et passa le dos de sa main sur sa bouche. Mes yeux se révulsèrent et je haletai comme un mulet quand il pointa ma robe du doigt et dit simplement :

— Lève.

— Quoi ? demandai-je, les mains contre la poitrine pour empêcher mon cœur de s'échapper.

— La robe, dit-il en la pointant. Je veux que tu la lèves.

J'attrapai le bas de ma robe. Je la remontai au-dessus des genoux, mais m'arrêtai là.

— Pourquoi ?

Jackson remonta le tissu à ma taille puis s'arrêta, ses yeux se plissant tandis qu'il fixait mon entrejambe. Il finit par lever les yeux en disant :

— Tu m'as apporté une gâterie et je vais la manger.

Je ris en criant tandis qu'il m'enlevait ma culotte et la mettait dans sa poche. *Ouf.* Je n'allais pas me remettre de l'étincelle dans ses yeux quand il rangea ma culotte. Elle était confiante, mais un peu arrogante, comme s'il savait ce qu'il faisait et qu'il savait que j'en avais aussi envie.

Jackson posa les mains sur mes cuisses et les écarta en s'approchant. Son menton rugueux griffa la chair tendre à l'intérieur de mes cuisses et je gémis. C'était un son étrange, quelque part entre un glapissement, un gémissement, mais aussi un peu un *oh, oui, encore, s'il te plaît, oui.*

Jackson leva les yeux vers moi, les yeux sombres comme la nuit et un sourire de dément aux lèvres, et dit :

— Tu auras ce que tu souhaites, ma belle, mais seulement si tu es silencieuse. Tu peux faire ça pour moi ?

J'acquiesçai de la même manière qu'un jouet qui balançait la tête.

Il pressa sa paume contre ma poitrine, me forçant à me tenir sur mes coudes, puis sa tête disparut entre mes jambes. J'attendis peut-être dix-neuf heures avant de sentir deux doigts me caresser. C'était la plus légère des caresses, mais l'impatience fit crisper mes épaules jusqu'à mes oreilles et renverser ma tête en arrière. Ces deux doigts continuèrent à sillonner de mon clitoris jusqu'à mon vagin pendant qu'il choyait l'intérieur de mes cuisses de baisers et de petites morsures.

À chaque fois que ses dents se refermaient sur ma peau, j'étais certaine que j'allais glisser du bureau et finir en flaque d'eau par terre. Mais ensuite, il me relâchait et de milliers de minuscules feux d'artifice se déclenchaient à cet endroit. C'était une ruée sauvage de chaleur, de désir et d'explosion.

Ça me rendait folle.

Je m'apprêtais à dire à Jackson que je ne pouvais supporter davantage de ses taquineries, mais alors, ses doigts m'écartèrent et il dit :

— Tu as l'air tellement délicieuse.

Sa langue passa sur moi et mes coudes cédèrent.

Juste là, c'était là. J'étais cuite à point. Plantez un couteau en moi. *À point.*

— Jackson, murmurai-je en m'agrippant à ses cheveux.

Je voulais lui dire quelque chose, mais je ne pouvais formuler ma phrase pendant qu'il m'aspirait le clitoris. J'en étais tout bonnement incapable.

Il enfonça deux doigts en moi et je dus mettre les deux mains sur ma bouche pour m'empêcher de gémir. Ses doigts bougèrent en moi, titillant ce point parfait encore et encore. Et sa langue sur mon clitoris et sa peau rugueuse sur mes cuisses. *Oh, bordel.* Impossible que je reste silencieuse. C'était trop. Bien trop.

Désespérée de ne plus avoir sa langue, ses doigts et sa barbe en train de me tourmenter, je remuai les doigts dans ses cheveux soyeux. Il ne céda pas. Il secoua la tête et murmura son désaccord.

— Jackson, tu veux ma mort, crachai-je.

Ses doigts s'immobilisèrent. Il se tourna et embrassa l'intérieur de ma cuisse. Sans morsure cette fois-ci.

— Une bonne mort ? Ou une mauvaise ?

— B-b-bonne, bégayai-je. Une bonne mort. Une super mort. Une mort qui me fait perdre la tête.

Jackson mordilla ma cuisse, déclenchant une autre petite explosion avant de reposer sa langue sur mon clitoris. Mais il ne reprit pas la même cadence. Non, il redoubla d'efforts. En me mordillant sur les jambes, ma motte. En aspirant mon clitoris comme s'il désirait y laisser la marque de sa langue. En incurvant ses doigts en moi jusqu'à ce que je ferme les yeux.

Il me fit ces choses merveilleuses, mais il me tortura en les faisant. Se retirant quand mes hanches se mettaient à se balancer au même rythme que ses doigts. Léchant mon clitoris quand je voulais qu'il fasse des cercles ou qu'il l'aspire. Déposant des baisers dans les plis de mon sexe au lieu des petits feux d'artifice que je désirais tant.

Il était possible qu'un orage soit provoqué par l'électricité qui me parcourait le corps. Tout était incroyable, le genre incroyable qui devenait atroce. Ça faisait *mal*. Mon être se contractait autour de ses doigts. Mes abdos étaient pris de spasmes comme si je faisais des abdominaux. Je n'étais qu'ébullition et vibration, le corps bien au-delà du désespoir. J'étais convaincue que j'allais me déchirer en deux si je ne jouissais pas vite.

Pile quand je m'apprêtais à arracher le pantalon de Jackson et à m'empaler sur sa queue, son pouce appuya contre mon anus et je jouis. Un interrupteur se déclencha et un rugissement de chaleur se répandit dans mon corps. Encore et encore, une éclatante, brûlante palpitation après l'autre.

— C'est ça, dit-il, ses doigts toujours en mouvement tandis que les vagues me submergeaient. C'est ce dont tu avais besoin. Pas vrai, ma belle ?

Il me prit dans ses bras et me souleva du bureau pour me mettre sur ses genoux. Son sexe était dur contre moi. Dur et incroyablement épais. Même si je ne pensais pas que mon corps soit prêt à baiser sur une chaise, j'adorais sa façon de me désirer. Je me déhanchai contre lui, lui suscitant un grondement.

— Je ne peux pas te prendre comme j'en ai besoin maintenant, Annie, murmura-t-il, les lèvres posées sur la chair tendre sous mon oreille. Mais quand je rentrerai ce soir, c'est comme ça que je te prendrai. Compris ?

Je hochai la tête, incertaine de pouvoir faire plus. C'était le genre de sexe qui réclamait un bain chaud, une couette épaisse et une bouteille de vin ensuite. Je n'étais probablement pas qualifiée pour toutes ces choses vu que ce n'était techniquement pas du sexe, pas dans le sens traditionnel. Mais bon sang, j'allais boire ce vin. Et aussi prendre un moment sur le canapé, le bras sur les yeux.

— Tu m'as manqué aujourd'hui, dit-il.

Je soupirai à ses propos. Je n'avais jamais manqué à personne auparavant.

— C'est la raison pour laquelle je t'ai concocté des cupcakes, répondis-je, comme si ça expliquait tout.

— Parce que je t'ai manqué ? demanda Jackson.

Je secouai la tête.

— Non, répliquai-je avec un autre soupir. Parce que toi aussi tu m'as manqué.

Je lui jetai un regard.

— Mais aussi, j'avais toutes ces pêches et je devais en faire quelque chose.

— Tout à fait raisonnable, dit-il en riant. Pourquoi ne pas rester cette nuit ? Comme ça, je ne devrais pas te manquer demain matin.

Mes cuisses brûlaient contre le tissu de son pantalon, chacune de ses morsures palpitant alors que les endorphines se calmaient.

— Pas ce soir, dis-je en secouant la tête de façon résolue.

Lorsqu'il me regarda, ses sourcils étaient froncés et ses lèvres étaient retroussées vers le bas.

— Si cette nuit tu me manques, imagine juste les nouvelles recettes que je te ferai. Je te promets que ça en vaudra la peine.

Jackson sillonna la ligne de ma mâchoire et dit :

— Tu sais, tu n'es pas obligée de cuisiner pour moi. D'accord ? Je n'ai pas demandé à passer du temps avec toi pour que tu me nourrisses.

— Je sais, dis-je en me mordillant la lèvre inférieure.

Je le savais. Je le croyais. Je ne me servais pas des pâtisseries avec Jackson de la même manière dont je me servais des commandes spéciales de livre avec Owen. Il m'avait fallu plusieurs semaines pour en arriver à cette conclusion, mais j'y croyais à présent.

— Mais peut-être, ajoutai-je en m'interrompant ensuite. Peut-être la semaine prochaine. Peut-être que je pourrai venir dormir alors. Ou la semaine suivante, ou quelque chose de la sorte.

C'était ce dont j'avais besoin. D'une date butoir. D'une chronologie pour arrêter de me voiler la face. Je pourrais déterminer si je craquais pour lui ou si je sombrais encore plus dans mes vieilles conneries.

— Si c'est ce dont tu as besoin, Annie, c'est ce que tu obtiendras, dit Jackson en me tapotant les fesses.

Bordel. J'avais envie que ce soit sincère. J'en avais envie plus que toute autre chose.

CHAPITRE 16

JACKSON

Je buvais mon café dans ma cuisine, pieds nus, ma chemise posée sur le dossier d'une chaise, quand mon téléphone vibra sur le plan de travail. Même si Talbott's Cove était une ville de lève-tôt, seules quelques personnes m'appelaient à cette heure-ci. Soit il y avait une urgence, soit ma mère voulait discuter.

Un rapide coup d'œil à l'écran m'informa que ce n'était pas une urgence.

— Salut, maman, dis-je entre deux gorgées. Levée avec le chant du coq comme toujours ?

— Je dormirai quand je serai morte, répliqua-t-elle. Rien ne sert de lambiner. Je ne comprends tout bonnement pas ce que les gens *font* au lit toute la matinée. Je ne peux pas rester allongée là pendant que le soleil brille.

— Je sais, murmurai-je. Vu que le soleil est levé depuis…

Je regardai ma montre.

—… Vingt minutes, quel genre d'emmerdes as-tu découvert aujourd'hui ?

— Je ne cherche pas les emmerdes, Jackson, dit-elle,

immédiatement impatiente avec moi. Ce sont les emmerdes qui me trouvent.

— Je sais, répétai-je.

Ma mère était née en possédant l'énergie de dix lapins, la conscience professionnelle de cinq chevaux et la force de deux bœufs. Ça avait l'air hyperbolique, mais c'était la pure vérité. Bonnie Lau était incapable de se relâcher. Elle entretenait un jardin que la plupart considéraient comme une petite ferme, exerçait le métier d'assistante infirmière certifiée dans un centre de vie avec services de soutien à l'extérieur de l'Albanie, et effectuait régulièrement des missions de bénévolat pour environ une douzaine de charités. Des repas pour les personnes isolées, des trajets en voiture pour les vétérans, des bonnets tricotés pour les prématurés ; elle faisait tout.

— Eh bien, je viens d'avoir ta sœur au téléphone, annonça maman avec une pointe de détermination dans la voix.

Elle avait basculé en mode nouvelles familiales. C'était mieux que le mode interrogatoire.

— Rachel a décidé de prolonger son séjour au Belize jusqu'au Nouvel An et rejoindra Teach for America[1] l'été prochain.

— On est sûrs qu'elle est membre du Corps de la Paix[2] et qu'elle n'est pas juste en train de bronzer sur une plage au Belize ? plaisantai-je. Si j'étais au Belize, je serais sur une plage.

— Elle participe à d'importants programmes communautaires souhaitant sensibiliser la santé, répliqua ma mère.

— Évidemment.

Je me moquais encore du séjour d'un an de Rachel en Amérique Centrale. Ma petite sœur partageait l'énergie sans limites et le besoin de faire le bien de ma mère, mais elle avait aussi la bougeotte.

— Et elle en profite pour aller un peu à la plage. Qui ne le ferait pas ?

— C'est une bonne chose que tu es mon fils préféré. Je ne supporterais pas tes conneries sinon.

— Ton seul fils, maman. Je suis ton seul fils.

Je pris une autre gorgée de café tandis que je fouillais le réfrigérateur à la recherche d'un truc à manger. Si seulement j'avais des scones ou des donuts… et une femme tout aussi délicieuse avec qui les partager. Malheureusement, cette femme n'aimait pas passer la nuit ici. Ce qui ne voulait pas dire qu'elle ne venait pas. Non, elle était là presque tous les soirs. Elle passait et je la souillais sur n'importe quelle surface disponible, puis nous préparions le dîner ensemble et elle faisait de la pâtisserie. Cependant, elle partait toujours à la fin de la soirée.

Elle était immunisée contre tous mes efforts de persuasion, même ceux où je me retrouvais à genoux, la tête sous sa jupe. Elle ne cédait pas et je considérais cela comme une autre de ses limites burinées que je ne devais pas franchir. Même si nous avions adopté depuis un mois maintenant cette routine sexe, dîner, pâtisseries puis, chacun chez soi ; c'était plus important pour moi de garder Annette dans ma vie que franchir cette limite. Elle accepterait quand ce serait le bon moment, j'en étais sûr.

— Comme je te l'ai dit, on fera une fête pour Rachel quand elle reviendra le printemps prochain. J'espère que tu pourras t'échapper du Maine quelques jours, mais je comprendrai si tu ne peux pas.

J'optai pour une banane et me résolus à apporter le déjeuner à Annette cet après-midi. Vu mes réunions du comté et mes conférences téléphoniques tardives, ça allait être un déjeuner tardif si on pouvait l'appeler ainsi. Ensuite, je la ramènerais chez moi et prendrais une autre fournée de scones à la pêche.

— Dès que tu me donneras une date plus précise que « printemps prochain », je le noterai sur mon calendrier. Ça ne devrait pas poser problème.

J'hésitai, souhaitant ajouter que je viendrais accompagné à la fête de Rachel. Mais c'était un pari risqué que je n'étais pas certain de vouloir prendre. J'étais pour la confiance en soi, mais je connaissais mes limites. Même si Annette et moi trouvions un rythme qui nous convenait, ça ne voulait pas dire qu'elle voudrait se rendre à New York rencontrer toute ma famille.

— Tu ferais mieux de cracher le morceau, déclara ma mère. Je t'entends bafouiller et hésiter à des kilomètres.

— J'ai rencontré, commençai-je, incertain, j'ai rencontré quelqu'un.

Maman ne dit rien pendant un moment, elle inspira comme si elle allait se mettre à parler, mais s'arrêta ensuite et réfléchit.

— Quoi ? C'est si incompréhensible ?

— Non, pas *incompréhensible*, dit-elle doucement. Juste surprenant. La dernière fois qu'on s'est parlé, tu as dit que tu ne cherchais pas ça.

Je ris à ses mots.

— Je ne cherchais *pas*, confirmai-je. Mais une personne est entrée dans ma vie et je n'ai pas pu l'ignorer.

Je fis à nouveau une pause.

— Si ça fonctionne et que son emploi du temps le permet, j'aimerais l'amener avec moi quand Rachel reviendra.

J'entendis des pages tourner et des tiroirs se fermer à l'autre bout de la ligne, mais toujours pas de réponse.

— Tu vas me provoquer un complexe avec tous ces murmures et silences, maman.

— Tu travailles ce week-end ? lança ma mère loin du téléphone. Je ne trouve pas ton emploi du temps. Il a dû se faire pousser des jambes et s'enfuir parce que je le laisse là et il n'y est pas.

Mon père enseignait dans un lycée professionnel hors de l'Albanie. Il aurait habituellement travaillé du lundi au vendredi, mais c'était sans compter sa volonté de donner des cours supplémentaires que le lycée proposait aux étudiants.

Quand j'étais adolescent, je pensais qu'il donnait ces cours supplémentaires parce que mes parents n'arrivaient pas à joindre les deux bouts. Aux alentours de mon quatorzième anniversaire, j'eus une conversation d'homme à homme avec lui et lui promis de travailler pour aider. Il rit de moi. D'un bon rire long et entier, jusqu'à en pleurer. Il m'expliqua que c'était toujours bien d'avoir plus d'argent, mais qu'il donnait ces cours parce qu'il appréciait ses étudiants à ce point.

— Il est là, cria mon père au loin. Mets tes lunettes, Bonnie Marie. C'est sous tes yeux.

— Dis-moi juste si tu as cours, cria-t-elle en retour.

— Ouvre les yeux, femme. Je n'ai pas cours, mais cet emploi du temps est sur le point de te sauter dessus et de te bouffer le nez.

— Tout va bien ? demandai-je.

— Tout va parfaitement bien, Jackson. Ne t'inquiète pas. Je vérifiais juste mon emploi du temps pour voir si je pouvais déplacer quelques rendez-vous et on dirait que oui. N'est-ce pas super ?

— Déplacer quoi ? Qu'est-ce qui se passe ? demandai-je après avoir attaqué ma banane.

— On peut venir te voir ce week-end, dit maman. Papa ne travaille pas et je peux échanger mon poste avec Mary Louisa Thompson, car elle me doit plusieurs faveurs. On n'est pas obligés d'attendre le printemps prochain pour rencontrer cette femme, celle que tu fréquentes. On peut la rencontrer ce week-end et c'est un timing parfait vu qu'on va au cabanon des Maciase le week-end prochain, et puis il y a le mariage de la fille de untel, celle qui est malheureusement allergique aux avocats. Pas de guacamole au mariage, je suppose. Mais c'est le timing parfait et j'ai hâte de rencontrer cette chanceuse. Comment s'appelle-t-elle ? Tu sais quoi, pourquoi ne me donnerais-tu pas son numéro ? Je l'appellerai et me présenterai. On s'entendra à merveille, je le sais.

— Il va falloir que tu te calmes, Bonnie, ordonnai-je. Que tu te calmes vraiment. C'est une entreprise très risquée. Je comprends ton mode opératoire, mais je vais avoir besoin que tu calmes le jeu. Le truc avec cette femme…

— Dis-moi au moins son nom, me supplia maman.

— Annette. C'est tout récent avec Annette. J'ai besoin d'encore un peu de temps avant de lâcher toute l'énergie de Bonnie sur elle.

Elle renifla, mais je savais qu'elle n'était pas vexée. Elle ne se vexait pas facilement.

— Jackson, tu t'entends ? Tu dis qu'elle a débarqué dans ta vie et que tu n'as pas pu l'ignorer.

Elle soupira fortement.

— J'apprécie que tu veuilles que je me calme même si on ne dirait pas que toi tu tiens compte de ce conseil. Je veux l'avoir au téléphone, discuter avec elle. Je veux tout savoir sur elle, son travail, sa famille. J'ai tellement de questions. Et j'aimerais savoir combien de petits-enfants elle est prête à me faire.

J'appuyai le front contre le réfrigérateur en grognant. *Qu'est-ce que j'ai fait ?*

— On adorerait la rencontrer, Jackson. Tu ne trouves pas que ce serait super si on passait ? demanda-t-elle. On y ira mollo, je te le jure. C'est juste que tu n'as jamais dit quelque chose de la sorte auparavant et que j'aimerais rencontrer la femme qui a attiré ton attention.

— C'est peut-être un peu tôt pour ce week-end. Je ne sais pas où on va ou si ça va durer. Donnez-moi un mois, dis-je avant de remettre rapidement ça en question. Ou deux.

— Tu es si pragmatique, dit-elle, un peu exaspérée.

— Il faut bien que quelqu'un le soit, murmurai-je.

— Tu es sûr que je ne peux pas l'appeler ? insista maman. Juste une rapide discussion pour lui faire savoir à quel point je suis excitée de la rencontrer. Quand j'aurai le droit. Dans un mois ou deux.

— Arrête de me faire culpabiliser. Quand ce sera le bon moment, je m'assurerai que tu aies ce que tu veux.

— On dirait que tu ne me fais même pas confiance pour l'appeler. Tu dois beaucoup l'apprécier si tu ne veux pas que je te fasse honte en racontant que tu étais le plus gros bébé de la région nord de New York.

— Même si je suis sûr qu'elle adorerait l'histoire du bébé rondelet, elle est très occupée, dis-je, évasif. Elle possède son propre commerce et apprend à faire des gâteaux toute seule et j'essaie de profiter du plus de temps libre qu'elle…

— Oh, mon Dieu, je l'aime déjà, glapit maman. Jackson, je suis si heureuse pour toi. C'est la première femme dont tu nous parles depuis des lustres et j'ai juste envie de lui faire le plus gros des câlins parce que je sais qu'elle est spéciale à tes yeux.

— Oui, affirmai-je en souriant. Je dois te laisser, je dois sortir voir ma ville, maman.

— Eh bien, je suis contente de t'avoir eu ce matin. J'essaierai de te rappeler vers cette heure.

— Oh, super, murmurai-je.

— Dis à Annette qu'on a hâte de la rencontrer et qu'on l'adore déjà. J'espère que tu manges des légumes frais et que tu fais attention à ton argent.

— Comme toujours, dis-je en passant ma chemise. Reste loin des emmerdes.

— Pourquoi devrais-je commencer maintenant ? répliqua-t-elle en riant.

———

— MA MÈRE SOUHAITE TE RENCONTRER.

Nous nous trouvions étalés sur le lit, le souffle encore saccadé et les draps emmêlés à nos pieds. Je me mis sur un côté et déposai un baiser sur l'épaule d'Annette.

— Elle veut monter un week-end avec mon père le mois prochain.

Elle se recula de là où elle était couchée, la main sur ma jambe.

— On va rencontrer les parents ?

Concentré sur l'envie de goûter toute son épaule, je repoussai ses cheveux ondulés et l'embrassai partout.

— Si tu veux, répondis-je, aussi évasif que possible.

Mes sentiments étaient en train d'augmenter.

Ce n'était pas nouveau. J'en avais depuis le début. Mais ces sentiments avaient désormais grandi, grossi. Ils allaient au-delà de l'attirance et du désir et gravitaient autour de l'amour.

L'amour. J'étais en train de tomber *amoureux* de cette femme.

— Ça ne me gênerait pas, répondit Annette tandis qu'elle sillonnait ma cuisse de ses doigts.

La sensation était incroyable, comme si des milliers de petits picotements se déclenchaient à son passage.

— Qu'est-ce que tu leur as dit ? Sur moi ? Je suppose que tu leur as dit quelque chose. Ou peut-être pas. Ça me va aussi.

Je passai les dents sur la rondeur de son épaule, mordillant sa peau juste assez pour la faire couiner.

— J'ai dit à ma mère que j'avais rencontré quelqu'un, dis-je simplement. Ça va ?

— Oui, bien sûr. J'espère que ça ne te pose pas un problème que je n'aie rien dit à ma famille. On a une relation instable. Je ne leur donne pas beaucoup de détails. Ils trouvent tout ce que je fais problématique de toute façon donc j'essaie de garder mes distances. C'est plus simple pour tout le monde comme ça.

Mon cerveau était encore secoué par le dernier orgasme, mais ma queue s'en fichait. Non, elle se délectait des doigts divins d'Annette sur ma cuisse, si proches mais aussi si loin, et revenait à la vie. À chaque passage de ses doigts, mon corps prenait le vieux rythme de se mouvoir vers sa douceur, sa chaleur. Bientôt, je fus dur à nouveau, mon sexe endolori cherchant le soulagement dont seule elle était capable.

— Pas de problème du tout, dis-je dans un grondement. On a le temps. Je ne vais nulle part.

Ce n'était pas logique qu'une personne aussi dévouée et généreuse qu'Annette soit en termes tendus avec sa famille.

J'aurais dû lui demander des détails sur la situation dans sa famille, mais je ne parvenais pas à voir au-delà du voile de luxure. J'aurais dû lui demander de m'expliquer comment une famille pouvait se soutenir avec un membre principal qui gardait ses distances et ne donnait pas de nouvelles. À la place, je mis ça de côté en me promettant mentalement d'aborder le sujet plus tard.

— Bien, murmura-t-elle, la main glissant sur mes fesses. J'aime que tu sois là.

Je passai mon bras sous elle, posant ma main à plat sur son ventre. *Oh putain.* Je voulais qu'elle soit simplement comme ça, nos corps côte à côte et la sueur de nos derniers ébats à peine séchée. Je désirais regarder ma queue la pénétrer puis ressortir, ses muscles internes se contractant tandis que je me retirais. Je désirais voir ses tétons rebondir et se balancer pendant que je la prenais, et sentir les vibrations de ses gémissements et supplications. Et puis, je désirais enlacer son corps épuisé et m'endormir avec elle.

— J'ai envie de toi, dis-je sur sa peau. Maintenant. Juste comme ça.

Je la sentis hocher la tête avant d'entendre une réponse.

— Je ne vais jamais faire ces kouign-amanns, pas vrai ?

— Peut-être pas ce soir.

Je tirai sa jambe pour la poser sur la mienne.

— Mais il y a toujours demain.

Je passai les doigts sur sa vulve, grognant face à tout son désir mouillé qui m'attendait. Ses ongles se plantèrent dans mes fesses et me griffèrent quand je fis des cercles autour de son clitoris.

— Ça fait cinq demains, murmura-t-elle. Mais je ne me plains pas.

Elle me fit approcher, ses ongles grattant mon derrière

comme on grattait une allumette. Ma queue se dressa contre le bas de son dos. Ma peau serrait mon sexe gonflé et désireux de la base jusqu'au gland.

— Viens là, Jackson, dit-elle en tapotant ma cuisse. Viens me baiser.

En inclinant les hanches, je m'insinuai en elle d'une poussée brusque. Cet angle était superbe, juste assez pour avoir les deux petits mots d'amour sur le bout de la langue. Je fus seulement capable de les ravaler en refermant les dents sur sa peau, en la marquant comme elle avec moi.

— Comme ça, dit-elle à chaque coup de reins.

Je verrouillai les deux bras autour de sa poitrine, la tenant fermement et immobile tandis que je la prenais. À la minute où elle sentit que je contrôlais son corps, un amas de liquide chaud et glissant se répandit sur ma verge. Elle voulait que je sois ferme et possessif, mais tout en la chérissant.

— Oui ? C'est ce dont tu as besoin, Annie ?

Je remontai la main qui reposait sur son ventre et empoignai son sein, le malaxant et encerclant son téton.

Sa réponse se fit sous la forme d'un ronronnement, son corps frémissant sous mon étreinte. Ses parois internes palpitèrent autour de moi comme les ailes de milliers de papillons. Il me fallut en appeler à toute ma force pour retenir mon orgasme encore une seconde. C'était tout ce dont j'avais besoin, une putain de seconde à m'enfoncer en elle avant de me laisser aller.

— J'ai besoin de toi, murmura-t-elle. Tu es tout ce dont j'ai besoin. Ce dont je désire.

Ses paroles éveillèrent quelque chose en moi, un lieu distant et primal. Je me ruai en elle une dernière fois, l'esprit déjà perdu et sur le point de me désosser tandis que les premiers jets de sperme jaillissaient. Bon sang, je ne voulais jamais quitter ce lit. Le monde pourrait brûler autour de nous et je resterais là, enfoui dans Annette. Je ne voulais pas que le monde se consume, mais j'étais très intéressé par le fait de rester ici avec ma femme.

— Je n'arrive pas à croire que je ne t'ai jamais demandé ça, commença Annette, l'air songeur. Mais pourquoi es-tu entré dans la police ?

Je pressai mon front contre son épaule.

— Annie, chérie. J'entends les battements de mon cœur là. Je vois flou. Ne te méprends pas, j'en suis heureux. Mais je m'efforce de ne pas te baver partout dessus. Je ne suis pas sûr d'être prêt à avoir une discussion sérieuse.

J'empoignai ses fesses.

— À moins que tu me dises à quel point je t'ai chamboulée.

— Oh, tu l'as fait. Tu m'as tellement chamboulée que je suis au bord du lit et que je regarde ta photo de remise de diplôme à l'école de police.

— Bordel, Annie, marmonnai-je en me replaçant au milieu et en l'entraînant avec moi. Tu aurais dû le dire. Tu étais tout prêt du sol.

— Oui. À l'instant, dit-elle en riant. Je me suis dit qu'on aurait fini par terre ensemble donc ça m'aurait convenu.

— Oui, bon, grognai-je. Tout ce dont tu as besoin, c'est que je te baise à t'en faire tomber par terre et que je te tombe dessus.

Annette s'éloigna en roulant et étouffa un rire dans un coussin.

— D'accord, je vais te raconter, mais il faut que tu ramènes ton joli petit cul ici.

Je tapotai le matelas.

— Je savais que tu étais câlin, dit-elle en s'approchant.

J'avais une réplique toute prête, mais la laissai tomber en y réfléchissant à deux fois.

— Je n'ai pas toujours été câlin. C'est une nouvelle facette.

Annette blottit sa tête sous mon menton et j'enroulai mon bras autour de son épaule.

— OK. C'est ta façon de me dire que tu souhaites parler des amours passés ? Ou est-ce plus au sujet d'apprendre à rester au chaud maintenant que tu es un Maine-iaque ?

Je l'embrassai sur la tête, mais ne répondis pas un instant. Dans mon esprit, il n'y avait personne avant Annette et personne après. J'espérais plus que tout que ce soit pareil pour elle.

— Aucun des deux.

— Quel soulagement parce que je dois t'avouer, je ne sais si je peux t'écouter parler de tes plus grandes conquêtes maintenant. Pas après…

Elle agita le doigt entre nous.

—… Tout ça. Tu as beau être au lit avec moi, ça ne veut pas dire que j'ai envie de connaître toutes les autres femmes qui sont passées avant moi. Littéralement.

Je l'embrassai à nouveau sur la tête, un grand sourire aux lèvres.

— Moi aussi.

Après plusieurs minutes de silence, Annette leva un coude pour regarder l'heure.

— Je devrais y aller. Il se fait tard.

Je la regardai en cillant, je souhaitais silencieusement passer une autre heure avec elle. Ça ne concernait pas le sexe, même si ça aidait qu'on l'ait fait plusieurs fois ce soir.

Je voulais être avec elle, lui parler tandis que nous nous endormions, voir en premier son visage le lendemain.

— D'accord. Je te raccompagne.

Annette leva la main pour protester, mais je la repoussai.

— Non, menaçai-je. J'accepte que tu partes, mais je n'accepte pas que tu arpentes les rues toute seule la nuit. Dis ce que tu veux à propos du patriarcat et de ma virilité toxique, mais je te raccompagne.

Annette enfila sa robe par-dessus sa tête, sans soutien-gorge. Cette simple vue me rendit à nouveau à moitié dur et prêt à la remettre dans le lit. Au lieu de ça, je plaçai les mains à l'arrière de ma tête et l'observai s'occuper de ses cheveux devant mon miroir. Elle était belle de la meilleure des façons. Ce n'était pas le genre de beauté évidente que tout le monde remarquait à trois kilomètres. C'étaient un sourire tranquille et un côté chaleureux encore plus tranquille. C'étaient des cheveux qui n'arrivaient pas à se décider entre boucler ou onduler et qui faisaient un peu des deux. C'étaient des cuisses épaisses et délicieuses qui s'écartaient comme les pages d'un livre s'ouvrant à mon chapitre préféré. C'était sa façon doucement bouleversante dont elle m'acceptait en elle et transformait ma queue en esclave.

— D'accord, dit-elle en croisant mon regard dans le reflet.

Mon érection claqua contre mon ventre, toujours humide d'elle, toujours palpitante de plaisir.

— Tu es sûre que je ne peux pas te convaincre de rester plus longtemps ?

Hormis le choc étouffant de réaliser que j'avais trente-sept ans et que j'étais en train de tomber amoureux d'Annette en moins de deux mois, tout allait bien. Je n'avais jamais vécu une telle satisfaction au lit depuis… toujours. Mon ventre était rempli de pâtisseries sucrées, mon corps et mon âme étaient bien entretenus, et ma vie ne pouvait que s'améliorer si une certaine libraire brune restait dans mon lit bien après que les draps refroidissaient.

Ses yeux se posèrent sur ma queue, s'éclairant quand elle se rendit compte que j'étais prêt pour elle.

— Encore ? cria-t-elle.

— Eh bien, tu ne portes pas de soutien-gorge, dis-je en levant les mains et en les laissant tomber sur ma taille. Et tu es vraiment incroyable, alors voilà.

Annette fit un geste vers la fenêtre, en direction du village et de son appartement.

— Mais je, euh, j'allais…

Sa voix s'effaça tandis qu'elle regardait tour à tour mon érection et la fenêtre.

— Tu pourrais rester, suggérai-je, d'une façon aussi neutre que j'en étais capable.

Ça faisait presque une semaine que j'avais abordé le sujet, mais je n'essayais pas de précipiter les choses. Selon moi, je possédais Annette comme jamais personne ne la possédait et ça me suffisait. Je ne réclamais pas de déclarations ou quoi que ce soit de grandiose, pas quand je savais qu'elle se remettait de ses relations passées. Je l'avais maintenant et le reste suivrait.

— Tu es déjà restée avant. Ce n'était pas si mal.

Elle éclata de rire et se cacha le visage.

— La situation était très différente, Jackson.

J'enroulai les doigts autour de mon sexe et les bougeai légèrement.

— Pas différente du tout. Ça, dis-je en désignant du menton mon membre durci. Ça n'a pas changé. Elle m'a fait si mal cette nuit-là, Annie. Si mal. Tu sais à quel point j'étais dur pour toi ? À quel point je désirais m'allonger sur ce lit avec toi et te nourrir de ma bite ? À quel point je voulais te goûter ? À quel point je voulais te toucher et te tenir ?

Elle me fixa sans ciller tandis que je me caressais. Sa langue rose sortit mouiller ses lèvres, une fois, deux fois. Puis, un nouvel objectif illumina son regard et elle s'approcha de moi. Elle recouvrit ma main de la sienne en suivant ma poigne et mon rythme.

— À mon tour, murmura-t-elle en poussant mes doigts tandis qu'elle s'agenouillait.

J'en avais envie, putain que j'en avais envie, mais je ne le fis pas. Je n'allais pas éjaculer dans sa bouche puis la ramener chez elle. J'allais la garder dans mon lit, la remplir de mes orgasmes et dormir contre elle toute la nuit. Pile comme j'en avais besoin.

Je passai les mains sous ses bras et la relevai.

— Non, je ne veux pas ça. Pas ce soir, précisai-je.

— Je croyais que les fellations étaient toujours une bonne idée. Comme le bacon.

Choquée, Annette s'éloigna de moi.

— Je suis désolée.

En rétrécissant la distance entre nous, je pris l'ourlet de sa robe, mais elle me repoussa.

— Pas besoin d'excuse, Annie. Reste, juste. S'il te plaît. Je n'ai pas fait du bon travail si tu peux partir d'ici sur des jambes stables.

Son regard s'attarda sur le plafond, l'horloge, les fenêtres. Partout sauf sur moi. Je ne savais pas ce qu'il lui fallait pour qu'elle suive son instinct. Il était là, tapi sous la surface, attendant de remplacer ses doutes par de l'action.

— Je n'ai jamais dit que mes jambes étaient stables, chuchota-t-elle. Tu as fait du très bon travail. Tu ne m'as jamais laissée stable.

Je croisai les bras en hochant la tête.

— D'accord. Je retiens. Mais je ne t'ai jamais baisée jusqu'à l'épuisement avant. C'est sacrément triste.

Annette prit sa robe dans ses mains et la passa lentement par-dessus la tête.

— Alors, peut-être est-il temps d'essayer.

Quand sa robe tomba à terre, je me jetai sur elle, tombant sur le lit avec elle au-dessus. Je la fis rouler, m'installant entre ses jambes. Ma queue, cette esclave idiote, tressauta vers son sexe chaud tandis que je me penchais à la rencontre de ses lèvres, insinuant un silencieux « Je crois que je t'aime » à chaque baiser.

CHAPITRE 17
ANNETTE

Brooke : Où est-ce que je peux trouver un repas complet de Thanksgiving en plein milieu d'août ?

Brooke : Je ne parle pas des ingrédients. Je parle du repas déjà tout prêt. Surtout cette foutue purée. Je veux la commander et qu'on me la livre chez moi. Je pourrais sûre-ment envoyer quelqu'un la récupérer, mais je préfèrerais qu'on me la livre.

Annette : *Harris Farms* te ferait peut-être ça en novembre, mais je ne suis pas sûre qu'ils prennent les commandes maintenant.

Annette : Pourquoi ?

Brooke : Tu ne me croirais pas si je te le disais donc je ne vais pas te le dire.

Annette : OK. D'accord. Pas de problème.

Annette : Tu veux qu'on se voie ce soir ? On pourrait sortir de la ville, dans un endroit où les gens ne nous connaissent pas et ne nous poseront pas de questions personnelles pendant qu'on prend nos commandes.

Brooke : J'adorerais, mais je ne peux pas.

Brooke : Dis à Jackson de t'emmener à un vrai rencard. Vous passez tous les deux bien trop de temps à baiser comme des lapins chez lui.

Brooke : Je n'arrive pas à croire que je viens de dire ça.

Annette : Moi aussi.

Brooke : Tu n'y crois pas parce que tu penses que je dis tout ce qui me vient à l'esprit. Je n'y crois pas parce que je me rends compte maintenant que je peux trouver que deux personnes passent trop de temps à faire l'amour.

Annette : Jackson a un conseil municipal ce soir.

Brooke : Chiant. Si je n'étais pas coincée ici, je viendrais certainement dîner avec toi ce soir.

Brooke : Mais tu devrais y aller. Ce sera fun.

Annette : Tu viens de dire que les conseils municipaux sont chiants.

Brooke : Tu sais comment y rajouter du fun. Ramène une flasque d'alcool, fais-en un jeu.

Brooke : Mieux encore, fais-en un jeu torride. Mets un truc mignon et croise beaucoup les jambes. Tu ne seras pas capable de bien marcher quand Jackson en aura fini avec toi.

Annette : J'ai des sablés au citron ici…

Brooke : Je ne sais pas pourquoi tu inclus ça dans mes recommandations, mais lance-toi, bébé.

Annette : J'ai essayé de nouvelles recettes hier soir.

Brooke : C'est un message codé pour un truc cochon ? Parce qu'on peut être amies et parler de sexe, mais je vais avoir besoin que tu me préviennes si on dépasse le stade de la vanille et qu'on parle de tous les parfums.

Annette : Non, ma chère, ce n'est pas cochon. J'ai fait des crèmes au citron, à l'orange et au citron vert, puis j'ai fait différentes pâtisseries avec. J'avais plein de sablés aux agrumes restants quand j'ai terminé. Jackson a apporté les sablés à l'orange au commissariat ce matin et j'ai déposé ceux au citron vert chez les Mulcahey. Mais maintenant, j'ai des restes de sablés au citron dans ma cuisine. Je pourrais les apporter au conseil municipal.

Brooke : J'espère que ces enfoirés vous apprécient, toi et tes sablés.

Annette : Oui.

Brooke : Très bien alors. Enfile une tenue mignonne. Emballe tes sablés. Pars distraire cet homme.

Brooke : Et raconte-moi tous les détails cochons demain.

Annette : Comme toujours.

Brooke : Je sais. C'est la seule chose qui ne me fait pas devenir folle en ce moment.

Brooke : Ça et le jus de dragon que je bois tous les matins.

Annette : C'est du jus de betterave, chérie.

———

Je m'installai sur un siège inoccupé à la dernière rangée, les sablés au citron sur les genoux et mon cabas toujours à l'épaule, et parcourus du regard la salle de réunion du commissariat. C'était la plus vieille partie du commissariat, elle avait plus de cent ans et avait servi autrefois de salle d'audience. Les larges planches au sol craquaient, des poutres épaisses sortaient du plafond et on disait que ces bancs étaient plus vieux que l'État du Maine.

La pièce ne comportait pas plus de vingt-cinq ou trente personnes et autant de personnes étaient divisées en petits groupes ou concentrées sur leur téléphone ou leurs journaux. Owen Bartlett et les autres membres du conseil municipal se concertaient à côté d'une longue table à l'avant de la pièce. Je savais d'expérience qu'ils étudiaient le programme de ce soir et la liste de résidents inscrits pour prendre la parole lors de la réunion.

Dans le hall, j'entendis la voix de Jackson.

— Il se passe quelque chose. Je ne sais pas ce que c'est, mais je n'aime pas ça.

— Je vous comprends, shérif, répliqua quelqu'un. Mais c'est peut-être le vent. La clôture s'affaissant, les bruits. Sûrement rien de plus que de fortes rafales qu'ils entendent maintenant que les fenêtres sont ouvertes. Ce sont des gens angoissés, vous savez ?

Je m'appuyai contre le banc, tournant la tête en direction du hall pour écouter davantage leur conversation.

— Ce n'est pas le vent, rétorqua Jackson d'une voix ferme. Ils ont toutes les raisons d'être angoissés. Il se passe quelque chose dans cette auberge et je veux qu'on garde l'œil dessus toutes les heures, jusqu'à ce que je vous dise le contraire.

— Compris, monsieur, dit l'autre homme.

— Je dois aller à la réunion maintenant. Donnez-moi des nouvelles dans une heure.

Toujours en regardant en direction du hall, je souris quand Jackson entra, les poings serrés à la taille et le regard noir.

— Je suis là et j'ai apporté des sablés au citron, murmurai-je en levant le récipient.

— Tu es incroyable, répliqua-t-il en se laissant tomber sur le banc à côté de moi.

Il me fit signe de lever le couvercle.

— Tout va bien ? Je t'ai entendu dans le hall.

Il lécha la crème au citron sur ses doigts, la tête s'inclinant de chaque côté.

— Je surveille juste quelques trucs. Tu as fermé chez toi en partant ?

Je hochai la tête.

— C'est ce que j'aime entendre.

Je croisai les jambes. Son regard suivit le mouvement.

— Tu n'es pas supposé t'asseoir à l'avant ?

— Même si j'y suis censé, commença-t-il, concentré sur mes sandales à lanières, je reste ici.

Il se pencha en avant et coiffa une boucle derrière mon oreille.

— Tu sais que ça va jaser. Pas vrai ?

— Mmhmm.

Je jetai des regards furtifs autour de moi pour faire le point. JJ Harniczek était assis à la première rangée, son chapeau à l'envers et les bras croisés. Les Fitzsimmonse étaient au fond à gauche, les Lincoln à quelques rangées. Aucune des deux familles ne parlait à qui que ce soit. Les DiLorenzo montraient des photos de leur nouveau petit-fils. Je fus surprise de ne pas voir Cole, le petit ami d'Owen, parmi les gens présents pour la réunion. Peut-être réservaient-ils les câlins publics pour les librairies.

— Ils n'ont pas arrêté de te regarder depuis que tu t'es assis et que tu dévores mes pâtisseries.

Ses épaules effleurèrent les miennes tandis qu'il riait.

— Tu adores quand je te dévore toi, murmura-t-il.

— Tu as raison, dis-je en souriant. J'adore.

Jackson inclina la tête vers les gens assis devant nous.

— Tu es d'accord avec ça ? demanda-t-il. Ça te va que tout le monde se pointe à ta boutique demain avec leur tante, à la recherche de ragots ?

Toujours en souriant, je hochai la tête. Ils viendraient. Je sourirais, mais ne dirais rien de conséquent. La ville s'embraserait de suppositions. Ça ferait beaucoup parler, mais ça m'irait aussi.

— Ça me va très bien. Et toi ?

— Je suis un homme simple, Annie. Je t'ai toi et j'ai des sablés au citron. Je n'ai pas grand-chose d'autre à réclamer.

Jackson recula dans son siège, son genou se butant au mien quand il écarta les jambes.

— Mais il y a autre chose que j'ai remarqué, dit-il dans un souffle, le regard rivé devant lui tandis que les membres du conseil prenaient place. Tes nichons sortent de ta robe.

J'avais suivi le conseil de Brooke et enfilé une robe d'été jaune aux motifs ananas bleus, avec un profond décolleté.

— Oh, tu as remarqué ? questionnai-je.

Un grognement se fit dans la gorge de Jackson alors qu'il croisait les bras.

— Ça va être une longue réunion.

Mme Ball s'avança sur l'estrade. Il y avait une Mme Ball dans toutes les villes. J'en étais sûre. Elle se mêlait de tout, trouvait le bonheur dans les petits riens et semblait ne pas vieillir. Elle était âgée quand j'étais petite, quand elle me donnait des boules de popcorn à la place des bonbons Halloween, et elle était âgée maintenant, mais n'avait pas l'air plus vieille qu'il y a trente ans.

— Nous avons urgemment besoin d'un feu rouge dans ma rue, annonça-t-elle en agitant un cahier à spirales.

— Un feu rouge, répéta Owen.

— C'est nécessaire. J'ai observé le stop au bout de ma rue ce mois-ci et j'ai écrit tous les numéros de plaques de voitures qui n'ont pas bien marqué le stop. Trente-quatre plaques d'immatriculation. C'est le nombre de voitures que j'ai vu griller le stop en *un mois*.

Owen la fixa un moment avant de dire :

— Un feu rouge impliquerait d'envoyer un expert réunir des données sur l'intersection, et en admettant que l'expert soit d'accord avec votre requête, le département des travaux publics déterrerait Willis Point Road et Long Cove Way pour y passer l'électricité et les poteaux adéquats. On parle de semaines de construction où l'accès à votre rue serait limité. Une fois terminé, vous auriez le reflet de la lumière du feu rouge dans vos fenêtres jour et nuit. C'est ce que vous voulez ? C'est comme ça que vous aimeriez qu'on s'occupe d'un croisement déjà sûr ?

Mme Ball feuilleta son calepin un moment.

— Alors j'aimerais savoir comment la ville prévoit de s'occuper de l'anarchie sur Long Cove, dit-elle en reniflant. C'est clairement hors de contrôle.

Owen s'arrêta de regarder Mme Ball pour se concentrer sur Jackson.

— Je suis certain que le shérif emploiera les ressources appropriées pour régler ce problème, dit-il.

Jackson hocha la tête pour le confirmer.

— Autre chose, Mme Ball ?

— Pas pour ce soir. Mais je reviendrai le mois prochain.

— Je n'en attendrais pas moins de vous, répliqua Owen.

Il regarda l'heure et marqua quelque chose sur son cahier.

— Réunion terminée.

À ces mots, Denise Primiani pivota pour nous faire face depuis le banc devant nous. Elle regarda tour à tour Jackson et moi, plusieurs fois, un sourire complice affiché sur son visage.

Comme la plupart des gens présents, je connaissais Mme Primiani depuis toujours. J'avais été proche de ses filles quand nous étions plus jeunes, avant qu'elles déménagent. Elle adorait les romans policiers basés sur une histoire vraie. Elle n'en avait jamais assez.

Comme la plupart des gens présents, Mme Primiani saisissait très bien le choix de siège de Jackson. La seule différence entre elle et les autres, c'était qu'elle était professeure dans la même école que ma mère et mes sœurs.

— Comment vont tes parents, Annette ? demanda-t-elle. Je n'ai pas vu ta mère depuis le début des vacances. Elle passe un bon été ?

Eh bien… merde. Maintenant, j'allais devoir parler de Jackson à ma famille.

— Oh, vous savez, dis-je en hochant inutilement la tête, elle va bien. Elle profite de son temps libre.

Je souriais, mais un puits de peur se creusa dans mon ventre à l'idée d'annoncer ma relation avec Jackson à ma famille. Cela comportait une série d'événements gênants où je parlerais à Jackson de ma famille très débile et très critique, puis où je parlerais de Jackson à ma famille et ensuite, où je parviendrais aussi à ne pas le présenter au repas dominical de ma mère où il serait inspecté et interrogé.

Ces dîners étaient ridicules. Il n'y avait pas de raison particulière pour laquelle ils atteignaient ce niveau de folie, mais il en était ainsi quand ma mère et mes sœurs étaient ensemble. Elles étaient bruyantes et un peu méchantes, et elles se nourrissaient les unes des autres, chaque opinion plus téméraire et solide que celle d'avant.

Quand j'étais jeune, je passais la majorité du repas à ignorer les discussions animées qu'elles avaient, concentrée à la place sur le livre que j'avais passé en douce sous la table.

Elles préféraient qu'il en soit ainsi. J'avais toujours été trop jeune pour comprendre ou je ne connaissais pas assez bien les gens ou les sujets abordés pour faire des commentaires. Elles s'assuraient que je le sache. Elles aimaient que je reste à ma place.

Maintenant que mes sœurs étaient mariées et avaient des enfants adolescents, les dîners étaient différents. Toujours animés, toujours ridicules, mais plus nombreux et curieusement plus solides. Toujours un petit peu méchants. Depuis l'ouverture de la librairie, je m'étais fait un devoir de rester ouverte le dimanche *et* de gérer la caisse dans le seul but d'éviter ces repas.

— Et qu'est-ce que tu fais de ton été ? demanda Mme Primiani en jetant un autre regard intentionnel à Jackson.

— Jackson Lau, se présenta-t-il en tendant la main. Je ne crois pas qu'on ait été correctement présentés.

Bordel. Je tentai tant bien que mal de réprimer un sourire, mais j'échouai, souriant le visage baissé sur mes sablés au citron. Évidemment qu'il profiterait de cette ouverture.

— Jackson, voici Denise Primiani. Elle vit en bas sur Old Sheepscot Point, dis-je en les désignant l'un l'autre. Mme Primiani, je vous présente Jackson Lau, notre nouveau shérif.

Je ne lui en voulais pas. Nous étions assis face à tous nos voisins, aussi officiels qu'une mise à jour de statut Facebook. Impossible qu'il connaisse le lien entre Mmz Primiani, ma mère et mes sœurs, ou que j'étais très prudente en ce qui concernait les informations que je partageais avec ma famille.

— On dirait que le shérif aime les sucreries, dit Mma Primiani en souriant face à mon plat de sablés au citron presque vide.

— Quand il s'agit de la cuisine d'Annette, toujours, répliqua-t-il. Vous devriez en goûter un.

Elle secoua la tête en fronçant le nez.

— Oh, je ne pourrai pas. J'ai abandonné le sucre.

— Mes condoléances, dis-je.

Elle frappa le dossier du banc en lâchant un rire rauque.

— Elle était bonne celle-là. J'ai fait longtemps mon deuil, mais je fais un régime pour une croisière cet hiver. Ça vaudra le coup.

— J'en suis sûre, mentis-je.

Je ne pouvais envisager l'idée d'abandonner le sucre.

— Saluez vos filles de ma part. J'espère qu'elles vont bien.

— Je le ferai, répliqua-t-elle en se levant. Et dis bonjour à ta mère de ma part. J'ai hâte de lui parler.

C'était le jargon local pour : « On va parler de cette nouvelle bien juteuse ! »

— Je le ferai, dis-je en forçant sur l'enthousiasme. Bonne soirée.

Jackson étira les bras le long du dossier, les doigts posés près de mon épaule. Après un moment, il me dit :

— Tu ne crois pas m'avoir assez torturé pour ce soir ? Tu ne crois pas qu'il est temps que je te raccompagne ?

Je me tournai vers lui, mon esprit toujours concentré sur Denise Primiani et le puits de peur dans mon ventre. Mais lorsque je croisai ses yeux sombres, je ne m'inquiétai plus de mes parents et de mes sœurs. Je n'avais plus besoin d'envisager comment leur dire pour ma relation ni de me préparer à leur commentaire acerbe.

Il y avait quelque chose chez Jackson. Ça avait toujours été là, mais ça semblait être plus imposant, plus flagrant à présent. Et ce n'était pas juste le désir d'être nue. C'était bien plus.

C'était comme s'il était venu me voir, qu'il avait fait le point sur moi dans mon ensemble et avait dit : « C'est une belle existence paisible, mais ne serait-elle pas mieux si on la chamboulait ? »

C'était exactement ce qu'il faisait et pour rien au monde je ne voulais qu'il s'arrête.

CHAPITRE 18

JACKSON

C'était une excellente journée pour les désastres.

Je ne faisais pas connaître mes opinions à ce sujet, mais j'étais convaincu que l'arrivée de la pleine lune débarquait avec son lot de désastres. La plupart des gens ne prenaient pas au sérieux ce genre d'opinion et qualifiaient cela de contes de grands-mères ou autre connerie, mais j'y croyais. Il y avait de la nervosité dans l'air quand la lune était pleine, ce que je ressentais aujourd'hui.

D'abord, les aubergistes, Cleo et Rhys Neville, avaient rapporté une activité encore plus suspicieuse sur leur terre. Leurs chiens avaient passé la nuit à aboyer pour rien, leurs chèvres et poulets étaient effrayés et un morceau de leur clôture du fond continuait à se rabattre. Encore une fois, je ne trouvai aucune preuve d'intrus, mais ça ne les apaisa pas pour autant.

Nous fouillâmes la propriété ensemble, redressâmes la clôture et réglâmes les lumières à détecteur de mouvements. Je leur promis de patrouiller dans leur rue les prochains jours et de passer un autre appel à mon contact au FBI. Même si celle-ci ne savait rien, cela maintenait la priorité sur le dossier des Neville. Ce n'était pas grand-chose, mais à part ratisser les bois derrière l'auberge et poser un tireur d'élite sur le toit, je ne pouvais pas faire grand-chose de plus.

Peu après être allé voir les Neville, un chien tomba dans un puits désaffecté dans la forêt à l'autre bout de la ville. Le puits était bien loin du chemin de randonnée et demanda l'utilisation de véhicules tout-terrain pour apporter l'équipement adéquat. Cela prit quelques heures, mais le chiot fut secouru et amené à la clinique vétérinaire du coin pour inspecter ses blessures.

Puis, je reçus un appel à propos d'un groupe d'adolescents jetant des feux d'artifice. Je les trouvai rassemblés autour d'un canot rudimentaire avec assez d'explosifs pour faire un cratère sur la plage. Comme je m'y attendais, ils prévoyaient une grosse fête pour leurs amis qui partaient à l'université la semaine prochaine. J'étais certain qu'ils avaient une cache de bière, mais je n'allai pas la chercher. À la place, je mis ce problème sur le dos des pompiers.

Sur le chemin du retour au commissariat, j'aperçus un homme âgé marcher le long de la route du littoral. C'était le mauvais endroit pour faire une promenade l'après-midi. La route bordait le littoral rocailleux, sans aucune place pour des trottoirs ou des bandes d'arrêt d'urgence. Les conducteurs trouvaient la vitesse réglementée horriblement basse, mais avec une seule voie et des kilomètres de virages et de coudes, c'était nécessaire.

J'accélérai et m'arrêtai à l'endroit le moins dangereux, puis courus vers l'homme. Je ne le reconnus pas avant de me trouver à quelques mètres de lui.

— Monsieur le juge Markham, lançai-je. Vous êtes sorti vous promener, monsieur ?

— Pas le temps pour les plaisanteries, répliqua-t-il, les mains sur les hanches.

Il avançait lentement mais sûrement.

— Ôtez-vous de mon chemin, huissier. Je suis en retard.

Le juge portait un bas de pyjama, un débardeur blanc et une robe de chambre brun foncé. Des chaussures lustrées claquaient contre l'asphalte alors qu'il marchait. Je me plaçai à ses côtés.

— Où va-t-on, monsieur ?

S'arrêtant alors, il croisa mon regard avec une mine exaspérée.

— Au tribunal. Je m'occupe d'un procès important aujourd'hui, huissier. Vous devriez le savoir.

— Oui, bien sûr.

Je hochai la tête tout en l'observant attentivement. Le juge Markham ne quittait pas souvent sa propriété. On m'avait dit qu'il préférait rester seul et s'occuper de son jardin. Mais ce n'était pas un solitaire, il était malade.

— Permettez-moi de vous conduire au tribunal. On y sera plus vite.

Je désignai mon SUV devant et il me fit un brusque hochement de tête.

— Oui, très bien. Dépêchez-vous maintenant. Ce procès est important. Vous devriez le savoir, huissier.

Après l'avoir attaché à l'arrière, je demandai à la radio :

— Aucune personne portée disparue cet après-midi ?

Je gardai la voix basse pour éviter de provoquer le juge.

Cindy répondit rapidement :

— Non, monsieur. Rien de nouveau depuis que ce chiot a pris un bain et que ces gosses ont voulu nous réduire en bouillie.

Je jetai un œil dans le rétroviseur et trouvai le juge en

train d'arranger la ceinture de sa robe de chambre en cravate.

— Très bien. Je serai de retour dans une heure environ. Faites-moi savoir si vous apprenez quelque chose.

— On s'en occupe, chef, répondit-elle.

Je suivis la route côtière jusqu'à la propriété des Markham. De la rue, j'aperçus Brooke traverser la pelouse en courant et une poignée d'autres personnes regroupées derrière la maison. Alors que je m'arrêtais, je descendis la vitre.

— Brooke, lançai-je.

Elle s'arrêta et se précipita vers moi.

— Si vous êtes là pour des conseils en relationnel, ce n'est pas le bon moment.

Elle posa les mains sur les hanches et se pencha pour reprendre son souffle.

— Mon père est parti se promener dans le jardin et on ne sait pas trop où…

— Il est avec moi, dis-je en levant un pouce par-dessus mon épaule.

Le juge était occupé à ajuster sa robe de chambre.

Elle posa la main sur sa poitrine tandis que le soulagement s'emparait d'elle. Puis elle cria :

— Oh mon Dieu, quoi ? Où était-il ?

J'ouvris la porte et m'avançai sur les graviers, la forçant à reculer de quelques pas. Je voulais que cette conversation reste privée.

— Il marchait sur la route du bord de mer. Il m'a dit qu'il était en retard pour le tribunal.

Elle vacilla, ses yeux se fermant une minute.

— Il est toujours en retard pour le tribunal.

Aussi rapidement qu'elle s'était radoucie, sa colonne vertébrale se redressa soudainement.

— Lettie, cria-t-elle. Le shérif l'a ramené. Emmène-le à l'intérieur, je te prie.

Une grande femme avec des gants à récurer rose pâle ouvrit la porte arrière du SUV pour s'occuper du juge. Deux autres femmes la rejoignirent. Il était en train de réciter une loi, trop occupé dans son récital pour remarquer les gens qui le ramenaient chez lui.

— Il faut qu'on parle de ça, dis-je en montrant le groupe autour de son père.

— Je ne suis pas obligée de vous parler de quoi que ce soit, shérif, rétorqua Brooke.

Sa peur et sa vulnérabilité furent rapidement remplacées par sa férocité habituelle.

— Merci de l'avoir retrouvé. Nous n'avons rien d'autre à nous dire.

— Brooke, j'essaie seulement d'aider. A-t-il déjà erré avant ? C'est Alzheimer ? La démence ?

— Ça ne vous regarde pas, putain et je n'ai pas besoin de votre aide. Je contrôle la situation.

— Excusez-moi, m'dame, mais vous avez tort. Il était parti depuis suffisamment longtemps pour parcourir deux kilomètres et demi et pendant ce temps, vous ne nous avez pas avertis de sa disparition.

— Il n'a jamais quitté la propriété avant. J'avais l'intention d'appeler le commissariat si on ne le trouvait pas sur nos terres.

— Vos terres s'étendent sur la moitié de la ville. Avec tout le respect que je vous dois, m'dame, vous auriez dû appeler à la minute où vous avez remarqué sa disparition.

Elle me regarda de haut en bas.

— Il est rentré maintenant. C'est la seule chose qui importe.

— Je dois vous contredire, m'dame. Il errait sur l'une des autoroutes les plus dangereuses de l'État. Sans compter le fait qu'il aurait pu se faire percuter par une voiture, il aurait pu glisser et tomber d'une falaise.

Je désignai la maison.

— On dirait que vous avez de l'aide ici, mais ça n'a pas suffi cette fois-ci. Vous vous voilez la face si vous croyez que ça ne va pas se répéter.

Brooke passa la langue sur sa lèvre du haut et croisa les bras.

— Merci d'avoir ramené mon père. Vous pouvez y aller maintenant.

Je la fixai, frustré qu'elle ne fasse pas appel à son bon sens et qu'elle ne me laisse pas l'aider à le protéger.

— La prochaine fois que cela arrivera, appelez-moi tout de suite, dis-je d'un ton tranchant.

Il y aura une prochaine fois, j'en mettrais ma main à couper. Si le juge avait trouvé un moyen d'échapper à ses aides à domicile aujourd'hui, il réitérerait la manœuvre.

— Votre fierté égoïste qui vous empêche d'entendre raison ne vous aidera pas la prochaine fois.

— Merci encore, dit-elle en inclinant la tête en direction de la rue. Je crois que vous connaissez la sortie.

— Annette est au courant ?

Brooke me regarda en cillant des yeux, impassible. Cette femme possédait une solide carapace.

— Je ne suis pas obligée de répondre à cette question. Vous feriez mieux de laisser Annette en dehors de ça et de séparer votre vie privée de votre vie professionnelle.

À ces mots, elle entra dans la maison et claqua la porte derrière elle.

Quand je revins au commissariat, le soir arrivait. J'étais fatigué, j'avais faim et j'avais bien besoin d'une bonne nouvelle. Bon sang, je serais heureux de ne recevoir aucune nouvelle à condition que je puisse manger un bout.

Cindy m'accueillit avec une poignée de messages et un journal plié.

— Rien d'urgent sauf Debbie Ball, encore au milieu de la route à crier sur les voitures. Elle l'a fait tous les jours cette semaine. Elle n'a pas abandonné depuis le conseil municipal, dit-elle en tapotant les doigts sur le journal. Mais il y a un joli article sur la librairie de notre petite Annette dans le journal de Portland. Ça alors, hein.

— Ça oui, alors, affirmai-je en calant le journal sous mon bras. Merci, Cindy.

— De rien, chef, dit-elle gaiement. Je vais prendre ma pause maintenant si ça ne vous gêne pas. Annette a quelques livres en réserve pour moi. Ça ne me prendra que quelques minutes, mais ça peut attendre si vous avez besoin de moi.

— Allez-y. Ça ne me gêne pas du tout.

J'entrai dans mon bureau et laissai la porte ouverte. Je lâchai tout sur mon bureau et me mis à la recherche de quelque chose à manger. Ma recherche n'aboutit qu'à un sachet de bretzels qui semblait trop plat pour contenir quoi que ce soit.

Je parcourus les messages et rappelai certaines personnes. Tandis que j'écoutais Mme Ball énumérer les numéros de plaques d'immatriculation de chaque voiture qui avait glissé le stop près de chez elle, je feuilletai le journal à la recherche d'Annette.

— J'enverrai un adjoint surveiller ce croisement, promis-je. Au revoir maintenant, Mme Ball.

Une fois arrivé à la section Art de vivre, je découvris le visage souriant d'Annette. Elle était magnifique comme d'habitude, mais c'était sa confiance qui émanait de la photo. Elle avait le bras posé sur la caisse de sa boutique, des piles de livres dans son dos. Je me rappelai l'avoir vue porter cette robe plusieurs semaines auparavant, la turquoise au motif funky sur l'ourlet. Après l'interview, je l'avais entraînée dans la réserve, m'étais faufilé sous sa robe et l'avais félicitée à coups de langue.

Un encadré listait ses nouveautés bestseller de cet été ainsi que ses livres préférés de tous les temps, en plus de recommandations pour de jeunes lecteurs. La page était remplie de joyeuses photos du magasin d'Annette et de gros plans sur elle en train de discuter avec ses clients. Les photos étaient superbes et Annette magnifique. Pour l'article, c'était une autre histoire.

Le journaliste opta pour l'approche femme libraire, se concentrant plus sur *femme* que *libraire*. J'aurais été pour un article encourageant les entreprises dirigées par des femmes, mais l'interview se focalisait plus sur sa vie personnelle que sa carrière.

Le journaliste sembla trouver des liens entre les livres préférés d'Annette et son statut marital, écrivant : « Ce n'est pas surprenant que cette amoureuse de Jane Austen attende M. l'Homme Idéal. Quand on lui demande de parler de ses propres approches de romance, Mlle Cortassi émet une objection avant d'admettre plus tard qu'elle est « très céli-bataire ». »

Ça serait bien passé avec « célibataire ». J'aurais pu prendre ce coup de poing et continuer à me battre, mais

« très célibataire » me mit au tapis. J'étais à terre, les yeux fermés, des étoiles tournoyant au-dessus de ma tête, il me fallut une bonne minute pour me rappeler que cette interview datait d'un *mois* pour me relever.

En fixant le journal, je feuilletai les derniers paragraphes. Heureusement, je ne fus pas tenté d'enfoncer mon poing dans le mur pendant la lecture, mais je méprisais toujours grandement ce journaliste. J'avais en tête d'écrire à l'éditeur, de me plaindre de son manque de professionnalisme. Les lecteurs méritaient mieux que des journalistes qui ne voyaient pas au-delà d'un annulaire sans bague.

Et je souhaitais en parler à Annette. Parler du *très*. Nous allions devoir mettre certaines choses au clair, oui, nous allions le faire. Il n'y avait pas de place pour *célibataire* ni *très*, aucun des deux. Même si l'interview avait mal vieilli, je voulais l'entendre de sa bouche.

Je fis reculer ma chaise et pivotai face à la librairie d'Annette. On aurait dit qu'elle avait des clients, mais je pourrais passer par la porte de derrière et attendre qu'elle termine. On parlerait, on comprendrait cette impasse et puis je ramènerais ma femme chez moi, la garderais chez moi.

CHAPITRE 19

ANNETTE

LA DERNIÈRE CHOSE À LAQUELLE JE M'ATTENDAIS CET APRÈS-midi, c'était de voir ma mère et mes sœurs envahir le village comme au débarquement. Mes mains se figèrent sur la pile de livres sur la caisse tandis que je les observais déferler dans la rue dans des tenues presque identiques : pantalons de yoga, tennis fluo, tee-shirts avec la mascotte de l'école régionale et une tonne de maquillage.

— Combien je te dois, ma chère ? demanda Cindy en me sortant de la stupeur provoquée par cette visite surprise.

— Désolée, murmurai-je en regardant la caisse en clignant des yeux.

J'ajoutai les dernières sélections de Cindy et me détournai des vitrines pour la regarder.

— Vingt, quatre-vingt-dix-sept.

Elle sortit plusieurs billets du sac autour de sa taille. Certains appelleraient ça une banane. Cindy n'était pas ce genre de personne. Elle appelait ça un sac bandoulière et n'avait pas de temps à consacrer à ceux qui essayaient de la corriger.

— J'ai vingt et un dollars et deux centimes pour toi, dit-elle en faisant glisser la monnaie vers moi. Un petit pourboire.

Je rangeai ses livres dans un sac, mon regard faisant des allers-retours par-dessus son épaule, en direction de ma famille tandis qu'elle s'approchait de la boutique. Je fus capable de me convaincre qu'elles n'étaient pas seulement en ville pour me rendre visite. Peut-être voulaient-elles de la glace de la laiterie locale ou qu'elles avaient envie du bon poisson séché de *La Cambuse*. Mieux encore, elles se promenaient avec une vue sur le port aujourd'hui. C'était parfaitement raisonnable.

— Je pense que vous aimerez celui-là, dis-je en désignant le tout nouveau tome d'une saga californienne sur des vignerons bien foutus et à se damner. C'est chaud. Vraiment chaud. Mais il y a aussi beaucoup de matière.

— Je suis sûre que tu as raison, répondit Cindy avec un grand sourire et des yeux étincelant de joie à l'idée de se perdre dans une nouvelle histoire. Si ça ne te gêne pas, je vais fouiller encore un peu. Fouiner. Voir si je ne peux pas dépenser toute ma paie.

— Ne vous privez pas, dis-je avec un rire forcé.

Je n'avais aucun humour avec ma famille sur le trottoir.

Quand la sonnette de la porte retentit pour annoncer leur arrivée, je fis semblant d'être occupée. Concentrée sur le carton de nouveautés devant moi, je lançai :

— Je suis à vous dans une minute. Je regarde les nouveautés de cette semaine. Je sais que certaines d'entre elles vont partir comme des petits pains et je ne serai pas capable de...

— On n'est pas là pour parler de livres, Annette, dit Nella.

— Du moins, pas maintenant, ajouta Lydia.

— Mais est-ce qu'on peut parler de cette robe rapidement ? demanda Rosa en me désignant du doigt. Parce que la coupe est jolie, mais la couleur ne te va pas du tout au teint. Je te jure, Annette, je vais faire le tri dans ton dressing un de ces quatre et me débarrasser de tout ce pastel. Ça ne te va pas.

— Tu as raison, murmura Nella.

En levant les yeux, je m'efforçai de paraître surprise. Ce n'était pas que je n'aimais pas voir ma famille. Je les aimais. J'aimais aussi avoir le temps et l'espace de me préparer mentalement à ces interactions. Et du vin. J'aimais le vin.

— Ça alors ! Qu'est-ce que vous faites là ? demandai-je en écartant les bras, mais en restant derrière la caisse.

Hors de question que je me montre reconnaissante pour ce commentaire sur ma robe. J'adorais cette robe d'été rose bébé et je ne m'en débarrasserais pour rien au monde. Mes sœurs pourraient se mettre en mode Police de la Mode que je n'en aurais rien à foutre.

J'affichai un grand sourire pendant que mes sœurs et ma mère échangeaient des regards et de petits hochements de tête sans dire un mot. Ça dura au moins deux minutes, suffisamment longtemps pour attirer l'attention de Cindy dans le rayon romance. Elle nous jeta un rapide coup d'œil avant de retourner à ses étagères. Quel que soit le plan qu'elles avaient concocté en chemin, car elles avaient toujours un plan, celui-ci était tombé à l'eau au moment où elles entrèrent dans la librairie.

Finalement, ma mère demanda :

— Annette, tu fréquentes le shérif Lau ?

Un bruit choqué et chuchoté se forma dans ma gorge, comme si j'étouffais un rire. Je ne m'étais pas attendue à cette visite, mais j'aurais dû m'attendre à ce qu'elles me posent cette question. Je ne regardai pas en direction de Cindy ou du rayon romance. Je ne pourrais croiser son regard pour rien au monde.

— Quoi ? De quoi parles-tu ?

— Vous voyez ? Je vous avais dit que c'était ridicule, dit Rosa en lançant un regard noir à ma mère et mes sœurs. On peut y aller maintenant ?

Je retournai au carton devant moi. Je ne mentais pas, pas tout à fait. Je ne confirmais tout simplement rien. C'était bien sûr un mensonge par omission, mais j'avais besoin de plus de temps pour trouver comment aborder ce sujet avec ma famille. Si je paraissais désintéressée et que j'ignorais leurs questions, je gagnerais un mois ou deux. C'était exactement ce dont j'avais besoin pour préparer Jackson au repas ou inquisition de la famille Cortassi et prier pour qu'il ne s'enfuie pas loin et vite dans la direction opposée.

— Si tu ne le fréquentes pas, alors, eh bien… c'est *bien*, dit ma mère. Quel soulagement, vraiment.

— Un soulagement ? répétai-je.

J'étais heureuse de n'avoir rien dit. De cette façon, je saurais ce qu'elles pensaient vraiment. Je continuai à agiter le contenu du carton comme s'il réclamait une réelle minutie.

— Pourquoi ?

Rosa sourit et s'avança vers moi.

— On ne voudrait pas que tu souffres.

— D'accord, dis-je en étirant le mot. Pas sûre de ça, mais merci.

— C'est juste qu'il ne joue pas dans la même cour que toi, ma chérie. Ça ne fonctionnerait pas sur le long terme, ajouta Rosa. Réfléchis. Si tu es honnête envers toi-même, je suis sûre que tu verras qu'on a raison.

Mon sang se glaça, me figeant sur place. Rosa n'était pas

du genre à faire des commentaires indirects donc elle ne disait pas ça pour me blesser. Elle le disait parce qu'elle le croyait. Une partie de moi le croyait également. Je l'avais toujours cru.

— Et après tout ce qui s'est passé avec Owen, renchérit Nella.

La grimace sur son visage en disait long. Elle n'avait pas besoin d'ajouter quoi que ce soit, mais elle ne put s'empêcher de fournir le récit annoté de mes faux pas :

— Où tu as essayé tant bien que mal de forcer les choses alors qu'il ne voulait pas, tu n'as pas su reconnaître le vent qu'il te mettait et tu as passé plusieurs années l'air désespéré. Tu ne voudrais pas reproduire le même schéma.

— Non, confirma Lydia. Peu importe ce que vous faites tous les deux. Tu ne devrais pas essayer de forcer avec le shérif, Annette.

Je les pointai du doigt.

— Vous êtes un peu affreuses là. Vous avez le droit de laisser tomber cette histoire quand vous voulez.

Nella croisa les bras et me lança un regard mauvais. Elle était douée pour ça, être mauvaise. Je ne pouvais dire que ça lui allait bien, mais c'était assurément un talent chez elle.

— On te dit la vérité, justifia Nella. On se fait du souci pour toi. On ne dirait pas ça si ce n'était pas le cas.

— Oui, mais il y a des façons de dire son point de vue sans être méchant en plus, dis-je en haussant les épaules. Je dis ça comme ça.

— Parfois, la vérité blesse. C'est comme quand tu te fais épiler le maillot, dit Rosa. Et tu as l'air très sur la défensive pour quelqu'un qui affirme ne pas sortir avec le shérif.

— Tes sœurs ont raison, dit maman, sans laisser de place à la dispute. Quoique tu croies qu'il se passe entre le shérif et toi, il est temps de le laisser tranquille. Vous n'êtes pas faits pour être ensemble.

— Pas du tout, insista Nella.

— Cool, dis-je d'un ton impassible. Pas sûre de tout ça, mais merci de vous en soucier.

J'avais envie de riposter. Leur dire qu'elles ne savaient rien de Jackson et moi. Insister sur le fait que je méritais un homme comme Jackson. Leur rappeler que je ne les avais jamais questionnées, elles ou leur valeur quand elles fréquentaient les hommes qui étaient maintenant leurs maris.

J'avais envie de pleurer. M'enfuir, me morfondre dans un coin sombre et pleurer. La porte sonna et je répondis au salut de Cindy d'un geste de la main.

— Il a besoin d'une fille bonne à marier et tu ne l'es pas, poursuivit Nella.

Bon sang, j'avais envie de lui jeter un livre au visage.

— Tu ne cuisines pas, tu ne repasses pas, tu n'es pas pour les trucs de maisons chaleureuses. Il y a trop de gentilles filles dans les environs qui feraient ça pour lui. Ne lui fais pas croire qu'il devrait se caser.

— On veut seulement te prévenir, Annette, ajouta maman. On ne veut pas que tu tournes autour de ce pauvre gars comme avec Owen. Comme Nella a dit, tu étais désespérée. On n'attire pas un homme par le désespoir.

Les mots me percutèrent, mais je ne voulais pas qu'elles le voient. Je ne voulais pas qu'elles voient quoi que ce soit.

J'avais envie de riposter. Leur dire qu'elles ne savaient rien de Jackson et moi. Insister sur le fait que je méritais un homme comme Jackson. Leur rappeler que je ne les avais jamais questionnées, elles ou leur valeur quand elles fréquentaient les hommes qui étaient maintenant leurs maris.

J'avais envie de pleurer. M'enfuir, me morfondre dans un coin sombre et pleurer. Oublier toutes les piques, les revers et les coups de poing aussi, et déverser ma peine.

Je désirais Jackson. Je désirais me perdre en lui et dans son réconfort inébranlable, et je souhaitais qu'il me promette qu'elles avaient tort. Mais à présent, je savais ce qu'elles penseraient de Jackson et moi ensemble. Ce qu'elles diraient quand je ne serais pas dans la pièce. J'avais toujours su que ça se passerait ainsi, mais l'entendre de leur bouche renforça l'idée.

J'avais aussi envie de leur faire la leçon sur les rôles des sexes dans la société moderne. Je ne savais pas d'où elles détenaient cette façon de penser. C'étaient dans les moments comme ça que je remettais en question mon ascendance.

Quelque part au plus profond de mon âme, je trouvai de la force et m'efforçai de leur adresser le sourire le plus éclatant de toute ma vie.

— Ça suffit les potins bidon. Ça sert à rien, dis-je en secouant fébrilement la tête. Quoi de neuf, les filles ?

Rosa fit bouffer sa queue de cheval avec un gémissement exagéré.

— On a organisé nos salles de classe toute la matinée, dit-elle. Ma salle était dans un tel bazar.

Tout faisait sens à présent. L'attirail sportif, les tout derniers potins. Denise Primiani n'aurait plus aucune de mes pâtisseries pour le reste de l'année.

— Je n'arrive pas à croire tout le travail qu'il me reste avant la rentrée, dit Lydia. Je vais rester dans ma salle nonstop ces prochaines semaines. Adieu la plage. Adieu les vacances.

— C'est la même chose chaque année, râla Rosa. Arrête de croire que ça va être différent parce que tu as utilisé des étiquettes colorées pour organiser tes boîtes à la fin de l'année.

— Pourquoi c'était si terrible ? demandai-je.

Ma question était sincère. Je ne comprenais pas pourquoi l'installation d'une salle de classe prenait chaque fois autant de temps quand la rentrée de septembre approchait.

— Oh, Annette, tu aurais dû voir ça, dit maman en se frottant le sourcil. Tout le bâtiment a été repeint cet été et tout était empilé au centre des classes. Les chaises, les bureaux, les livres, les boîtes, tout. C'était comme commencer par gravir le Kilimandjaro.

— J'étais vraiment persuadée que j'allais mourir dans un glissement de terrain, ajouta Nella. C'est incroyable qu'aucune d'entre nous ne se soit retrouvée coincée sous une pile de bureaux.

— C'était horrible, mais je n'ai pas cru mourir, rétorqua Rosa.

— Les étés où ils repeignent sont les pires, renchérit maman. Si je ne prenais pas ma retraite à la fin de l'année, j'aurais peint ma salle moi-même et j'en aurais terminé.

— Ça a l'air… dur, commentai-je.

— Tu n'as pas idée, confirma Nella.

Elle agita à nouveau le doigt et je continuai à faire perdurer mon expression avenante.

— Mais honnêtement, tu ne sais rien sur la préparation d'une salle de classe pour la rentrée. C'est si facile pour toi, Annette.

Ce livre me suppliait presque de le jeter sur elle.

— Ça, c'est sûr que je ne comprends pas.

Lydia fouilla dans son sac en déclarant distraitement :

— Il faut qu'on y aille. On doit aller voir le reste du département anglophone pour aligner verticalement nos emplois du temps et on va être en retard si on ne part pas maintenant.

— Oh, oui, dit Rosa en se frottant les tempes. Winnie Walton m'a demandé si tu pouvais lui recommander de nouveaux romans historiques pour adolescents pour ses cours sur la Seconde Guerre mondiale. Je lui ai dit que je n'étais pas sûre que tu t'y connaisses en romans pour enfants.

Je pouvais supporter leurs conneries, mais celle-ci était celle de trop.

— Je m'y connais, crachai-je.

J'agitai le bras vers le côté gauche du magasin. Celui qui débordait de romans pour enfants et adolescents.

— J'en ai beaucoup. Dis-lui de passer ou de m'envoyer un email. J'ai des tonnes de nouveautés que ses élèves adoreront.

Rosa regarda en clignant des yeux la silhouette cartonnée taille réelle d'Harry Potter dans le coin.

— Oui, j'imagine, murmura-t-elle. Euh, je n'avais jamais remarqué ça.

— Rosa, tu pourras avoir cette conversation une autre fois. Je suis la présidente cette année, dit Nella. Je ne peux pas être en retard à la réunion.

— Les filles, les réprimanda ma mère. On se retrouve à la voiture.

En secouant la tête, elle s'éloigna de mes sœurs et s'approcha de la caisse.

— Annette, ma chérie, promets-moi que tu ne courras pas après le nouveau shérif. S'il est intéressé, il viendra à toi.

— Maman, dis-je en riant de sa remarque. Ce que tu dis est très clair, fort et douloureusement clair. D'accord ?

Elle inclina la tête sur un côté, les lèvres pincées alors qu'elle me regardait.

— Je ne te souhaite que le meilleur.

Je la croyais aussi. Elle souhaitait que je sois heureuse et que j'aie tout ce que je voulais. Le seul problème, c'était qu'elle croyait également que je devrais revoir mes attentes à la baisse et me réduire à une petite femme bonne à marier. Quand j'avais commencé à parler d'ouvrir une librairie à Talbott's Cove, elle insista sur le fait que travailler dans une grande chaîne de librairie en dehors de la ville me satisferait. Elle avait expliqué que ce serait plus simple, moins stressant, plus sûr. J'aurais une paie constante et une assurance maladie fiable et je comprenais pourquoi elle faisait ça. C'est la façon dont ma mère se faisait du souci : en se montrant extrêmement prudente.

Mais ça portait également un coup à mon sens du pouvoir.

— Je sais, maman.

Elle redressa un étalage de carte de vœux et de cartes postales avant de s'éloigner.

— D'accord. Le fils d'Angie Dixon revient vivre ici le mois prochain. Je suis sûre que tu te souviens de lui. Vu que tu ne fréquentes *personne*, dit-elle avec insistance, je lui proposerai d'organiser un rendez-vous.

Je m'avançai pour tenter de faire oublier cette idée à ma mère.

— Maman…

— Ne t'inquiète pas. Je m'occupe de tout, promit-elle.

Je fixai ma mère tandis qu'elle sortait du magasin et remontait le village. L'adrénaline me quitta et je m'écroulai sur la caisse. Ce n'était pas toujours comme ça avec ma famille. La plupart du temps, elles m'ignoraient, ayant leurs discussions en interne sans remarquer que j'y étais externe. Mais parfois, j'avais une tripotée de mères, chacune d'entre elles me prenant pour un bébé.

Elles ne me prenaient pas que pour un bébé cependant. Elles me rabaissaient, me réduisaient à une moins que rien et me disaient que c'était tout ce que je pouvais avoir. Tout le reste n'était pas pour moi. Trop grand, trop petit, trop ambitieux, pas de la même cour. Ça me vidait.

Abandonnant les nouveautés, je me traînai jusqu'à la réserve. J'avais besoin de boire et de manger un brownie parce qu'avec les brownies, tout allait mieux.

Au lieu d'un brownie, je trouvai Jackson appuyé contre la table. C'était une posture décontractée, les bras croisés, ses longues jambes étendues devant lui et croisées aux chevilles, mais son expression m'immobilisa dans l'embrasure de la porte. Il avait la tête baissée, le regard fixé au sol, mais distant, la mâchoire contractée. Son col était ouvert. Je contemplai la peau dorée qui s'y trouvait un moment.

— Je suis passé dire bonjour parce que je voulais te parler, commença-t-il, sa voix plus affûtée que n'importe quel couteau. J'ai appris que tu ne fréquentais personne et que ta mère t'arrangeait des rendez-vous avec d'autres hommes.

Je croisai les mains et les mis sous mon menton, seul bouclier dans cette guerre sur deux fronts. D'un côté se trouvait ma famille qui insistait que je n'étais pas faite pour un homme comme Jackson. Je pourrais décoller leur parole poisseuse de ma peau, et je le ferais, mais je saurais toujours ce qu'elles penseraient : qu'il se contentait de moi, qu'il pourrait – et devrait – trouver bien mieux que la petite libraire sans fer à repasser. Peu importe qu'elles aient tort ou que j'aie laissé tomber dès qu'elles l'avaient mentionné. Elles jugeraient toujours Jackson et moi avec un geste désespéré de la main et je n'étais pas certaine de pouvoir décoller leur parole poisseuse sans laisser ma peau tendre et à vif.

Sur l'autre front, Jackson désirait tellement plus que je ne pouvais comprendre. Il voulait tous les us et coutumes d'un couple, mais je ne saisissais pas les us les plus simples et je ne trouvais pas de coutumes. Il était prêt pour toutes ces choses tandis que moi, j'étais occupée à bâtir un pont qui me reliait fragilement à tous mes doutes et soucis concernant sa croyance sans bornes en nous.

Au milieu se trouvait moi et la notion effrayante que je n'étais pas faite pour cet homme. Qu'avais-je fait pour le mériter ? Rien. Il m'avait traînée ivre chez lui un soir et j'avais utilisé mon talent illimité pour rendre les choses gênantes. Sans ça, nous aurions pu avancer sans voir l'autre nu. J'avais forcé les choses, tout comme avec Owen.

Il s'écarta de la table et s'approcha de moi à pas lents, son mètre quatre-vingt-dix me surplombant. Je savais qu'il n'essayait pas de m'intimider, mais je me sentais déjà si frêle après la visite de ma famille que je ne pus m'empêcher de me recroqueviller un peu plus.

— Si on n'est pas ensemble, Annette, aurais-tu l'amabilité de m'expliquer ce qu'on est ?

CHAPITRE 20

JACKSON

— Si on n'est pas ensemble, Annette, aurais-tu l'amabilité de m'expliquer ce qu'on est ? lui demandai-je en baissant les yeux vers elle.

Elle se mordit la lèvre inférieure et m'interrogea :

— Qu'est-ce que tu as entendu ?

— Tu n'as pas mieux comme réponse ? J'ai dû lire dans le journal de Portland que tu étais très célibataire et puis je t'ai écoutée esquiver toutes les questions nous concernant. Il va falloir que tu fasses mieux que ça.

Elle secoua la tête et appuya ses mains entrelacées contre sa bouche.

— Je suis désolée. Je suis tellement désolée, Jackson. J'aimerais pouvoir dire ce qu'il faut, mais tu m'as surpris au mauvais moment et je ne sais pas quoi dire de mieux. Rien ne va. En fait, je suis venue ici pour m'empiffrer de chocolat. C'est dire à quel point rien ne va aujourd'hui.

Je me passai la main dans les cheveux, fâché de ne pas avoir plus. Juste un petit peu plus. J'avais seulement besoin qu'elle m'indique que nous étions sur la même longueur d'onde, mais non.

— Alors, aide-moi à comprendre. Dis-moi pourquoi ta mère cherche à te caser avec le fils d'Angie Dixon et pourquoi tu ne refuses pas. Je veux comprendre. Je veux avoir une raison de rester au lieu de sortir tout de suite.

Annette ouvrit la bouche pour répondre, mais s'arrêta, ses mains retenant ses mots. Elle détourna le regard, fixant la table derrière moi, la porte, les cartons dans le coin. Je ne comprenais pas ce qui se passait, mais la colère prenait le dessus sur la recherche de compréhension.

— Je ne crois pas pouvoir te donner ce que tu recherches, finit-elle par dire. Pas tout de suite, peut-être même jamais. Je veux dire, je ne repasse même pas. Je suis désolée. Je suis désolée pour tout.

— Tu prévoyais d'aller à ce rendez-vous ? demandai-je, ma patience ayant des limites. Réponds au moins à ça.

Elle enfouit son visage dans ses mains.

— Ma mère essaie toujours de me caser. Je souris et acquiesce, mais ça n'aboutit sur rien.

— C'est ce que tu fais là ? Sourire et acquiescer ? Me laisser croire que notre relation est vachement intense ? Parce que c'est ce qu'on dirait aujourd'hui.

Nous nous regardâmes plusieurs minutes, mais n'essayâmes pas de comprendre. Peut-être était-ce mon plus gros problème, au-delà du très célibataire, le refus qu'elle reconnaisse que nous étions ensemble, le rendez-vous arrangé par sa mère. Nous ne nous comprenions pas et nous ne pouvions plus éviter l'inévitable.

Cette prise de conscience fut telle une pierre au fond de mon estomac. Je ne pouvais rester là, pas quand je voulais la prendre dans mes bras et stopper ce concours de regard. Et n'étais-je pas chiant ? Elle avait beau me repousser, repousser, repousser, je la désirais davantage.

— Si tu découvres un jour ce dont tu as envie, appelle-moi, dis-je en me repliant vers la porte.

La main sur la poignée, je lui dis au revoir de l'autre.

— Et bon Dieu, Annette, ferme cette porte à clé.

CHAPITRE 21
ANNETTE

Je passai le reste de la journée en mode pilote automatique. Je ne me souvins pas des gens qui vinrent au magasin, de quoi nous parlâmes ou quels livres je leur vendis. Cependant, tout se déroula sans que je passe plus d'une minute ou deux à penser aux contusions de la journée.

Lorsqu'arrivé le soir, je fermai, je m'effondrai dans un des poufs en forme de champignon au rayon enfant. Là, dans la pénombre silencieuse du magasin, je sentis ces contusions. Celles que ma famille réalisait à peine, les contusions violettes qui allaient et venaient sans prévenir.

La contusion de Jackson, celle que je m'étais faite, était différente. Elle était d'un bleu profond au contour rouge furieux. Je la sentirais à chaque respiration et mouvement. La douleur me réveillerait. Elle prendrait des mois à partir et même ensuite, la douleur reviendrait subitement sans raison.

Je pensai à appeler Jackson, à lui expliquer le bordel dans lequel il avait mis les pieds cet après-midi. Mais ce combat ne concernait pas le bordel. Il me concernait moi et tout le mal que j'avais à accepter l'amour. Pas juste l'accepter, mais le développer, le défendre, le garder. Je savais ça maintenant, assise sur le pouf dans le noir bien après son départ de la réserve, mais je ne savais pas comment réparer ça.

Savoir était une chose. Résoudre en était une autre.

Je pourrais appeler Jackson ou aller chez lui et dire :

— Oh, salut. Sache juste que ma famille a eu des paroles blessantes cet après-midi et qu'elle pensera toujours que tu es trop bien pour moi. Inutile de dire que je n'allais pas bien quand tu es arrivé. Je suis aussi un peu déboussolée parce que je n'arrive pas à comprendre l'affection réelle et sincère et je ne sais pas comment prendre ce que tu me donnes de la bonne manière. Tu peux te montrer indulgent avec moi le temps que je saisisse ?

Je pourrais faire ça, mais je ne pensais pas pouvoir supporter que Jackson me dise non. Étant donné comment j'avais réagi, comment pourrait-il me donner une autre réponse qu'un non retentissant ? Ma famille était horrible avec moi et j'étais horrible avec Jackson. Toute cette horreur avait besoin de se déverser et je l'avais fait sur la seule personne qui me *connaissait*, qui se *souciait* de moi, qui me *choisissait*.

Au lieu de contacter Jackson, je pris mon téléphone par terre. En l'allumant, je découvris plusieurs messages de Brooke. Rien de la part de Jackson, c'était la seule raison pour laquelle je gardais le portable à proximité, mais ça ne me surprit pas. Il avait été très clair sur le fait qu'il attendait que je fasse le premier pas.

Brooke : On peut parler ?

Brooke : Je ne peux pas sortir ce soir. Ça te gênerait de venir ?

Annette : Tu as du vin ?

Brooke : Évidemment.

Annette : OK. Je pars dans quelques minutes. Je dois me préparer.

Brooke : Ne te fais pas belle pour moi.

Annette : Je ne prévoyais pas de me faire belle, mais je suis par terre, je dois me lever pour aller chercher mon sac.

Brooke : Pourquoi es-tu par terre ?

Brooke : Non. Ne réponds pas maintenant. Viens juste. Je suis dehors sur le porche avec un seau à glace rempli de pinot et de fromage.

Annette : Bénie sois-tu.

Brooke : Pour être plus précis, le fromage est sur une assiette avec des crackers et des cacahuètes. Le vin est dans le seau. Je ne mets pas du fromage dans un seau à glace.

Annette : Ça vaut mieux, je pense.

Brooke : Je pense aussi.

———

— TCHIN TCHIN, dit Brooke en trinquant dans mon verre.

En sirotant mon vin, je contemplai Talbott's Cove. Il ne faisait pas encore nuit, mais cet instant entre chien et loup te forçait à t'arrêter, à regarder le ciel et à te demander s'il y avait un autre moment aussi remarquable dans une journée. Même maintenant, alors que je m'écroulais dans le fauteuil à bascule en osier pour panser mes plaies et assoupir ma fatigue émotionnelle, je ne pouvais m'empêcher d'adorer cette petite ville.

— Belle soirée, hein ? fit remarquer Brooke.

— Oui, dis-je en me tournant vers l'horizon.

Certaines soirées d'été dans la crique n'étaient pas agréables. *Insupportable* n'était pas assez fort pour décrire la combinaison de chaleur et d'humidité. Mais ce soir, c'était le meilleur que l'été avait à nous offrir. De l'air frais avec une légère brise maritime. Les parfums de l'océan et du bois qui s'entremêlaient. Les libellules qui butinaient de fleur en fleur dans le jardin. Les petites étoiles qui brillaient dans le ciel.

— La vue est incroyable d'ici.

— Désolée de ne pas trop t'avoir invitée, dit-elle, occupée avec le brie. Les choses ont été compliquées depuis mon retour.

Je hochai la tête.

— C'est compliqué la famille. J'en sais quelque chose.

Après un long silence, Brooke dit :

— J'ai crié sur ton petit ami aujourd'hui. Peut-être pas crier, mais notre échange a été plus musclé que d'habitude.

— Je ne suis pas sûre qu'il soit encore mon petit ami, murmurai-je.

— Attends. Quoi ? Qu'est-ce qui se passe ? demanda-t-elle en se penchant sur l'accoudoir du fauteuil. C'est parce que je lui ai crié dessus ?

— Je ne crois pas, mais pourquoi tu lui as crié dessus ?

Elle leva un doigt.

— Tu me racontes et je te raconte.

— Ma mère et mes sœurs sont venues me voir cet après-midi. C'était l'habituel « on t'aime donc on va être affreuse avec toi ». J'ai tellement levé les yeux au ciel que j'en ai brûlé des calories.

— À propos de quoi ? cria Brooke. Je veux savoir ces choses terribles afin de pouvoir les contester.

— Elles ont entendu des rumeurs au sujet de Jackson et moi. Elles ne pensent pas qu'on aille bien ensemble.

— Et pourquoi ça ? questionna Brooke en arquant un sourcil. Hormis le fait qu'elles soient jalouses que tu aies chopé la belle côtelette quand elles rentrent à la maison retrouver leur gros lard, de quoi se plaignent-elles ?

— Elles affirment que Jackson a besoin d'une femme pour repasser ses chemises et lui faire la popote.

Je me pointai du doigt.

— Je ne suis pas qualifiée pour ça.

Brooke agita la main devant elle en clignant des yeux, digérant ma réponse.

— Je suis désolée, je suis tellement confuse là. Est-ce qu'on est en train de dire que le shérif Lau, l'ancien super inspecteur de New York, est incapable de s'habiller ou de se faire à manger ? Ça résume bien les faits ?

Je levai les mains.

— Apparemment oui. Elles ne veulent pas que je fasse obstacle aux femmes qui pourront faire ça pour lui. Ah et aussi, je suis pitoyable et humiliante parce que tout ce que je fais, c'est courir après des types qui ne veulent pas de moi.

J'avais essayé d'adopter une attitude désinvolte. Tenté de me détacher de tout ça. Cependant, ma voix se coupa aux trois derniers mots et mes yeux se remplirent de larmes. Je refusais de pleurer, pas parce que je ne pouvais pas me montrer vulnérable devant Brooke, mais parce que mes sœurs ne méritaient pas que je réagisse autant.

— Et elles détestent cette robe, achevai-je.

— Sérieusement, dit Brooke en levant une main. J'ai envie de les lapider. On peut y aller maintenant ? S'il te plaît ? Laisse-moi au moins leur crever les pneus. J'ai toujours voulu faire ça.

— Peut-être alors que tu te ferais arrêter et que je pourrais forcer une discussion avec Jackson, dis-je en riant tout en reniflant.

— Je me fais arrêter pour toi quand tu veux. Deux fois

dans la journée si Jackson me passe les menottes. OK, tu m'as parlé de tes affreuses demi-sœurs…

— Ce ne sont pas mes demi-sœurs, la corrigeai-je.

— Je m'en fiche. Elles agissent comme telles. Tu es leur Cendrillon. Elles sont infectes et j'ai envie d'aller leur crever les pneus une fois que tu m'auras raconté ce que cela a à voir avec ta rupture avec Jackson.

Je pris le vin et nous resservis.

— Il les a entendues un peu. La partie où je ne me suis pas opposée à ma mère quand elle a décidé de m'arranger un rendez-vous. Sûrement plus. Vu ma chance, je suis sûre qu'il a tout entendu et compté toutes les fois où j'ai laissé croire à mes sœurs qu'il ne se passait rien entre nous.

— Oui, c'était brillant.

— Merci. Vraiment, merci. J'avais besoin qu'on me le dise.

Brooke se recula dans son fauteuil et croisa les jambes.

— Je me demande juste pourquoi tu ne leur as pas dit de se mêler de leur cul. Même si Jackson n'avait pas entendu, ça aurait réglé le problème de ces mouches à merde.

— Parce que c'est plus facile de les ignorer qu'engager le combat. Toutes les familles ont leurs problèmes. Les membres de la mienne sont constamment contrariés par tout ce que je fais. Est-ce que ça veut dire que je vais couper les ponts avec eux, ne jamais plus leur parler ? Non. Est-ce que ça veut dire qu'ils vont m'écouter si je gueule et insiste qu'ils aillent se faire foutre ? Non plus. Je dois me réconcilier avec qui je suis et qui ils sont, et arrêter de me laisser atteindre par les problèmes qu'ils ont avec moi. Peu importe ce qu'ils pensent de mes vêtements ou de mon travail, peu importe qu'ils pensent que je ne suis pas assez bien pour Jackson.

Brooke caressa le bord de son verre avant de dire :

— La seule différence entre toi et Cendrillon, c'est que Cendrillon tente activement de s'échapper de son grenier quand le prince débarque avec sa pantoufle de verre. Toi, tu es assise là avec ton verre de vin. On dirait que tu as mal choisi.

Je lui jetai un regard insipide.

— Tu m'as demandé de venir pour parler. Tu as oublié cette partie-là ?

— Pas du tout. Mais si tu avais mentionné que tu avais d'importantes choses à faire avec la belle côtelette qu'est ce shérif, j'aurais compris.

Elle porta une main à sa poitrine.

— *Je* suis une belle personne. Contrairement à tes connasses de sœurs, je me fais vraiment du souci pour toi *moi*. Je vis aussi par procuration à travers tes aventures avec ce beau morceau, mais je reste une belle personne.

— Une belle personne qui a crié sur le shérif aujourd'hui, précisai-je. À quel propos ?

Brooke détourna les yeux et picora l'assiette de fromage entre nous. Elle souffla, sirota son vin puis reporta son attention sur son assiette. Elle resta silencieuse une minute ou deux, seulement concentrée à détacher le raisin de la grappe.

— J'ai crié sur Jackson parce qu'il m'a dit que mon père n'allait pas bien, dit-elle lentement. Il a raison. C'est pourquoi je lui ai crié dessus. Papa ne va pas bien et je ne sais pas quoi faire.

Je lui pris la main.

— Je sais, mais on trouvera bien.

Les détails étaient brumeux, mais j'en savais suffisamment pour me faire une idée de la situation. Avant, je voyais le juge Markham tous les jours dans le village, mais ces deux dernières années, il semblait avoir disparu.

Il avait l'habitude de descendre en ville, de prendre le journal et de le lire page par page au comptoir de chez *DiLorenzo's* tout en mangeant ses habituels œufs frits avec une assiette de pancakes. Il avait toujours participé aux conseils municipaux, intervenant souvent avec des monologues longs d'une minute sur les lois et les règlements, l'histoire locale et la façon dont se déroulaient les choses ici autrefois. Mais il s'était à présent retiré dans ses jardins, prenait ses petits-déjeuners chez lui et manquait les réunions. Puis Brooke revint à Talbott's Cove, laissant sa belle carrière et sa grande vie à Manhattan. Aussi proches que nous soyons, elle n'avait encore jamais mentionné la raison de son retour.

Cependant, peu importe que j'aie le récit en entier ou non. Brooke était mon amie et je pouvais la soutenir sans connaître tous ses problèmes.

— Tu es sûre ? demanda Brooke, la voix larmoyante.

— Oui. J'en suis sûre. Si on est ensemble, on peut tout résoudre.

— Et Jackson. On a besoin de lui, ajouta-t-elle en cillant pour retenir ses larmes. Il va falloir que tu règles les choses avec lui parce qu'il est plutôt utile et que sinon, je continuerai à te proposer un trouple.

— Je vais voir ce que je peux faire.

— Tu peux faire mieux que ça, répliqua Brooke sèchement. Tu es vraiment fantastique et quand on est vraiment fantastique, on prend ce qu'on veut sans s'excuser.

Nous restâmes là, main dans la main face aux batailles familiales devant nous, et nous nous sifflâmes deux bouteilles de vin. Nous sommes entrées à un moment donné pour aller aux toilettes et une autre fois pour prendre du fromage. Nous n'abordâmes plus le sujet de son père, de Jackson ou de ma famille. Nous vouâmes notre temps à discuter de notre amour mutuel pour une vieille gamme de rouge à lèvres et si nous devions trouver du temps pour aller faire du shopping à Portland le mois prochain. Il lui fallait du matériel spécifique pour son ordinateur et moi, un plat à tarte plus profond. La conversation était des plus superficielles, mais nous avions besoin de ce genre de stupidités ce soir.

Les amis étaient bons dans un domaine, ils adoucissaient les moments les plus durs de la vie en ne faisant rien de plus qu'être là avec une bouteille de vin et une simple discussion.

— Je suis triste que la saison des robes se termine bientôt, dis-je. Mais je suis excitée pour la saison des bottes. Et des longs pulls. C'est plus compliqué que la saison des robes, mais ça se résume en gros à assortir un jean et un legging à des bottes et des pulls. Les bottes et les pulls longs, c'est ce que je préfère.

Brooke désigna son short de sport orange délavé et son tee-shirt élimé de Yale. Seule elle pouvait donner envie de reproduire un style pareil.

— Oui, j'avoue.

— On ira t'acheter de longs leggings, dis-je. Des bottes aussi. On appelle ça le style décontracté.

— En parlant de chaussures, j'ai envie de reparler de cette histoire avec le prince et la pantoufle de verre, dit Brooke en levant son index. On peut en parler ? Pas la partie où tu as l'impression de mériter l'avis merdique de tes sœurs sur ta vie amoureuse ou que tu rejettes Jackson parce que tu les as crues, mais la vraie pantoufle. Qui, d'esprit sain, porterait une chaussure faite de verre ? Tu as déjà cassé un talon ?

Elle n'attendit pas ma réponse et poursuivit :

— C'est vraiment atroce. C'est comme crever quand tu roules vite. Tu roules tranquille et la seconde d'après, tu fais une embardée sur cinq voies et tu finis sûrement à l'envers dans le fossé. Ajoute à ça une pantoufle de verre et c'est foutu. Honnêtement, la partie la moins réaliste de *Cendrillon*, ce n'est pas marraine la bonne fée ou les oiseaux qui cousent ou le mec qui ne reconnaît pas la fille avec qui il est sorti toute la nuit, mais ces foutues pantoufles de verre.

— Tu m'as l'air d'insister lourdement là-dessus, dis-je en riant.

— Oui ! Ma plus grande phobie est de marcher sur du verre. Pourquoi irais-je volontairement me planter du verre dans les pieds ?

Je lui souris en haussant les épaules.

— C'est juste que ce n'est pas ton conte de fées, chérie. Ça ne veut pas dire que tu n'en connaîtras pas un.

CHAPITRE 22
ANNETTE

Le son des sirènes me tira de mon profond sommeil. Je me redressai d'un bond, cillant dans la pénombre en essayant de me rappeler où j'étais et depuis combien de temps je dormais. Tout me revint petit à petit. Le retour de chez Brooke. Mon abandon à mon lit, totalement habillée. La promesse envers moi-même de me lever, de me laver le visage et d'enfiler un pyjama après avoir pleuré quelques minutes. Ça avait l'air d'être une belle affaire vu que je n'avais pas pleuré de la journée.

Mais au lieu de verser de petites larmes et d'avancer dans la vie, je pleurai des larmes de crocodile. Ce n'était pas à cause de Jackson ou de ma famille ou des problèmes auxquels Brooke faisait face, mais de tout, toutes les blessures que j'avais refoulées. Je n'étais pas sûre que tous ces pleurs apportent autre chose qu'une bonne purge émotionnelle accompagnée d'une migraine, mais ce n'était pas grave. C'était sorti et il valait mieux ça que tout garder en soi.

En sortant du lit, j'appuyai les paumes sur mon front pour garder la migraine à distance et allai à la fenêtre. C'était inhabituel d'entendre les sirènes, à moins qu'il y ait un incendie, mais les portes du véhicule étaient fermées. Puis, j'aperçus les néons lumineux au loin. Trois SUV sortirent du parking du commissariat et traversèrent le village. Mon cœur fit un bon et mon estomac l'imita. Savoir que Jackson se trouvait dans l'un de ces SUV et qu'il se précipitait vers quelque chose de potentiellement dangereux me réveilla tout à fait.

Étant donné que j'étais encore habillée, j'enfilai des tongs, pris mon téléphone et mes clés et sortis. Je n'étais pas la seule. Les sirènes ne retentissaient pas à trois heures du matin sans faire descendre toute la ville dans les rues. Nous étions trop curieux ici à Talbott's Cove. Et je ne pourrais pas retourner me coucher sans avoir vu Jackson. J'avais besoin de savoir s'il allait bien.

Je me dirigeai vers le commissariat en échangeant des haussements d'épaules et des bâillements avec mes voisins. Personne ne savait ce qui se passait, mais tout le monde en allait de sa théorie. Accidents de voiture, disputes fami-liales, animaux sauvages dans le jardin. Tout était plausible.

Cindy marcha d'un pas lourd vers moi avec un talkie-walkie attaché au col de son tee-shirt et sa canne à la main, et me tendit un châle.

— Allez là. Mets ça. Tu vas attraper froid ici, ma chère.

J'acceptai le châle et la pris par le bras.

— Merci. Vous savez ce qui se passe ?

Elle pinça les lèvres en secouant la tête.

— Non. Mais je sais que notre shérif était de patrouille ce soir, lui et d'autres aussi. Il voulait tout le monde sur le pont.

— Il fait ça souvent ? demandai-je en parcourant à nouveau la foule du regard.

Cindy réfléchit.

— Il n'est pas là depuis longtemps. J'apprends encore ses méthodes de travail.

En d'autres termes, non.

— Ne fais pas cette tête, me réprimanda Cindy. Il m'a fallu vingt ans pour connaître le dernier patron. Je suis lente à comprendre. Pas comme toi, qui apprends de nouvelles choses comme par magie.

— Par magie ? répétai-je en riant. Ce n'est pas vraiment ça.

— Ne sois pas stupide, dit-elle en me frappant le bras. Tu as appris toute seule à gérer un business et tu fais ça depuis quand maintenant ? Six, sept ans ?

— Presque sept ans.

— Et n'oublie pas la cuisine. Purée, j'ai pris des poignées d'amour depuis que tu as commencé à rendre visite au shérif. Si tu l'épouses, je ne rentrerai plus dans mon bikini.

— J'ai laissé tomber le mien, dis-je en riant. Personne ne s'en est plaint pour l'instant.

Je ne toucherais pas à ce commentaire sur le mariage même avec un rouleau à pâtisserie en marbre.

— Tu t'es dégoté un bon gars, dit-elle avec un sourire mystérieux.

Je me mis à plaisanter au sujet des pompiers qui fantasmaient sur elle, mais elle me frappa à nouveau le bras.

— Tes sœurs sont ennuyeuses et elles mettent trop de maquillage. C'est quoi toute cette poudre bronzante ? C'est tout bonnement stupide. Ne les écoute pas.

Je la regardai, étudiant les rides de sourire autour de sa bouche et au coin de ses yeux.

— J'essaie.

— N'écoute pas non plus ta mère. Elle est aussi mauvaise avec le maquillage et elle a un balai dans le cul. Je ne sais pas pourquoi parce que ta grand-mère est si gentille, mais il est enfoncé bien profond. Mais notre shérif, fonce et écoute-le. Il sait ce qu'il veut et il sait que tu es exceptionnelle.

— J'y travaille, dis-je en percutant son épaule avec la mienne.

Des gyrophares fendirent la nuit tandis qu'un défilé de véhicules de police passait dans le village.

— Ils reviennent, annonça Cindy. Je vais rentrer et mettre les affaires en ordre. Qui sait ce dont ils auront besoin une fois qu'ils seront là.

Elle s'avança, son bras toujours accroché au mien.

— Allons-y. Tu peux rester dans le bureau du shérif. Il me détesterait si je te laissais dehors dans le froid.

— Cindy, il n'y a presque pas de vent. Je suis bien là.

Elle secoua les mains, me crevant presque un œil avec sa canne.

— Il te préférerait à l'intérieur.

Avant de pouvoir protester, le SUV de Jackson se gara dans le parking avec quatre voitures de police sur ses talons.

— Il est temps pour moi de mettre les voiles, lança Cindy.

Elle me lança un regard sinistre et boitilla.

— Entre quand tu seras prête.

La foule s'approcha tandis que Jackson sortait de son véhicule. Il avait l'air d'aller bien et de ne pas être blessé, ses quatre membres encore présents et pas de sang en vue. Je pris les bords du châle dans mon poing, le tenant aussi serré que possible pour m'empêcher de m'effondrer de soulagement.

Jackson plaqua la main sur la porte arrière pendant qu'il discutait avec les adjoints rassemblés autour de lui. Ils semblaient établir une stratégie, se désignant les uns les autres ainsi que le bâtiment de sécurité publique. C'était le mauvais moment pour reluquer la façon dont son pantalon d'uniforme moulait ses fesses et ses cuisses, mais je le fis malgré tout. Sa posture, puissante et affirmée avec ses pieds écartés et ses épaules en arrière, me faisait saliver. J'avais envie d'aller le voir et tout réparer maintenant. Je désirais aussi m'arracher la petite culotte, mais ce n'était pas nouveau avec Jackson.

Derrière moi, j'entendis quelqu'un dire :

— Ça pourrait être le fils des Fitzsimmon.

— C'est ce que j'ai pensé, convint quelqu'un d'autre. Un nid à problèmes, celui-là.

— Il n'a jamais été gentil, renchérit une personne. Il a toujours attiré les ennuis.

— C'est les parents de nos jours, ajouta une quatrième voix. Trop laxistes. Toujours à vouloir être amis avec leurs enfants. Dans mon temps, on disait « qui aime bien châtie bien ». Pas de ménagements chez moi et mes garçons sont très bien.

— Il est en désintox, dit un voisin irascible.

On aurait dit JJ Harnickzek, mais j'étais trop occupée à mater Jackson pour me tourner et vérifier mes soupçons.

— Vous devriez lui donner un peu de mérite à ce gosse. Il combat son addiction, il essaie de ne plus être accro. C'est pas facile. Vous vous pensez si bons et chastes, pourquoi ne pas garder votre avis pour votre prochaine discussion avec Dieu, hein ?

Après une pause, quelqu'un dit :

— Peut-être que c'est Lincoln. Je l'adore, mais il a l'alcool mauvais.

— Nan, c'est faux. Je n'ai jamais rien vu de tel.

— Tout le monde sait qu'il y a des problèmes dans cette

maison. Ils se disputent tout le temps, ils sortent en claquant la porte. Il a brisé une fenêtre avec son poing il y a plusieurs années. Vous vous en souvenez, non ?

— Ce n'est pas Lincoln, lâcha sèchement le voisin irascible. Il faut que vous la fermiez. Vous feriez mieux de retourner vous coucher et de vous plaindre et râler chez vous.

— Qui peut dormir avec tout ce bruit ? Et les lumières ? Mon Dieu, ils ont vraiment besoin de faire un tel boucan ?

— Pourquoi ils n'ouvrent pas juste la porte ? Qu'est-ce qu'ils attendent ?

— J'ai entendu dire qu'ils ont trouvé quelqu'un chez les Neville. Il n'est pas entré ou ne s'est pas approché du bébé, Dieu merci, mais il était armé.

— Les pauvres. Ils ont eu la vie si dure.

— Je ne pourrais pas le supporter, savoir qu'un des hommes qui a tué toute ma famille rôde toujours dans la nature. Je ne pourrais pas du tout le supporter. Rien que le stress me tuerait.

— Il a peut-être été capturé.

— Le shérif a passé pas mal de temps là-bas ces derniers jours. À l'auberge. Il a surveillé l'endroit. Il a sûrement sauvé cette famille d'une autre tragédie.

— J'avais des doutes sur ce shérif, mais c'est un bon gars. J'espère juste qu'il restera.

— Chut, chut, il se passe quelque chose, siffla quelqu'un.

Les adjoints se rassemblèrent autour de Jackson pendant qu'il ouvrait la porte arrière et se penchait pour récupérer le prisonnier. Ils se dirigèrent vers le commissariat, Jackson avec une main sur les poignets menottés du détenu, l'autre sur son épaule.

Les questions et murmures fusèrent autour de moi, mais

j'arrêtai d'écouter quand le regard de Jackson croisa le mien l'espace d'une seconde.

Pendant cette seconde, tout allait bien et était normal, il me reprenait et j'arrangerais tout.

Cependant, il détourna les yeux, son regard dur et sa mâchoire crispée tournés vers le commissariat et tous mes doutes rejaillirent. Puis, il disparut à l'intérieur.

La foule s'amassa devant le commissariat un moment, chacun y allant de leurs théories et rumeurs tandis que la nouvelle se répandait des voisins des Neville. Certains affirmaient que le criminel avait été retrouvé dans l'auberge, d'autres insistaient qu'il avait été arrêté près de l'auberge. On disait qu'on avait trouvé une cache d'armes à feu et de couteaux dans les bois. On disait aussi qu'ils avaient trouvé un sac avec de la corde et du ruban adhésif. On parlait d'appeler le FBI, puis un débat animé éclata pour garder les fédéraux hors de la ville.

Personne ne connaissait tous les détails, mais une chose fut décidée : Talbott's Cove garderait Jackson Lau. Tous les doutes que les citoyens avaient pu avoir sur ce shérif rapporté avaient disparu. Il était désormais des nôtres.

Et tout ce que je voulais, c'était le revendiquer comme mien.

CHAPITRE 23
JACKSON

J'étais crevé. Je n'avais pas dormi depuis deux jours, je ne me rappelais pas mon dernier repas ou ma dernière douche et je ne savais pas quelle chemise je portais. Mon menton râpeux se transformait en barbe. Je traînais des pieds, le café et l'adrénaline pour seules sources d'énergie. Impossible de décrire mon état actuel d'existence.

Même si je parvenais à me traîner jusqu'à chez moi quand le soleil se couchait, je ne supportais pas que la maison soit vide. Chaque pièce respirait les souvenirs d'Annette et je ne pouvais aller nulle part sans aller directement la voir. Je désirais le réconfort d'Annette plus qu'autre chose. Je le désirais, mais je n'étais pas certain de pouvoir l'obtenir, de la revendiquer comme mienne.

Je continuais à traîner des pieds, à avancer du mieux que je pouvais.

Avant de m'installer à Talbott's Cove, je croyais que la vie ici serait plus lente. Sans le bourdonnement incessant de la ville, ça devait l'être. Les petites villes comme ça ne vivaient pas des cycles quotidiens de crime et de violence.

Dans une certaine mesure, j'avais raison pour ce rythme

de vie. Au lieu d'enquêter sur des agressions et des homicides, je passais mes journées à régler les disputes entre voisins et à sauver des chiens au fond des puits. Ce changement fit toute la différence pour moi. Mais cette petite ville n'était pas immunisée contre le crime.

L'équipe du FBI rassemblée dans ma salle de réunion le prouvait.

Ils étaient occupés à recueillir les preuves scientifiques de l'auberge, examinant mon journal de bord avec toutes mes récentes visites chez les Neville et interrogeant la moitié de la fichue ville. Ils avaient déjà transporté le prisonnier dans un établissement fédéral du Vermont, ce qui faisait un fardeau en moins dans mon petit bureau. Talbott's Cove ne possédait pas le genre d'équipement hautement sécurisé pour emprisonner un suspect qui s'était par deux fois échappé de sa garde à vue.

Je passai par la salle de réunion avant d'aller dans mon bureau. Je saluai les agents d'un bref signe de la main. Certains résidents n'étaient pas contents, mais j'étais excité que les fédéraux soient là. Je ne contestais pas leur présence. À mes yeux, ils possédaient de plus grandes ressources pour s'occuper de l'affaire de l'agresseur des Neville et ils étaient les meilleurs qualifiés pour gérer la situation.

On m'appela au moment où je m'asseyais dans mon fauteuil. Depuis l'arrestation de l'assaillant, il y a deux jours, mon téléphone n'avait pas arrêté de sonner. Entre les journalistes à la recherche de détails juteux et des responsables publiques qui proposaient leur aide ou insistaient sur le fait que je fasse de Talbott's Cove ma résidence à long terme, j'en étais presque aphone. J'appréciais la vague de soutien venant de l'extérieur, mais c'était celui des locaux qui importait vraiment. Je détestais qu'il faille une agression mortelle déjouée pour que la ville se rallie à moi, le shérif, mais je ne m'en plaignais pas.

— Shérif Lau, répondis-je.

— Écoutez, shérif, parce que je ne vais le dire qu'une seule fois, tonna la voix de Brooke Markham. Bougez votre cul et allez la voir.

Un rire surpris s'échappa de mes lèvres.

— Pardon ?

— Je vous ai dit d'écouter, me réprimanda-t-elle. Honnêtement, si vous n'étiez pas une belle côtelette premium, j'en aurais déjà fini avec vous.

— Je vois, répliquai-je sans savoir quoi dire.

Ressentant le besoin de m'occuper les mains, je m'emparai de mon café tiède.

— En fait, vous ne voyez pas du tout. Vous ne vous rendez pas compte qu'Annette et vous ramez à des rythmes différents et au lieu d'avancer, vous tournez en rond. Ça ne veut pas dire qu'il faut arrêter de ramer, mec. Ça veut dire qu'il faut aller au même rythme qu'elle, la laisser prendre en force et en endurance pour atteindre votre niveau. Arrêtez de vous concentrer sur ses défauts et commencez à reconnaître ses progrès.

Je sirotai mon café. Il avait le goût de boue.

— Merci pour cet éclairage, Brooke.

— Non. Non, ce n'est pas comme ça que ça va se passer. Vous allez régler toute cette merde.

Avec un soupir, j'inclinai la tête dans ma paume.

— Que me recommanderiez-vous de faire ? Au cas où vous ne l'auriez pas remarqué, je suis au milieu d'une enquête importante là.

— Mes sources me disent que le FBI a tout sous contrôle et qu'ils partiront à la fin de la journée. Vous avez fait votre part, shérif. Vous avez attrapé l'homme. Maintenant, allez chercher la fille.

— Brooke, j'admire votre ténacité et votre loyauté envers Annette…

— Vous voulez parler de loyauté ? me coupa-t-elle. Je vais vous raconter une petite histoire sur la loyauté. Annette est ma meilleure amie sur cette terre. C'est ma sœur, peut-être pas par le sang, mais par tous les autres critères importants. Croyez-moi quand je vous dis que je tuerais pour elle.

— Ne me dites pas ça, grogna-t-il.

— C'est la vérité, cria-t-elle.

— Vous ne devriez quand même pas me dire ça.

— Je dis juste que je ferais tout pour cette fille. Mais ses vraies sœurs ? Ce sont de pitoyables peaux de vache jalouses. Elles sont allées la voir l'autre jour et ont fait un caprice parce qu'elles ont entendu dire que vous étiez ensemble.

— Qu'est-ce que ça peut leur faire ? demandai-je en me redressant. Pourquoi n'en seraient-elles pas contentes ?

— Comme je l'ai dit, ce sont de pitoyables peaux de vache jalouses. Elles savent que vous êtes une belle côtelette et elles ne veulent pas qu'Annette vous mette le grappin dessus. Elles lui disent toujours des choses pourries, comme quoi c'est pathétique et désespéré de vous courir après, à quel point elle devrait laisser la place à quelqu'un qui sait bien cuisiner des pâtes au thon. Et ça, mon ami, c'est la raison pour laquelle vous avez entendu Annette dire à sa mère que vous n'étiez pas amoureux et que vous n'alliez pas vous marier et avoir des enfants.

Je tapai mon bureau en me levant.

— C'est des conneries, grondai-je. Ses sœurs ? Ses *sœurs* ont dit ça ?

— Ce qui nous ramène à notre sujet sur la loyauté, dit Brooke en claquant sa langue. Je sais que je peux l'appeler le pire jour de sa vie et elle viendra quand même me voir. Je ferais tout pour cette fille et c'est la raison de mon appel.

En marquant une pause, je me tournai vers le village par la fenêtre. Le soleil brillait dans un coin, ce qui m'empêchait de voir le magasin d'Annette, mais je regardai tout de même, attendant qu'elle apparaisse. Je ne m'étais pas beaucoup permis de le faire depuis que j'étais parti en trombe par la porte arrière et à présent, je n'arrivais pas à détourner les yeux. Elle m'attirait comme un champ de force, une force magnétique que j'avais été incapable d'ignorer depuis mon premier jour dans ce siège. Qu'est-ce qui me faisait penser que j'étais capable de résister ? De lui résister ?

Je ne pouvais résister et je n'en avais pas envie. J'aimais Annette de tout mon cœur. J'aimais sa chaleur et la joie qu'elle éprouvait dans les choses aussi simples qu'une belle myrtille ou le bon livre pour quelqu'un. J'adorais sa douceur et sa fougue, elle était ma bouffée d'air frais. J'adorais comment elle s'abandonnait à la cuisine, à sa librairie et ses amis. Et à moi. J'adorais comment elle s'abandonnait à moi et ne demandait rien en échange.

Mais c'était le piège, non ? Elle ne demandait rien en échange et je n'avais pas su réparer cette erreur au moment le plus critique.

Je n'allais pas échouer à nouveau.

— Dites-moi quoi faire.

Un rire guttural se fit entendre à l'autre bout de la ligne.

— Parfait. Commençons par les réactions tactiques à court terme puis les solutions stratégiques sur le long terme. Vous devriez prendre un stylo et noter.

CHAPITRE 24
ANNETTE

Brooke : Allons à *La Cambuse* ce soir.

Annette : Peux pas. Je suis bannie à vie.

Brooke : Personne n'a jamais été banni de *La Cambuse* et sûrement pas toi. Retrouve-moi là-bas à 19 h, OK ? Ne me laisse pas boire seule.

Annette : Je t'aime, mais je ne suis pas faite pour la foule. Pourquoi pas un verre de vin chez toi ?

Brooke : J'ai envie de voir du monde ce soir.

Annette : Et j'avais envie d'essayer une creampie ce soir.

Brooke : Attends, tu as parlé à Jackson ?

Annette : Pas encore. Pourquoi ?

Brooke : Euh…

Annette : Oui ?

Brooke : Non rien. J'ai passé trop de temps en compagnie d'étudiants de fraternités.

Brooke : N'envisage même pas de me poser un lapin. J'irai chez toi et te sortirai par le cul de ta cuisine.

Annette : Compris, mais s'il te plaît, sache que c'est toi qui paies ce soir.

Brooke : Ça marche, bébé.

————

Avant de partir retrouver Brooke à *La Cambuse*, je parcourus mon calendrier et comptai les jours depuis ma dernière visite au bar : quarante-deux. J'aurais dû être capable d'estimer ce délai sans compter une par une les cases de mon calendrier, mais je n'arrivais pas à croire qu'autant de temps – et si peu – s'était écoulé depuis ce soir-là.

Je me souvins de la douleur qui fit trembler mon menton et qui me donna envie de la soulager par l'alcool. La douleur avait semblé réelle, palpable, quelque chose qu'on pouvait toucher. Et peut-être était-ce le cas. Avec le recul, je pouvais à peine ressentir ces sentiments de tristesse, de perte et d'humiliation. Ils étaient là, mais ce n'était plus le regret violent que j'avais ressenti chaque fois que mes pensées s'égaraient vers Jackson.

J'aurais dû faire les choses autrement. Je le savais à présent. Il était possible que je le sache bien avant, mais j'avais souffert de l'interaction avec ma famille et n'avais pas dit ce qu'il fallait. Ou plutôt, je m'étais enfuie dans la mauvaise direction et désormais, j'étais occupée à faire demi-tour.

Il n'y avait pas de plans ou de recettes pour réparer ma relation avec Jackson. J'avais passé les derniers jours penchée sur mes livres de recettes et à parcourir les blogs de cuisine pour trouver les pâtisseries qui disaient : « Je suis désolée et je veux tout arranger, mais j'ai aussi peur et je ne sais pas comment m'y prendre. »

C'était magique la cuisine. D'un seul plat, on était capable de dire un million de choses. *Bienvenue. Félicitations. Épouse-moi. Joyeux anniversaire. Mes condoléances. Bon rétablissement. Je suis désolé. Je t'aime.*

J'avais testé quelques recettes hier soir dans l'espoir de tomber sur la combinaison parfaite d'amour, de réconfort et de douceur. Gâteau au chocolat et à la courgette, banana bread, éclairs. Aucun d'eux ne convenait et je ne pouvais pas aller voir Jackson tant que je n'avais pas trouvé. Tant que je n'aurais pas incorporé mon amour pour lui à la farine, là je saurais qu'il le sentirait dans chaque miette.

Avant de fermer la librairie pour la journée, je vis un message de Brooke.

Brooke : Je suis en retard. Assieds-toi au bar et je serai bientôt là.
Annette : Tout va bien ?
Brooke : Oui. Je m'occupe d'un truc à la maison.
Annette : On peut remettre. Ou je peux venir chez toi. Comme tu veux…
Brooke : Arrête tout de suite. Je serai bientôt là. Presque. Presque bientôt.

Sachant cela, j'attrapai deux nouveaux livres de recettes et les fourrai dans mon cabas. Peut-être trouverais-je le Graal des pâtisseries dedans. Une fois la boutique fermée, je me dirigeai vers la scène de crime originelle : *La Cambuse*. J'y retournai, la tête haute, et Owen et Cole débarquèrent moins de deux minutes après que je m'étais posée au bar.

Évidemment.

Mais il n'y avait pas juste mon ancien faux coup de cœur et son petit ami. Toute la ville, du moins c'était ce qu'il semblait, s'était donné rendez-vous à *La Cambuse* ce soir.

JJ Harniczek jeta un sous-verre dans ma direction, le carré de carton tournoyant au-dessus du comptoir.

— Ça fait un bail, fit-il remarquer. Ça t'a pris tout ce temps pour te remettre de ta cuite ?

Je pris dans mon sac un de mes livres et le posai devant moi.

— Je vais lire jusqu'à ce que Brooke arrive, dis-je en tapotant la couverture. On n'est pas obligés de parler de vodka et d'autres mauvais souvenirs.

— Bam Bam vient ? plaisanta JJ. Je vais vraiment avoir besoin du shérif ce soir. Une, c'est un problème. Les deux ensemble ? C'est bien plus de problèmes. Devrais-je l'appeler maintenant ou attendre que tu sois bien bourrée ?

Je n'avais pas envie de revoir Jackson dans cet état-là. Je ne voulais pas qu'il vienne à ma rescousse et qu'il me sauve quand j'étais capable de me secourir toute seule, me sauver toute seule.

Je lançai à JJ un regard peu impressionné et ouvris mon livre.

— Rends-toi utile. Sers-moi un pinot gris, réclamai-je en agitant la main vers les bouteilles alignées derrière lui.

JJ posa les avant-bras sur le bar et se pencha.

— Avant, tu étais une fille bien. Toute guindée et convenable, les souliers lustrés et qui se tenait à carreau.

Il m'observa comme s'il me voyait pour la première fois.

— Tu n'es plus aussi bien, n'est-ce pas ?

— Je suis certaine que le pinot gris est la boisson officielle des filles bien.

Il secoua la tête en se reculant du bar.

— Tu as changé depuis la dernière fois que ton cul a réchauffé ce siège. Tu n'es plus aussi bien.

Je ne contestai pas le commentaire de JJ. Je ne voulais pas

justifier le changement, réel ou autre que j'avais subi ces quarante-deux derniers jours. Au lieu de cela, je feuilletai mon livre, sirotai mon vin et fis de mon mieux pour ne pas regarder Cole et Owen. Faire de son mieux ne voulait pas dire y parvenir.

Je ne les observais pas par fascination morbide ou par jalousie vaine. Je les contemplais parce que je ne ressentais rien pour eux. Je n'avais pas de lien émotionnel ou romantique avec Owen, ni auparavant ni maintenant. Il n'y avait rien d'autre qu'une familiarité entre nous et mon espoir déplacé que la familiarité s'épanouisse et porte ses fruits.

Que j'aie survécu si longtemps avec si peu m'aida seulement à me rappeler que j'avais l'habitude de me contenter de peu. J'avais accepté cette petitesse comme une preuve d'affection, de tendresse, voire les prémices de l'amour. Je m'étais fait à ces petites attentions, me persuadant qu'il y en avait beaucoup. Que je pouvais coudre de vieux chiffons entre eux et créer un lien digne de mon cœur, mon âme et mon corps.

Quand on était habitué à quémander de l'attention, l'affection sincère était difficile à digérer.

Peu après avoir demandé un deuxième verre, Brooke arriva. Elle me fit signe, mais se trouva prise au piège dans une discussion à l'autre bout du bar. Ce n'était pas inhabituel que mes voisins demandent des nouvelles de son père ou qu'ils radotent d'une chose qu'il a dite ou faite. Elle restait toujours polie, elle répondait aux questions avec un beau sourire, mais faux, portant le poids du monde et tous ses secrets sur ses épaules. Ça avait l'air facile, mais je voyais ses failles.

Je commandai un verre de vin pour elle et retournai à mes livres. Les minutes défilèrent pendant que Brooke maintenait ce sourire vide sur son visage et JJ me mitrailla de vagues commentaires sur le fait de rester sobre ce soir. Le silence se fit alors dans le bar. En levant les yeux, je découvris Cole et Owen blottis sur leur banquette, les têtes penchées.

Je leur souris, leur souhaitant d'être heureux dans ce petit geste. Ils n'avaient pas besoin de mon acceptation ni de mon approbation pour s'aimer, mais je voulais tout de même qu'ils sachent que tout allait bien entre nous. Que je ne pensais pas du mal d'eux, que ce n'était pas bizarre.

En retournant à mon livre, je me perdis dans une recette de tourte de Linz qui commençait par expliquer en détail l'origine du gâteau et ses transformations au fil des siècles. Ce fut seulement quand la porte d'entrée claqua que je levai les yeux et trouvai Jackson dans l'embrasure de la porte de *La Cambuse*. Une rafale fit à nouveau claquer la porte derrière lui, attirant l'attention de tout le monde dans le bar.

Il se tint là un moment, les épaules si carrées qu'elles frottaient presque contre le montant tandis qu'il parcourait la salle du regard. Puis, ses yeux se posèrent sur moi. Ses bras dorés étaient pliés, ses mains tenaient plus ou moins sa ceinture. Cette posture tirait sur sa chemise à manches courtes qui serrait ses biceps épais, mes lèvres s'écartèrent pour soupirer.

Je me trouvai une assurance extrême, que je ne pensais plus posséder, et lui souris. Ce n'était pas ainsi que j'avais imaginé le revoir, mais nous y étions, sans pâtisseries en vue et toute la ville pour public. Il me regarda en cillant une fois, deux fois, trois fois avant de s'autoriser à me sourire en retour. J'inclinai la tête en direction du siège vide à côté de moi, celui réservé pour ma meilleure amie, et haussai les sourcils.

C'était une invitation, j'espérais qu'il allait l'accepter même si je n'avais pas la moindre idée de ce que j'allais dire ou faire s'il me rejoignait.

Jackson traversa à grands pas la taverne, sûr de lui et audacieux, comme s'il était venu me chercher. Je compris qu'il était exactement là pour ça. Je jetai un œil à JJ, qui lisait l'étiquette d'un whisky comme si elle révélait les secrets d'une longue vie.

— Ça te reviendra à la figure, Jedidiah, sifflai-je. Ne crois pas que je vais oublier.

— Je ne sais pas de quoi tu parles, répliqua-t-il en observant Jackson s'arrêter à côté de moi.

— Annette, salua Jackson, sa voix rauque prononçant mon prénom. Je te ramène chez toi.

— Pas avant que tu paies ta note, avertit JJ.

Jackson déposa des billets sur le bar et les poussa vers JJ sans me quitter des yeux.

— Je te ramène chez toi, répéta-t-il.

— On peut parler d'abord ? demandai-je en lui montrant le siège vide.

Il secoua la tête une fois, un mouvement courtois qui fit augmenter ma nervosité. Il ne voulait pas s'asseoir, parler… Qu'est-ce que j'avais raté ?

— Je te ramène chez toi, Annette, dit Jackson, chaque mot plus net que le précédent.

Puis, il ajouta doucement :

— S'il te plaît, ma belle. J'ai besoin de toi tout de suite.

Et c'en était fini de moi. C'était tout ce dont j'avais besoin pour descendre de mon tabouret et ranger mes livres.

— Donne-moi ça, ordonna-t-il en prenant mon sac.

Je le récupérai brusquement en fronçant les sourcils, l'air exaspéré.

— C'est bon, dis-je en mettant mon fourre-tout à l'épaule. Il y a deux livres et je ne peux pas te laisser payer mes verres et porter mon sac dans la même soirée. Les gens vont penser que je suis une femme entretenue ou autre.

Jackson posa sa main dans le bas de mon dos et effleura mon oreille de ses lèvres en se penchant.

— C'est exactement ce que j'aimerais qu'ils pensent.

CHAPITRE 25

JACKSON

Je ne m'étais pas attendu à traverser *La Cambuse* et à revendiquer Annette devant toute la ville en train de manger son espadon grillé, mais Brooke avait raison. C'était le meilleur moyen de faire d'une pierre plusieurs coups.

Aucun doute que c'était moi qui courais après Annette, pas elle, j'avais très bien fait comprendre à tout le monde qu'elle était à moi.

Aucun doute possible sur notre relation qui allait bien au-delà de nos rôles de shérif et de libraire.

Aucun doute du soulagement que je ressentis quand elle descendit de son siège, aucun doute aussi que tout le monde l'avait lu sur mon visage.

Elle avait bien joué son rôle avec son comportement enflammé quand j'avais essayé de l'alléger de son sac. Personne ne pouvait contredire l'étincelle qu'il y avait entre nous.

Je savais que la famille d'Annette ne serait pas à *La Cambuse*, mais je savais que ça parviendrait à leurs oreilles. Et je n'en avais pas terminé. Non, nous devions nous arrêter quelque part avant de rentrer à la maison.

— Jackson, dit lentement Annette en levant les yeux vers moi, on peut parler maintenant ?

Je lui fis traverser la rue, vers la ruelle derrière son magasin, et la pris dans mes bras. Je n'avais jamais pensé que le contact d'une personne puisse m'apaiser à ce point, mais Annette était mon antidote.

— Tu m'as manqué aujourd'hui, murmurai-je. Hier aussi. Je ne veux plus que tu me manques.

Elle hocha la tête, sa tête frottant mon torse.

— Tu m'as manqué aussi, avoua-t-elle. Mais j'ai beaucoup de choses à dire et je pense que je devrais les dire.

— On peut parler et préparer tes affaires en même temps ? demandai-je. Parce que lorsque j'ai dit que je te ramenais chez toi, je sous-entendais chez nous.

Annette me fixa un moment, ses grands yeux sombres cillant comme si j'avais parlé dans une autre langue et qu'elle avait besoin de temps pour traduire. Finalement, elle dit :

— Je ne peux pas. Je ne peux pas parler et faire mes affaires, je dois le dire maintenant.

— D'accord. Vas-y. Je ne vais pas te presser.

Elle posa les mains sur mon torse, le regard rivé sur les boutons de ma chemise. Elle se mordit la lèvre, hésitant à parler.

— Je suis juste en train d'apprendre à faire ça. Je vais… je vais commettre des erreurs. Je vais te repousser parce que je ne sais pas comment gérer mes sentiments et mon amour, mais je veux m'améliorer. Pour ça.

Elle tapa sa poitrine puis la mienne.

— Pour nous.

— Je te récupérerai, dis-je en la soulevant et en la plaquant contre le bâtiment.

J'avais envie de coller son corps au mien, mais je désirais aussi de l'aide pour rester à la verticale.

— Je vais tout vouloir de toi et tu devras me dire quand ralentir. Je peux le supporter, je le jure. Dis-moi simplement ce dont tu as besoin et promets-moi de me laisser une chance de m'adapter.

— Je t'aime, chuchota-t-elle, ses mots grandement empreints d'émerveillement. Et je veux te laisser m'aimer, même quand ça m'effraie et me submerge.

— Je t'aime depuis que j'ai posé les yeux sur tes chevilles. Je te voyais depuis mon bureau et mon cœur s'est échappé de ma poitrine pour atterrir dans tes mains.

Je l'embrassai alors, rapidement et avec fougue, tout comme nous étions tombés amoureux. Elle avait le goût du vin et du réconfort, je me découvris à me frotter contre son entrejambe. J'étais épuisé et j'avais grandement besoin de dormir, mais ma queue était prête à faire la fête toute la nuit.

— Ce n'est pas illégal ? demanda-t-elle contre mes lèvres. Indécence publique ou autre ?

— C'est pour ça que j'essaie de te raccompagner, grognai-je tandis que le frottement résonnait en moi. Vite. On monte et on prend toutes les choses dont tu as besoin pour un jour ou deux. Ton fouet préféré, ton rouleau à pâtisserie favori, tes tabliers avec des flamants roses dessus, quelques-unes de ces robes blanches que j'aime tant. La base juste. Les culottes ne sont pas nécessaires.

— Fouets, rouleaux à pâtisserie, tabliers, répéta Annette. Que vais-je faire de ces choses ?

— Tout ce que tu veux. N'importe quoi. Je veux que tu sois avec moi et pas juste pour une nuit. Je veux que tu restes. Que tu restes très, très longtemps, Annie.

Elle mordilla sa lèvre inférieure en réfléchissant. J'étais

prêt à ce qu'elle argumente, je me préparais à ce qu'elle refuse.

— Mais pas de culottes ? C'est ta façon de contourner l'ancien règlement concernant mes sous-vêtements ? On peut avoir cette conversation en préparant mes affaires, tu sais. On n'est pas obligés de faire ça contre la façade de mon immeuble.

Pas de dispute. Pas de refus. Juste Annette et moi, essayant tant bien que mal de faire en sorte que cela fonctionne. Avec ou sans sous-vêtements.

— Si tu insistes.

Avec regret, je posai Annette à terre et la laissai me conduire à son appartement.

— Je dis ça comme ça, mais je pense qu'on peut vivre très heureux sans sous-vêtements. Ça semble avantageux pour nous deux selon moi.

Annette secoua ses clés sous mes yeux quand nous arrivâmes devant sa porte.

— T'as vu ? Des clés. Pour ouvrir. La porte fermée à clé.

Je posai les deux mains sur ses fesses et les serrai.

— Quoi ? Tu crois que je vais te récompenser pour avoir effectué la procédure de sécurité la plus banale ? Non, ma belle. Ça n'arrivera pas.

Elle me jeta un regard par-dessus son épaule, ses yeux d'un noir d'encre dans la pénombre et ses lèvres retroussées. Je ne pouvais résister à cette expression. C'était la même qu'elle avait faite le premier soir, quand elle n'avait pas voulu dormir seule.

— Et si je demande gentiment ?

J'empoignai ses fesses plus fort cette fois-ci.

— Tu ferais mieux de faire rapidement ta valise.

Annette ouvrit la porte et je la suivis dans son appartement étroit. Elle me tendit un sac de courses recyclable et me montra ses ustensiles de cuisine empilés sur la table.

— Tu t'occupes du matériel de cuisine et je vais chercher des vêtements. Je ne veux pas te briser le cœur, mais j'emporte des sous-vêtements. Tout ne peut pas être qu'amusement et nudité.

Je pointai un moule à muffins sur elle.

— C'est faux. L'amusement et la nudité sont les cadeaux de l'âge adulte.

Elle s'approcha de moi, son expression insolente se ratatinant à chaque pas.

— Je suis désolée.

Elle posa les mains sur mes épaules et descendit à mes poignets avant d'entrelacer nos doigts ensemble. Le moule à muffins tomba au sol.

— Je ne pensais pas ce que j'ai dit et ça t'a blessé, j'en suis désolée.

Je me penchai et déposai un baiser sur son front.

— Je ne pensais pas ce que j'ai dit non plus. Pas ce que je pensais vraiment. Je suis désolé d'être parti.

Annette hocha la tête, fermement agrippée à mes doigts.

— Tu as l'air fatigué, dit-elle en fronçant les sourcils. Jackson, dis-moi que tu n'as pas travaillé jour et nuit depuis ce qui s'est passé à l'auberge.

— Je ne dirais pas non à une bonne nuit de sommeil, confessai-je. Ce serait encore mieux avec toi.

— Donne-moi dix minutes.

— Et on pourra rentrer chez nous ? demandai-je. On se lance ?

— On rentre chez nous.

Elle fit oui de la tête, un grand sourire qui voulait dire tout ce que j'avais besoin de savoir.

— On se lance.

CHAPITRE 26

ANNETTE

— C'EST QUOI CE BRUIT ? MURMURA JACKSON.

Ses mots firent vibrer la peau tendre entre mon cou et mon épaule.

— Qu'est-ce que c'est et comment je l'arrête ?

Il me fallut une minute pour entendre autre chose que mon désir pour lui. À peine avions-nous posé mes affaires chez lui que nous nous étions jetés l'un sur l'autre et avions été incapables de nous lâcher depuis.

Après une autre vibration, je m'écartai, cillai et parcourus sa cuisine des yeux. Après m'être concentrée longuement sur mon ouïe, je repérai le son.

— C'est mon téléphone, dis-je en regardant autour de lui pour voir où j'avais laissé mon sac.

Des sacs de courses remplis d'ustensiles de cuisine recouvraient le plan de travail et mon sac était caché dessous.

— La seule personne qui a besoin de toi maintenant est ici, dit-il.

— Je sais, dis-je, occupée à déboutonner sa chemise. J'aimerais bien l'ignorer, mais ça n'arrêtera pas de sonner.

D'un grognement, Jackson me souleva et me posa sur le

plan de travail. Il garda une main sur mes fesses et employa l'autre à fouiller les sacs puis retourner mon cabas. Il passa au crible les baumes à lèvres et les tampons, la monnaie et les bonbons pour trouver mon téléphone vibrant sous mon portefeuille.

— Où est le spray anti-agression que je t'ai donné ? demanda-t-il en maintenant mon téléphone hors de portée.

La photo de Brooke apparaissait sur l'écran.

— Je n'avais pas de place, expliquai-je en attrapant mon téléphone.

La sonnerie s'arrêta, mais reprit ensuite rapidement.

— Elle ne sait pas céder. Elle continuera à appeler. Pire encore, elle se pointera ici.

— Tu n'avais pas de place, répéta Jackson, encore en train de contempler le contenu de mon sac. Tu as de la place pour six rouges à lèvres différents, mais pas pour un spray anti-agression.

Il reporta son attention vers moi, les sourcils arqués.

— On en parlera plus tard, ne crois pas que tu y échapperas.

— Je suis sûre qu'on en parlera, dis-je en lui prenant le téléphone. Salut Brooke.

Elle ne s'embarrassa pas de plaisanteries ou d'un préambule, elle demanda directement :

— Tu es avec lui là ? Je l'ai vu te ramener chez lui avec des sacs, mais j'ai besoin de plus d'informations. Raconte-moi tout.

— Oui, je suis avec Jackson.

Je lui souris, à lui et à son regard noir impatient.

— Il m'a ramenée à la maison et je reste ici. Moi et toutes mes affaires.

Le regard noir se transforma en un sourire que je ne pus m'empêcher de lui retourner.

— Il était temps que tu te rendes compte de ces faits, dit-il.

— C'est à mon tour. Dis-lui de garder ses beaux sentiments pour plus tard, dit Brooke. Qu'est-ce qu'il a dit ? Qu'est-ce que *tu* as dit ? Qu'est-ce qui se passe maintenant ? J'ai besoin de savoir !

Jackson se mit entre mes jambes et remonta ma jupe.

— Mets fin à l'appel, ordonna-t-il dans un souffle.

— C'est toujours bon pour un verre de vin et un déjeuner ce week-end ? demandai-je.

— Le verre oui. Je peux vivre sans manger. Mais ne crois pas que tu vas me laisser poireauter jusque-là. J'ai besoin de connaître tous les détails. Vivre indirectement à travers toi est la seule chose qui m'empêche de devenir aussi dépressive que dans *La Séquestrée*[1] de Kate Chopin.

— Je crois que tu veux parler de Charlotte Perkins Gilman. Toi et Kate Chopin aviez d'autres choses en commun.

Jackson remonta les doigts dans l'intérieur de mes cuisses, souriant comme s'il ouvrait un cadeau qu'il avait toujours voulu. Il me faisait cet effet, il me faisait croire que je valais la peine d'être chérie.

— OK, peu importe. Tu me feras une leçon de littérature plus tard, dit Brooke. Viens-en à la meilleure partie. Je me fais vieille et lasse ici.

Le regard rivé sur Jackson, je lui dis :

— Tu étais à *La Cambuse*. Tu l'as vu me traîner dehors.

— Oui, à coups de pied et de cris.

— Je vais sûrement finir nue dans sa cuisine. Je vais peut-être même le fesser. Puis on ira au lit où on prévoit de dormir.

— Du moins un petit peu, chuchota Jackson.

— Ces détails clés sont absolument inacceptables, siffla Brooke. Tu ferais mieux de me prendre comme témoin après toute la merde que tu m'as fait remuer avec cet homme. Je te ferai le discours le plus mauvais et le plus gnangnan à ton mariage et je ferai de tes affreuses belles-sœurs les garces de mon enterrement de vie de jeune fille. Et c'est toi qui paies le vin ce week-end.

— Avec plaisir, dis-je en gloussant et en gémissant tandis que les pouces de Jackson caressaient l'ourlet de ma culotte.

— OK, bon, ça suffit. Je peux supporter beaucoup de choses, mais je ne veux pas l'entendre te baiser.

— Il ne…

— Je m'en fiche, m'interrompit-elle. Il se passe un truc et je ne veux pas être impliquée. On peut parler *de* sexe, mais on ne peut pas parler *pendant* le sexe.

— Je t'aime, bébé, dis-je.

— Je t'aime aussi, répondit-elle.

Je raccrochai et posai le téléphone à côté avant de regarder Jackson.

— Qu'est-ce qui se passe maintenant ? demandai-je.

Je voulais dire *maintenant*, mais ça incluait tout ce qui allait se passer après *maintenant*.

— Tout ce que tu veux, dit-il en caressant toujours le bord de ma culotte. Demande-moi n'importe quoi, Annette. Je te le ferai.

Je pris son visage dans mes mains, entourant sa puissante mâchoire carrée, et effleurai ses joues de mes pouces. Ses yeux étaient vitreux et l'épuisement lui faisait froncer les sourcils.

— C'est à mon tour de te mettre au lit, annonçai-je en scellant cette promesse par un baiser. Et quand j'en aurai besoin, tu le feras pour moi.

— C'est tout ? demanda-t-il.

— Non, c'est *tout*.

CHAPITRE 27
ANNETTE

— C'est comme ça tous les jours, murmurai-je en baissant le menton pour fermer mon manteau. Un jour, le temps est ravissant et magique avec l'air frais automnal et le ciel bleu…

Je montrai d'une main gantée le ciel sombre.

— Et puis il y a un vent glacé et une nouvelle période glaciaire débute. C'est le réel problème avec les matchs de foot de retrouvailles en automne. Il faudrait que ça se passe au printemps, au moins les gens ne se transformeraient pas en glaçon. Je me fiche si ce n'est pas en adéquation avec le football. C'est ce que je crois.

Jackson approuva en chuchotant tandis qu'il enroulait une écharpe avec des flamants roses autour de mon cou. Il était en uniforme ce soir, un pull épais et sombre par-dessus sa chemise brune et un manteau par-dessus son pull pour parer le froid hivernal. Ce pull, avec l'étoile du shérif brodée au bras et son nom sur le torse, fonctionnait à merveille sur moi. J'avais envie de passer mes doigts sur le tricot, glisser mes mains dessous. Je désirais le lui retirer, le jeter par terre et poser mes mains sur sa peau et les y laisser jusqu'à ce qu'il ne le supporte plus. Puis j'enfilerai ce pull et attendrais de voir combien de temps il mettrait à me l'arracher.

— Je ne te laisserai pas te transformer en glaçon, dit Jackson en tapotant l'écharpe avant de la défaire à nouveau. Tu es mignonne. J'aime te voir tout emmitouflée.

— Ne te méprends pas. J'adore la saison des bottes et des pulls, mais c'est dur de passer des robes et sandales d'été à, tu sais, porter des chaussettes, des jeans et puis des manteaux, des bonnets, des écharpes et des moufles. Les bonnets ne sont pas faits pour moi. Ils m'emmêlent les cheveux.

— Crois-moi, murmura-t-il, concentré sur l'écharpe, je souffre moi aussi de la disparition des robes.

Il croisa mon regard avec un petit sourire.

— Mais ton cul est magnifique dans ce jean. Je ne sais pas si je devrais le pincer, le fesser ou bien le mordre.

Il contempla la zone de touche de haut en bas.

— Ou, quatrième option, mais il ne vaut mieux pas que je la mentionne ici.

Je fis un geste vers le terrain de football du lycée où les pom-pom girls s'échauffaient à quelques mètres de nous.

— Bon choix, shérif. Garde celle-ci pour plus tard. Il ne faudrait pas qu'on attire davantage l'attention.

Il suivit mon regard vers les tribunes où ma famille était installée, accoutrée aux couleurs du lycée.

— On s'en fout, murmura-t-il en se penchant vers moi. Laisse-les regarder.

Il remonta mon menton et effleura mes lèvres des siennes. Ce n'était un secret pour personne que nous étions ensemble, mais je n'étais pas tout à fait à l'aise avec le fait que toute la ville – et ma famille – nous observait. Je n'étais pas égocentrique au point de croire que tous ces gens se préoccupaient des menus détails de ma vie, mais je me tenais sur la touche avant le match de retour, enveloppée dans les bras d'un gros grizzly alors que le dos de son manteau affichait fièrement son statut de shérif.

Lorsque nous nous séparâmes, je passai mon doigt ganté sur sa lèvre inférieure pour nettoyer le gloss brillant que j'y avais laissé.

— Vous exercez une mauvaise influence sur moi, shérif.

— Oui.

Jackson frotta ses mains contre mes épaules et mes bras avant d'attraper mes mains.

— Où est Brooke ce soir ?

Je secouai la tête, lui jetant un regard qui voulait dire « si seulement tu savais ».

— Elle ne vient pas au match de foot. Elle a une relation complexe avec notre lycée.

— Connaissant Brooke, ce n'est pas surprenant.

Jackson enleva des flocons de neige de mon épaule. On annonçait une tempête pour ce soir.

— On n'est pas obligés de regarder le match jusqu'à la fin.

Je ricanai à ses propos.

— Non, il faut qu'on reste tout du long. Qu'on ne rate aucune minute, insistai-je. C'est le match des retrouvailles des anciens joueurs. Il faut que tu tires à pile ou face. Je dois sacrer le terrain. Nous devons rester jusqu'à la fin puis nous devrons sûrement dîner chez quelqu'un ensuite et apporter à manger.

— Je ne veux pas, grommela-t-il en me prenant par la

taille. Je ne t'ai pas vue de la semaine. J'ai envie de te ramener à la maison.

La semaine avait été animée. Jackson s'était rendu à Augusta pour une formation de trois jours sur le maintien de l'ordre. J'organisai deux soirées à la librairie et je passai la soirée d'hier avec Brooke et boire et manger. Je m'efforçai de trouver du temps pour mon amie, même quand cela aurait été plus facile d'annuler et de passer la soirée blottie contre mon homme.

Cependant, j'étais résolue à éviter ça. Elle était là pour moi avant Jackson, je n'allais pas l'abandonner sur le bas-côté maintenant que j'étais avec lui. C'était la sœur que j'avais choisie et je n'étais pas près d'oublier qu'elle m'avait également choisie.

— Tu me vois maintenant.

— Oui, Annie, oui, dit-il d'une voix rocailleuse. Et je me demande maintenant si je n'avais pas tort pour ces chevilles sexy maintenant que je te vois en jean. Bon sang, ma chérie. Ces réactions que tu provoques en moi.

Je me mis à lui expliquer ma fascination pour son pull de shérif avant d'apercevoir ma mère et mes sœurs se diriger vers nous. Je ne savais pas trop où elles avaient laissé mon père et mes beaux-frères, mais ces hommes semblaient obéir au vieil adage d'être sage comme une image. Parfois, ils allaient bien au-delà du proverbe avec leur silence *et* leur absence.

— Oh. Voilà qui est étrange, murmurai-je en me dégageant des bras de Jackson.

Je n'allai pas bien loin, mais je ne voulais pas qu'elles me voient le peloter. Elles prendraient encore ça pour un acte de désespoir et me le rappelleraient constamment.

Même si je n'avais pas ignoré ma mère et mes sœurs

après leur visite à la boutique quelques mois auparavant, je ne cherchais pas non plus leur compagnie. J'acceptai qu'il existe tout un monde entre moi et le reste de la famille et je n'allais pas y remédier. Peu importe nos métiers différents ou nos différences d'âge ou même que je ne sois pas un garçon. Rien n'importait.

Jackson passa un bras autour de mon épaule et me rapprocha de lui.

— Ne dis pas un mot. Je m'en occupe, dit-il dans sa barbe.

— T'occuper de quoi ? murmurai-je en criant à moitié.

Il secoua la tête une fois avant de tendre sa main libre à ma mère.

— Mme Cortassi. C'est un plaisir de vous voir ce soir, tonna-t-il.

Elle accepta sa poignée de main, mais ne put détourner son regard crispé de son bras autour de mes épaules.

— Tout le plaisir est pour moi.

Elle détourna les yeux et désigna mes sœurs de la main.

— Je ne crois pas que vous ayez fait la connaissance de mes filles. Rosa, Lydia et Antonella.

Il fit un signe de tête dans leur direction.

— J'ai fait la connaissance de ma préférée, dit Jackson en déposant un baiser sur ma tempe.

Ma mère nous regarda un instant en cillant des yeux tandis qu'elle luttait pour intégrer l'image devant elle. Pour ma part, je luttais pour ne pas rire.

— Oh oui, dit-elle en me regardant. Oui, vous connaissez Annette.

— Non seulement je la connais, mais j'ai passé tout l'été à tomber amoureux d'elle, déclara-t-il. Bien avant qu'elle le sache, il y a plusieurs mois, je craquais déjà pour elle.

De la gelée avait remplacé mes os. Même après deux bons mois où il n'avait cessé de me dire qu'il m'aimait – *et* où je n'avais cessé de lui dire que je l'aimais aussi – la ruée de chaleur écrasante qui accompagnait ses mots ne s'était pas estompée.

— Oh mon Dieu, marmonna Nella en posant son poing sur sa bouche.

Ma mère se remit de ses émotions et roucoula :

— Shérif, vous êtes si gentil. Vous devriez venir à notre dîner du dimanche. Pourquoi pas le week-end prochain ? Oui, le week-end prochain. Vous venez. C'est réglé.

Je n'étais pas sûre d'être invitée ou si elles espéraient passer du temps seules avec lui.

Jackson me jeta un coup d'œil, son regard avide rivé sur mes lèvres.

— C'est bon pour nous, ma belle ? me demanda-t-il.

— C'est bon, confirmai-je, les joues rougissant sous son observation. Je crois. Sûrement.

Il haussa les sourcils en signe d'interrogation et je lui répondis par un rapide haussement d'épaules. Je ne pouvais pas refuser devant elles.

— Maintenant que j'y pense, Annie et moi avons des projets le week-end prochain, dit-il en se retournant vers ma famille. Oui, ça me revient tout juste. Il va falloir remettre ça à une autre fois.

Il agita la main vers elles.

— Et si vous veniez chez nous ?

— Vous et An-Annie, répéta ma mère, butant sur le surnom que Jackson m'avait donné.

— Chez vous ? interrogea Nella. Vous avez une maison ? Ensemble ?

— Depuis quand ? questionna Rosa.

Jackson me sourit en hochant la tête.

— Depuis août, expliqua-t-il en fixant toujours ma bouche. Je ne suis pas très fier d'avouer que je l'ai suppliée. Je ne pouvais pas passer une autre nuit sans elle et je l'ai suppliée de venir chez moi, de rester chez moi.

Il tapota son ventre et leur adressa un rapide sourire.

— Et ses pâtisseries, purée. Je ne peux plus me passer de ses pâtisseries. Mais je suis sûr que vous connaissez ses talents culinaires.

Jackson possédait de nombreuses qualités. La liste était longue et remarquable, tout comme son… hum hum. Cependant, le trait que je préférais le plus chez lui était sa volonté d'être téméraire au nom de quelqu'un d'autre. Il prit soin de moi quand j'étais saoule et triste. Il écouta les Neville quand les autres avaient ignoré leurs inquiétudes. Il confronta Brooke au sujet des problèmes de son père malgré sa réputation de réduire en charpie tous ceux qui l'énervaient. Et à présent, il éliminait les vilaines remarques de ma famille et la figeait sur place.

— Annette, tu nous as caché des choses, me réprimanda ma mère.

Jackson lâcha une grande expiration avant de dire :

— Pas du tout. Tout le monde en ville adore ses pâtisseries.

— En parlant de la ville, comment trouvez-vous Talbott's Cove, shérif ? demanda Nella.

— C'est un bel endroit où vivre, dit-il, les mots empreints de certitude. Mais ce ne serait pas aussi bien sans cette fille ici. Je ne sais pas ce que je ferais sans elle. Elle me tient sur mes gardes, dois-je confesser. Mais je ne dis rien que vous ne saviez déjà, pas vrai ?

Nella avait l'air de contempler une atrocité se déroulant

sous ses yeux. Les mains sur les hanches, bouche bée, les yeux sortis de leur orbite. J'adorais ma sœur, mais c'était fascinant de voir à quel point elle était furieuse que cet homme proclame simplement son amour pour moi. Et pour mes muffins.

— Bien sûr, murmura Rosa en faisant oui de la tête. Je… Je le vois bien.

Lydia eut la décence de paraître ennuyée par toute cette conversation, tendant le cou vers le stade.

— Je me demande s'ils vendent des nachos aux stands ce soir, songea-t-elle avec un doigt manucuré sur les lèvres. J'ai vraiment envie de nachos.

Ma mère tapa dans ses mains.

— À propos de ce dîner dominical, dit-elle en regardant tour à tour Jackson et moi. Il faut vraiment que vous veniez. Donnez-moi une date. Il doit bien y avoir un dimanche où vous êtes tous les deux libres.

— C'est très gentil de votre part, répondit Jackson. Mais nous serions ravis de vous recevoir. Ça nous donnera l'occasion de vous montrer la maison que nous sommes en train d'acheter et nos projets de rénovation. Je suis sûr que vous voulez aussi voir les nouvelles vitrines d'Annette au magasin.

Je me déplaçai un peu, pressant le côté de mon visage contre le torse de Jackson pour étouffer mon rire. Ma famille n'était jamais venue voir une seule fois les nouvelles vitrines. Je frottai la joue contre ce pull que j'aimais tant et pris une grande bouffée de son parfum. Il faisait vraiment partie des types bien.

— Oui, évidemment, confirma ma mère. Et si…

— Attendez, attendez, attendez, interrompit Nella. Vous rénovez une maison ? Où ça ?

Elle me pointa du doigt.

— Pourquoi tous ces secrets, Annette ? Qu'est-ce que tu essaies de nous cacher ?

La poitrine de Jackson se souleva et s'abaissa sous ma joue. Se souleva et s'abaissa.

— Je suis sûr que vous voyez bien que nous ne cachons rien, déclara-t-il.

Toujours s'adressant à moi, Nella poursuivit :

— Alors pourquoi ne nous as-tu rien dit à ce sujet ?

Jackson et moi nous regardâmes avec un demi-sourire.

— On a reçu des nouvelles de notre offre sur la maison seulement hier donc c'est nouveau pour vous comme pour nous. Et Jackson était à Augusta et j'avais un événement avec un auteur mercredi, on était occupés, dis-je, toujours en le regardant.

— Très *occupés*.

Il déposa un baiser sur mon front, mes joues et ma bouche.

— Comme Annette n'a pas besoin de votre approbation, je ne peux pas imaginer que vous ne soyez pas ravies pour elle. N'est-ce pas ?

— On peut être ravies et aussi lui poser des questions, soutint Nella. Rien n'empêche l'autre. Tout s'est passé plutôt vite. Ne trouvez-vous pas, shérif ?

Un grognement bas résonna dans la gorge de Jackson tandis qu'il resserrait son étreinte sur moi. Je dus à nouveau cacher mon visage.

— Oh mon Dieu, Nella, murmura Rosa. Tu peux arrêter une minute d'essayer de prouver quelque chose ? Tu n'es pas obligée d'être tout le temps une connasse.

— Qui traitestu de connasse ? riposta sèchement Nella.

— De quoi vous parler ? demanda Lydia, les yeux plissés

tandis qu'elle nous regardait tour à tour. Laissez tomber. Quelqu'un me le dira plus tard. Je vais aller me chercher des nachos.

Ma sœur tourna les talons et s'éloigna, sans s'encombrer de la bienséance.

— Je veux que tu me parles de la maison, dit ma mère, les mains tendues sur le côté comme pour retenir les commentaires de mes sœurs. Où se trouve-t-elle ? Quand sera-t-elle prête ?

— On a fait une offre pour la vieille maison des Dickerson, expliquai-je. Elle est en mauvais état, mais le terrain est incroyable.

Incroyable et privé. Lorsque nous avions commencé à réfléchir à acheter un endroit à nous, une nouvelle maison, l'un des premiers critères était une maison qui nous octroyait de l'intimité. Nous passions nos journées à interagir avec la communauté et à partager l'autre avec cette ville, mais nous avions aussi besoin d'un endroit reclus où se retrouver seuls.

Nous ne nous étions pas attendus à trouver quelque chose aussi vite, mais nous ne pouvions pas refuser l'ancienne ferme avec les bois derrière et l'océan scintillant devant.

— Et la vue, renchérit Jackson, caressant le sommet de mon crâne du menton. Le mieux, c'est la vue.

— Ça prendra plusieurs mois, mais on a calculé qu'on emménagerait au printemps. Peut-être l'été. On verra comment se passera l'hiver.

L'orchestre de l'école se lança dans une bataille de musiques tandis que les joueurs couraient sur le terrain. Ma mère désigna sa bouche et ses oreilles, indiquant que c'était trop bruyant pour parler. Elle me fit un rapide baiser sur la joue et serra doucement le bras de Jackson. Elle partit retrouver Rosa et Nella qui fulminait toujours et les trois retournèrent dans les tribunes.

Lorsque l'arbitre fit signe à Jackson de tirer à pile ou face, il me prit la main et m'escorta jusqu'au centre du terrain. Je ne m'étais pas attendue à le rejoindre pour cette partie des festivités, mais ça ne me gênait pas. Si quelqu'un se posait encore des questions sur le statut marital de mon homme, tout était clair désormais.

Plusieurs joueurs des deux équipes nous encerclèrent, observant la pièce s'élever dans les airs avant que Jackson ne l'écrase sur le dos de sa main. Au lieu de regarder la pièce, il enroula un bras autour de mon cou et m'embrassa.

Les lèvres de Jackson à un souffle des miennes, il murmura :

— Ça ne semblait pas le bon moment pour dire à ta famille que tu avais repris tes esprits et accepté de m'épouser. On le leur dira quand mes parents viendront nous voir dans quelques semaines. Il faudra qu'on invite Brooke vu qu'elle cache cette information depuis le week-end dernier. Ce sera drôle. Ils pourront faire les hystériques tous ensemble.

Un sourire s'étira sur mon visage au souvenir de nous deux nous promenant autour de la ferme des Dickerson, nous émerveillant des granges qui tenaient à peine debout, des rangées de pommiers qui s'étiraient dans les bois et des ponts en pierre au-dessus de profonds cours d'eau. Nous avions suivi un chemin qui menait à une falaise et nous observâmes l'océan s'écraser contre le rivage rocailleux en dessous. J'étais trop occupée à compter les buissons de myrtilles sauvages qui longeaient le chemin pour remarquer que Jackson avait posé un genou à terre.

Je ne me rappelais pas ses mots exacts, mais je me

rappelai m'être sentie choisie. *Digne.* Ces sensations n'inondèrent pas mon être de miel chaud parce qu'il désirait vivre toute sa vie avec moi, mais parce que je croyais enfin que je le méritais.

Je méritais un amour fort, généreux et compliqué.

Je méritais de vivre ma vie comme je l'avais imaginée.

Je méritais d'ignorer les ordures et de prendre tout ce que j'avais jamais souhaité.

Si je devais tout refaire, je me serais souvenue de ce que Jackson avait dit en s'agenouillant devant moi, mais je n'aurais troqué cet élan de confiance – de savoir ce que je désirais et de l'accepter – pour rien au monde.

MERCI D'AVOIR lu *Bonne Pioche* ! J'espère que vous avez aimé Annette et Jackson. Voici un extrait du prochain tome sur Talbott's Cove, l'histoire de Brooke, *Beau joueur* !

— MON BAR n'est pas un bordel pour tes plans cul.

Elle étudia le bar d'une extrémité jusqu'à l'autre.

— Je n'appellerai pas vraiment ça un bordel.

— Pourquoi tu n'utilises pas Tinder comme tout le monde ? Allez, chérie. Télécharge des applications et sors d'ici.

— Je déteste les applications, répondit-elle.

— Et je déteste la coriandre, mais tu me vois bien manger des tacos, non ?

— Non, je veux dire, je *hais* les applications, dit-elle en levant son téléphone. Je les déteste tant que je n'en ai aucune.

Je lui arrachai le portable de la main et regardai l'écran.

— Regarde. Pas de réseaux sociaux. Pas d'infos ni de météo. Pas d'appli de livraison.

— Le seul qui livre dans le coin, c'est *DiLorenzo's* et seulement quand Danny est d'humeur.

Elle agita sa main dans les airs.

— Ça n'a rien à voir. Je n'avais pas d'applis de livraison quand je vivais à New York.

Je lui jetai un regard noir.

— Si tu désirais vraiment quelque chose, tu téléchargerais une application qui te le fournirait.

— C'est là que tu as tort, Jed. Si je désirais vraiment quelque chose, je sortirais et l'obtiendrais.

Elle secoua les mains.

— C'est ce que j'essayais de faire plus tôt.

Je posai le téléphone sur le bar.

— Tu as le dernier iPhone et tu l'utilises pour quoi ? Appeler ? Envoyer des messages à Annette ?

Elle pencha la tête sur le côté avec une expression qui me disait de me mêler de mes oignons.

— Non pas que je te doive une explication, mais jusqu'à récemment, lorsque mon téléphone arrivait en une improbable fin de vie, j'achetais le tout dernier modèle.

Elle retroussa les lèvres. Je détournai les yeux pour arrêter de la dévisager.

— Et oui, Jed, je l'utilise pour appeler et envoyer des messages à ma sœur de cœur.

Je lâchai une expiration et pris le torchon. Tous les verres étaient propres, mais bon sang, j'avais besoin d'occuper mes mains.

— Tu es vraiment bizarre, BamBam, mais c'est ça le plus bizarre.

— C'est tellement bien que tu aies des opinions, médita-t-elle. C'est encore mieux quand je n'en ai rien à branler.

Elle se pencha en avant et croisa les bras sur le bord du bar.

— Encore devrais-je en avoir quelque chose à branler, mais je n'ai rien. Littéralement. Je n'ai personne à branler parce que tu m'en as empêchée.

— Tu attends quoi de moi, Brooke ? Des excuses ? Tu n'en auras pas. J'ai viré le gars parce qu'il me faisait chier. Tu peux faire ça quand tu es le patron.

— Tu l'as viré et tu m'as empêchée de conclure, répliqua-t-elle.

— Ça ne t'intéresse peut-être pas, mais je suis presque sûr qu'il est marié.

— « Ça ne t'intéresse peut-être pas », répéta-t-elle. Ta bite n'est pas assez grosse pour utiliser ce ton avec moi. Fais attention, Jed.

— Chérie, tu ne sais rien sur ma bite.

Ses cheveux blonds tombèrent sur ses épaules tandis qu'elle se penchait en avant.

— Oh, j'en sais bien assez.

J'enroulai le torchon dans mon poing.

— Et c'est une fille qui drague les touristes qui dit ça.

— C'est marrant que ce soit un problème seulement quand c'est moi qui drague.

Je la regardai en clignant des yeux. Je posai le torchon, ravalai les mots que je souhaitais lui dire, fis le tour du bar, refermai le poing autour du biceps de Brooke et la descendis du tabouret.

— On y va, murmurai-je.

— Et puis-je demander où on va ?

Je crispai la mâchoire en guise de réponse tandis que je la

faisais passer derrière le bar et entrer dans la réserve à la lumière tamisée. Je fermai d'un coup de pied la porte derrière nous. Je la dirigeai vers un mur de fûts de bière vides jusqu'à ce que son dos heurte le métal froid.

— Excuse-toi, dit-elle en fixant un regard assassin sur ma poigne. Tu crois faire quoi en posant la main sur moi ?

— On sait tous les deux que tu m'aurais déjà arraché les yeux et donné un coup de pied dans les boules si tu ne voulais pas ma main sur toi.

— Oh vraiment ? se moqua-t-elle. Alors, quoi ? Je *réclame* que tu me touches ?

— Tu réclames quelque chose, chérie.

J'avais raison. Elle cherchait quelque chose. Elle était en chasse.

Et j'étais sa proie.

Inscrivez-vous à la petite newsletter de Kate Canterbary, pour connaître les dernières infos sur les nouvelles parutions, les épilogues bonus et les gâteaux. Il y a toujours des gâteaux.

Rendez-vous sur le groupe de lecteurs privés de Kate pour discuter de livres, avoir un aperçu des nouvelles parutions et passer du temps avec des passionnés de livres !

DU MÊME AUTEUR

À PROPOS DE L'AUTEUR

À propos de Kate

Auteure de best-sellers au classement de *USA Today*, Kate Canterbary écrit des romances contemporaines torrides et pleines d'humour, de chaleur et d'amour, avec de jolies fins heureuses. Kate vit sur la côte de la Nouvelle-Angleterre avec son mari et sa fille.

Vous pouvez visiter le site de Kate :
www.katecanterbary.com

REMERCIEMENTS

The Great British Bake-Off est l'antidote parfait au monde d'aujourd'hui. C'est joyeux, drôle et globalement merveilleux. Annette ne serait pas qui elle est sans *Bake-Off*.

Merci aux lecteurs qui ont aimé Talbott's Cove (et Boston et Montauk). Je n'en aurais pas été capable sans vous.

Aux personnes qui supportent mes inquiétudes et mes doutes perpétuels, mais qui sont toujours là… vous savez qui vous êtes et j'apprécie toutes vos visites de contrôle.

À mon mari, qui m'a dit que ce n'était pas fou de terminer un roman tout en faisant des cartons et en aménageant dans une nouvelle maison… merci pour ça et pour tout le reste.

NOTES

CHAPITRE 2

1. Personnage ou événement inattendu venant opportunément dénouer une situation dramatique.

CHAPITRE 16

1. NDT Organisation luttant principalement contre les inégalités en matière d'éducation.
2. NDT Agence indépendante luttant pour la paix et l'amitié dans le monde.

CHAPITRE 26

1. NDT Roman écrit à la fin du XIXe siècle dénonçant la vision du rôle de la femme dans la société et s'attaquant au sujet de la dépression due aux rôles des sexes.